La lucha continúa

Juan Sasturain

LA LUCHA CONTINÚA

Editorial Sudamericana NARRATIVAS

Diseño de colección
Compañía de diseño / Jordi Lascorz

IMPRESO EN LA ARGENTINA

Queda hecho el depósito
que previene la ley 11.723.
© 2002, Editorial Sudamericana S.A.®
Humberto I 531, Buenos Aires.

www.edsudamericana.com.ar

ISBN 950-07-2202-X

Esta novela es para la Rusita, que ya estaba ahí.

Prólogo a una historia malcriada
o el espíritu del Italpark

En diciembre de 1994, el director de *Página/12* me preguntó si estaba dispuesto a escribir un folletín para publicar durante enero y febrero en el habitual suplemento de verano. Entre ochenta y cien líneas diarias —ya no lo recuerdo con exactitud— a lo largo de cuarenta días: ocho semanas, de martes a sábado. Ni más ni menos que eso. Dije que sí, claro. Pregunté cuánto iba a cobrar y cómo; y ahí nomás arreglamos.

La idea era hacer algo aventurero a partir de la enigmática fuga y posterior borramiento de Ibrahim Al Ibrahim, personaje clave del turbio entorno presidencial. Por entonces el evanescente Ibrahim, tras un inolvidable paso por la permeable Aduana menemista, brillaba (como el oro) por su ausencia.

El resultado de ese encargo y de aquel rápido asentimiento fueron cuarenta accidentadas entregas —no faltaron capítulos repetidos, saltos, transposición de párrafos— que bajo el título general de *La lucha continúa* se publicaron sin pudor ni repercusión mayor entre el 3 de enero y el 25 de febrero de 1995 en el matutino que por entonces no salía los lunes. Recuerdo que, tras un comienzo con tres o cuatro capítulos adelantados, la mitad o más del resto la escribí diariamente durante pobladas vacaciones marplatenses en una Lettera precaria. Cada tarde le enviaba mis consabidas líneas por fax a la paciente Margarita Peratta, prece-

9

didas de un breve, clásico resumen argumental de lo inventado hasta entonces, más el título del capítulo del día siguiente, al pie.

Así, la historia fue creciendo, echando ramas, desparramándose hasta hacerse ingobernable, como suele suceder con las plantas silvestres, adquiriendo los hábitos impresentables de ciertos animales malcriados. Después, con el correr de las semanas y de la temporada, hubo que comenzar a recoger los hilos y no resultó fácil llegar al final sin tropiezos. No todos los improvisadores que se lanzan al vacío sin red pueden abrir y cerrar un solo jugado y coherente como Charlie Parker. Yo, al menos, nunca he podido. Quién sabe por qué sigo intentándolo.

Porque cabe decir que la precariedad de los medios iba a tono con la precariedad de la historia, deshilachada, inverosímil, desequilibrada, sólo ocasionalmente vinculada con el pedido original, rápidamente convertido en pretexto para contar quién sabe qué. Demasiadas cosas y demasiados personajes para tan pocos días se cruzaban a cada rato como autitos chocadores. Había algo ahí, precisamente, del espíritu del Italpark: la lógica equívoca de los autitos, el morbo de la vuelta al mundo y los mecanismos aparatosos del tren fantasma tienen sus cosquillas pero no siempre producen algo más que un conjunto ruidoso y descolorido.

Sin embargo, mal que mal, a los tumbos y tirones, la historia llegó a su fin, como una valija de regreso de vacaciones, mal despachada, con el cierre roto y la ropa arrugada. No hubo ostensibles reclamos por defraudación, portación de inverosímil o abuso de golpes bajos. Y ahí quedó hasta que el tiempo, la sabia desmemoria y miradas piadosas descubrieron en ella las virtudes o los atenuantes del apuro, el descontrol y la acción tartamuda. Después de leerla sin antiparras y con liviano espíritu, Luis Chitarroni, el Carapálida, me desafió a que diera la cara por ella. Con la afirmativa llegó el pánico. Y tenía tus (sus, mis) ojos, como la muerte pavesiana.

Si hace mucho que trato de dibujar los frágiles tabiques con que la humana cobardía se despega de la soberbia traición, es inútil tanto supuesto empeño, porque una vez más no puedo saber a ciencia incierta qué me ha llevado a retocar tan alevosa y confusamente aquel texto original de cuarenta disparos de ametralladora. No había, siete años después, un sentimiento genuino y espontáneo que ahora fuera necesario o depravado reprimir; tampoco, en realidad, alguna suprema incoherencia argumental subsanable con incisos y explicaciones. Sin embargo, me metí a mansalva en un texto desprevenido y no precisamente para cortar, allanar o simplificar sino todo lo contrario.

Así, esta última versión resultante de *La lucha continúa* ha crecido ostensiblemente en capítulos, desvíos y aclaraciones sin modificar ostensiblemente la sensación de atropellamiento. Los personajes llegan al final preguntándose entre sí quiénes son y de qué juegan, a quién le ha tocado salvarse o quedar afuera, como si fueran víctimas de un examinador vacilante o simplemente arbitrario. Algo de eso hay.

Es que demasiado tarde llegué a la conclusión de que *La lucha continúa* es —en el irónico sentido utilizado por Carlos Trillo en otras circunstancias— un texto, una historia absolutamente inmejorable.

Sin embargo, para que esto no resulte una hilera de paraguas o sombrillas abiertas quiero aclarar que he disfrutado mucho escribiendo estas intrincadas peripecias. Guardando las distancias, como me imagino que se divirtió David Lynch filmando *Twin Peaks*. Porque *La lucha continúa* es aventura en el sentido oesterheldiano; porque me gusta el tipo y el nombre del arquero —el folletín iba a llevar como subtítulo "Una aventura de Pirovano", suponiendo ulteriores—; porque los Gigantes tienen una entrada en escena loca y convincente; porque hay un clima de tecnología futurista pero retro, propia de los viejos episodios de *Flash Gordon* o de *Misión imposible*, que me gusta mucho; porque recupero a personajes como al viejo Etchenike o el difuso Subjuntivo en otros contextos; porque en la cúpula de la Avenida de Mayo podría haber vivido *Sherlock Time*.

Uno nunca escribe lo que quiere sino lo que puede. Gracias

a una propuesta original de Ernesto Tiffenberg y a la confianza de Chitarroni, pude entonces y pude ahora. Claro que después de este transpirado cuerpo a cuerpo con tantos personajes que aparecían por cualquier lado, como en un final de todos contra todos en *Titanes en el Ring*, ya no sé si podré. Veremos. Una vez más, y también con las palabras, la lucha continúa.

J.S.
Julio del 2002 en Buenos Aires

"Hay hombres que luchan un día
y son buenos.
Hay otros que luchan un año
y son mejores.
Hay quienes luchan muchos años
y son muy buenos.
Pero hay los que luchan toda la vida,
y ésos son los de Titanes en el Ring".

Marcelo Birmajer,
Variaciones sobre un tema de Brecht

"Es muy difícil apartar la vista de los delanteros y de la pelota para mirar al arquero. Uno tiene que olvidarse de seguir la jugada, algo completamente forzado. Entonces se ve cómo el arquero, con las manos apoyadas en los muslos, corre hacia adelante, va hacia atrás, se vuelca a la derecha o a la izquierda, les grita a los defensores... Pero normalmente la gente sólo se fija en él cuando le tiran, cuando va la pelota al arco".

Peter Handke,
El miedo del arquero ante el penal

UNO

1. Con la mano

El Presidente no tomó demasiada carrera. Se paró como diestro y vino confiado, menos en su habilidad que en las circunstancias: 0-1 sobre la hora, un réferi que inventaba el consabido penal. Sería empate, y a comer el asado.

Me pareció que la cruzaría, pero ya casi sobre la pelota echó el cuerpo levemente hacia atrás y quiso ponerla con la parte interna a mi izquierda, abajo. Le salió débil. Cuando la pelota llegó yo ya estaba ahí, cómodo. No di rebote.

Se hizo un silencio increíble en toda la quinta. Hasta los pájaros se callaron. Nadie gritó, ni puteó, ni siquiera lo alentaron a él o me felicitaron a mí por la atajada fuera de programa y protocolo.

El Presidente se quedó con las manos en la cintura, mirando el piso.

Antes de volearla larga como quien se saca de encima las pruebas de un delito, me acerqué y sin saber muy bien por qué le puse la mano en el hombro.

—Perdone... —dije, y me arrepentí al momento.

El Presidente levantó la cabeza: de pronto estaba viejísimo y muy cansado.

—El fútbol es así... —dijo y trató de sonreír—. Suerte que no estaba la televisión...

Hice picar la pelota un par de veces y la mandé de sobre-pique, a la europea, al campo contrario.

—Me ha estudiado el modo de patear —dijo el Presidente caminando a mi lado, volviendo lento.

—No señor, pero he leído a Peter Handke.

—Ah... con razón.

Pero no creo que me haya entendido.

—¿Y usted cómo se llama, arquero? —dijo de pronto.

—Creí que lo sabía, señor: Pirovano.

—Pirovano... —y se le iluminaron los ojos—: Agarrámela con la mano.

Y soltó la carcajada mientras arrancaba al trotecito y todos los alcahuetes se reían sin saber por qué.

Eso fue el martes al mediodía en Olivos y me di el gusto de no quedarme para el asado de los obsecuentes. Cuestión de estó-mago. Así que a la tarde temprano fui a buscar el Escarabajo al taller y de ahí al psicólogo de Renata en Palermo Viejo. El licen-ciado Zapata me explicó que el tratamiento de mi hija exigía reuniones del grupo familiar porque la adolescente no era sino el emergente de una situación de separación traumática, etcétera. Le dije a todo que sí pero que no tenía un peso más que lo que me bancaba la obra social de Futbolistas Argentinos Agremia-dos. La llamamos a Vicky desde el consultorio. Mi ex mujer es abogada y se pasa las mañanas y la vida en general haciendo no sé qué en un Juzgado en lo Penal de cuyo nombre y número no quiero acordarme. En una pausa entre expedientes estuvo de acuerdo en reunirse pero volvió a un tema que la obsesionaba últimamente: "Que viva con vos me parece bien, pero no dejes que se tatúe... Eso es para toda la vida, Pedro".

Le dije que lamentablemente —ella bien sabía y me lo ha-bía demostrado— nada era para toda la vida; y ahí se tuvo que callar.

Dejé el auto en el estacionamiento de la vuelta de la oficina, sobre San José. Desde que le conseguí el descuento para la platea anual en Chacarita el encargado no me cobra la estadía.

—¿No se lo saca nunca, Pirovano? —dijo señalándome el guante de la zurda. Ese día andaba con una reliquia de René Higuita.

—Soy arquero *full time*, Acosta: es para no olvidarme —y le tiré un manotazo.

El ascensor estaba roto otra vez. El edificio es el más lindo de la Avenida de Mayo pero se cae a pedazos. Parece un barco averiado al que de a poco todo el mundo abandona. Ya no queda casi nadie en el piso. Mejor.

Llegué a la oficina justo cuando sonaba el teléfono. Atendió Mupi. Escuchó, abrió los ojos así y tapó el tubo:

—De Presidencia de la Nación: quieren "la revancha el sábado" —dijo literalmente sin entender de qué se trataba.

—No. Deciles... —consulté la agenda con todos los compromisos de Guardia Vieja, nuestro equipo de flamantes veteranos—. Recién el primer sábado de diciembre... No: el 8 de diciembre, que es feriado.

Quedaron en contestar.

—Te espera el diputado —dijo Mupi con un golpe de cabeza, señalando la puerta que separa la recepción de mi despacho.

—No me pases llamadas por un rato.

El diputado Rugilo no tenía nada que ver con el "León de Wembley" pero a mí me gustaba pensar que sí. Tal vez por los bigotes que le quedaban grandes a la cara o porque sólo a un tipo que tuviera que ver con la profesión de los tres palos se le podía ocurrir un proyecto de ley que propusiera la institución del Día del Arquero.

Habíamos charlado un par de veces pero nunca había venido a la oficina, y al verlo parado curioseando junto a la biblioteca me di cuenta de que siempre lo había visto sentado. Era petiso y no lo sabía. Yo no lo sabía, claro.

—Qué bueno que está —dijo el petiso Rugilo.

Se refería a una colorida tabla con la inscripción *Pirovano le da una mano* que me había regalado un filetero de la Plaza Dorrego.

Precisamente le di una a Rugilo y lo invité a sentarse:

—Al sobrino del que me regaló esa tabla lo operaron de ligamentos cruzados en Grecia y quedó mal. Un pibe, veinte años, buen delantero de la C, que se había ido solo a jugar a un equipo de segunda de allá. Estuvo parado un año, en la lona. Lo trajimos y lo operaron de nuevo. Cuando volvió a jugar, el año pasado en San Telmo, el tío, que es un filetero bárbaro, me hizo esa tablita.

—Un hombre agradecido.

—Y de buen gusto —confirmé—. ¿Quiere que le cuente qué hay dentro de aquel frasquito con formol? También es un regalo...

—Mejor no —dijo el diputado mostrando impecable criterio—. Pero cuando aprueben la ley, yo algo le voy a traer, Pirovano.

—¿Y qué falta para eso?

—Sólo la fecha —Rugilo comenzó a sacar papeles de su portafolios—. Quedan pocos días libres, entre santos y efemérides. Hay una propuesta informal del 27 de octubre, hecha hace unos años. Pero no sé...

—¿Quiere que le tire fechas?

No, no quería eso. Quería que fuera el viernes al Congreso.

—Necesito que venga a informar ante la Comisión para desarrollar bien los fundamentos, de modo que cuando vayamos al recinto tengamos todo cocinado. Usted es el que mejor puede formularlo, Pirovano. Van a estar Carrizo, Fillol, Goycochea, Gatti y otros, para hacer facha y aprovechando que irán los medios. Es a las diez de la mañana. Éstos son los fundamentos.

Me alcanzó una carpeta gruesa que dejé sin mirar sobre una pila, a mi derecha.

—No me falle.

Me puse de pie y le dije algo que aprendí en la profesión y sirve para todo:

—Salgo poco, Rugilo. Pero cuando salgo, no puedo fallar.

Cuando partió el diputado, Mupi me informó de todos los llamados: alguien de la comisión directiva de San Lorenzo que no dejó su nombre, Vicky dos veces, Renata —que no sé qué problemas tenía en el colegio—, el Tano Nápoli y Sebastián Armendáriz, desde la concentración en el Hotel Tricontinental: "Hace diez minutos y quiere que lo llames sin falta".

—¿Y Bárbara? ¿No llamó Bárbara?

Mupi meneó la cabeza, agitó los viejos rulos con algo de triunfal reprobación. Me hice el desentendido.

—Gracias tía, y andá nomás. Van a ser las siete.

—¿Cierro con llave?

—No, dejá, tiene que venir alguien.

Escuché el ruido de la puerta cuando Mupi se fue, y el silencio que quedó en el aire después de un momento me resultó incómodo. Metí la mano en el cajón de la izquierda y puse el primer casete que encontré en el equipo: Camarón de la Isla. No lo escuchaba desde la época del Betis, en Sevilla.

Ordené un poco los papeles sobre el escritorio. El grueso expediente con los fundamentos para el anteproyecto de ley para instituir el Día del Arquero, impulsado por el delirante diputado Rugilo; los libros de Cortázar que había estado consultando Renata para el trabajo de Lengua y Literatura, también. Coloqué *Todos los fuegos el fuego* y *Los premios* en la biblioteca, y el expediente terminó en una pila de papeles junto a la ventana.

Sonó el teléfono y me sobresalté.

—Hola, Pedro... —la voz de Bárbara, asordinada.

—Ah... ¿Dónde estás? Me llamó Sebastián desde la concentración.

—Sí, lo acabo de dejar. Hablamos y estuvo pesadísimo... No sabés... —no sabía y ni quería imaginarme—. Ahora estoy en el auto, te hablo de un celular. Necesito verte: voy para allá.

—No, esperá. ¿Qué hiciste?

La comunicación se cortó.

Sentí un ahogo repentino. ¿Qué quería decir con "lo acabo de dejar" y "hablamos"? Era lo único que faltaba. Bárbara en un rapto de sinceridad se iba de boca con Sebastián y se pudría todo: una buena relación y mi trabajo de representante del mejor marcador central del fútbol argentino cuando lo tenía casi vendido a Alemania...

Volvió a sonar el teléfono.

—Pedro... —era Bárbara otra vez, la interrumpida—. Se cortó, me prestaron un celular y no sé muy bien cómo se usa...

—¿Qué pasó con Sebastián?

—No sabés... —era su muletilla—. No sabés cómo se puso, es un paranoico...

—Todos los *stoppers* lo son.

—¿Qué?

—Nada, una teoría.

—¿Una tontería?

—Tal vez. ¿Vas a venir?

La comunicación se volvió a cortar.

Dejé el auricular y justo en eso sonaron los gritos en el pasillo y enseguida los golpes contra el vidrio. Metí la mano en el cajón de la derecha.

Mientras lamentaba no haberle dicho a Mupi que cerrara la puerta me descubrí caminando con el 38 en la mano.

2. Roperito y el otro

━━

Abrí la puerta de zurda y de un tirón. Los tipos se dieron vuelta, sorprendidos, como si después de golpear el vidrio se hubieran olvidado y fuera yo el que los buscaba a ellos.

—¿Qué pasa? —dije sin salir, sin soltar el picaporte y con el 38 pegado al muslo.

Eran dos. Dos tipos grandes, muy grandes. Ocupaban todo el pasillo y me costó imaginar cómo habían llegado hasta ahí sin ascensor. Sobre todo el joven, que estaba en silla de ruedas:

—¿No está Etchenike? —dijo el otro, el viejo corpulento, señalando la puerta contigua a la mía.

—No. Se retiró.

—¿Seguro?

Encogí los hombros, les indiqué con el mentón lo que los tres podíamos ver: la puerta cerrada, la oficina a oscuras.

—¿A qué hora? —dijo el de la silla, y en ese momento lo reconocí.

Relajé el dedo en el arma amartillada pero no me moví.

—No sé a qué hora, pero se retiró: fue hace cinco años.

Eso no les gustó. Debí darme cuenta de que estaban desesperados.

—¿Sos gracioso vos? —dijo el viejo dando un paso al frente,

separando apenas los brazos del tronco grueso y sólido, inclinado como si se dispusiera a echarse a volar.

—No. Y ustedes tampoco.

Eso les gustó menos. Debí haberlos contado bien: eran dos. Y estaban desesperados.

Uno me tiró el carro encima y el otro me reventó el hombro de un hachazo a dos manos con los dedos trenzados.

Al momento estaba de espaldas en el suelo y al arma andaba por alguna parte lejos de mi mano derecha.

El diálogo prosiguió conmigo en el sillón de las visitas y el rostro del más viejo a centímetros del mío: advertí que tenía las cejas y el cuerpo del enemigo consuetudinario de Carlitos en las películas mudas.

—Los conozco: vos sos El Troglodita y él es Roperito Aguirre —informé sin que me lo preguntaran.

—Eso ya lo sabemos —dijo el pendejo sin inmutarse y avanzó con la silla en círculos veloces, como si caminara nervioso—. ¿Dónde está Etchenike?

—Se fue, dejó la oficina hace años. Cuando yo vine al edificio ya no estaba.

—¿Y vos quién sos?

Se lo dije.

Fueron a la puerta, a verificar en el vidrio. Volvieron.

—¿El arquero?

Asentí enarbolando la mano enguantada.

—Te vi atajar de pibe, en Atlanta... —dijo el viejo equivocándose.

Lo dejé pasar. Todo estaba equivocado en esa situación.

—¿Y ahora, a qué te dedicás? —insistió.

Se lo dije.

—¿Y para eso andás calzado?

No contesté. Tampoco les interesaba. Estaban sin libreto.

Me puse de pie y no me lo impidieron. Tenía el hombro

dolorido pero empezaba a sentir una especie de difusa lástima por esos grandotes desolados en busca de un fantasma.

—¿Cómo llegaron?

—Por el Negro Sayago, que trabajaba con Etchenike.

—No, digo cómo subieron los cinco pisos.

Por toda respuesta Roperito Aguirre se tiró de la silla y apoyándose en los poderosos brazos arrastró el medio cuerpo muerto con una velocidad conmovedora.

Asentí, casi avergonzado.

—Ah... Veré qué puedo hacer.

El muchacho que reptaba por el piso de mi oficina y ese gigante semicalvo que parecía siempre incómodo bajo techo eran sobrevivientes de una raza en vías de extinción: los luchadores. El Troglodita era o había sido alguna vez en la cédula Cristóbal *Toto* Zolezzi, hombre de la troupe legendaria de Martín Karadagián por dos décadas. El otro, un pibe todavía, los restos maltrechos de un atleta excepcional malogrado años atrás, en un accidente aéreo absurdo. A los dos los había visto la semana anterior por televisión, anunciando su regreso espectacular:

—¿Vuelve otra vez *Gigantes en el ring*? —había preguntado el entrevistador.

—No. Ya está registrado ese título; somos los mismos pero ahora el espectáculo se llama *Gigantes en la lona* —había contestado Zolezzi.

—¿A quién se le ocurrió ponerle ese nombre? —dije ahora yo, mientras buscaba mi agenda en el escritorio.

—Ya están hechos los carteles, los volantes... —argumentó El Troglodita—. Cambiarlo nos saldría mucha guita, Pirovano.

—Pero eso no es un nombre. Es un epitafio: *Gigantes en la lona...*

No me contestaron. De pronto escuché la voz aguda de Roperito:

—Creo que lo buscan.

—¿Quién?

—Una rubia con un revólver.

3. APRIETES

———

Era Bárbara. Impecable, se había vestido claro para venir, se había pintado oscuro para subir por la escalera; el perfume se le adelantaba dos metros, los zapatos hacían juego con los ojos, los ojos con las luces bajas, ya turbias, de la oficina.

El 38 en la mano no tenía nada que ver:

—¿De quién es esto? Lo encontré en el suelo.

—Mío. Dame.

Lo tomé por el caño y me lo guardé en el bolsillo.

Mis visitas se miraban como esperando el gong.

—Los Gigantes... Bárbara... —dije señalando los respectivos rincones.

Después hice un gesto vago de espera, la tomé de la muñeca y entré de nuevo con ella en el privado. Cerré la puerta.

—¿Qué pasó con Sebastián? ¿Qué le dijiste?

No contestó: me echó los brazos al cuello y me besó durísimo, sabiamente.

—Tranquilo —dijo después, sonriendo apenas sobre mis labios—. No pasa nada. ¿Quiénes son esos tipos? ¿Por qué andás con revólver?

Se lo expliqué en dos minutos.

—... y buscan a Etchenike —concluí.

—¿A quién?

Para eso necesitaba media hora larga, así que opté por lo más fácil:

—Un investigador privado. El viejo que ocupaba la oficina de al lado.

—¿Y ya se van? —Sólo eso le interesaba saber.

—Sí. Espérame cinco minutos.

Volví con la agenda a darles la última dirección de Etchenike a los Gigantes:

—Pichincha 658, en San Cristóbal. No sé si será buena, me la dejó el nieto el año pasado.

—Gracias.

Agradecían pero no tenían dónde anotar. Escribí en el reverso de una tarjeta mía y se la puse en el bolsillo de la camisa a Zolezzi, como quien da una estampita.

—¿Para qué lo buscan? Está retirado —insistí como un idiota.

Se miraron en silencio. El Troglodita le tocó el hombro y el otro movió la silla; avanzaron por el pasillo:

—Necesitamos protección —dijo Zolezzi volviéndose apenas.

Me quedé callado y ellos siguieron.

Cuando llegaron a la escalera, el Roperito se tiró de la silla y encaró para abajo. Hacía los mismos ruidos que Tarzán saltando de liana en liana, exclamaciones ahogadas.

No supe si reír o llorar.

Entré y cerré con llave. Eran las ocho. Atardecía prolijo y gris brillante en la ventana sobre la avenida.

—¿Se fueron?

Bárbara estaba en el sillón donde nos habíamos amado fieramente por primera y única vez entre las 16 y las 19 del último domingo. Mientras Sebastián Armendáriz se prodigaba en las dos áreas de un clásico reñido, se ponía al borde de la tarjeta amarilla y se jugaba en cambios de frente de treinta metros, Bárbara y yo descubríamos que era cierto: nos teníamos ganas desde hacía un par de semanas y darnos el gusto era lo mejor que nos había pasado en años.

Sin embargo, no era algo cómodo o agradable de pensar.

—¿Qué querés hacer? —dije y di vuelta el casete de Camarón.

Ella sonrió.

—Pensé mucho en vos, Pedro.

—Yo también.

Mientras me acercaba, ella se deslizó hacia abajo en el respaldo del sillón para recibirme. Estaba muy hermosa y allá fui. Veintitrés años. Dios.

—Estuve pensando y no puede ser... —dije tras la primera aproximación profunda, apartando los brazos como quien trata de sacarse un pulóver estrecho.

—¿Qué pensaste?

Me senté para poder hablar y argumenté lo usual, lo verdadero: estás confundida, estoy disponible, me gustás; fue bueno lo del domingo pero no.

Ella no dijo nada. Sólo estiró una mano.

Al momento estábamos abrazados, semidesnudos, sudorosos. De pronto se detuvo:

—¿Vamos a tu casa?

—No. Está Renata —y quise seguir—: sacate todo.

—Bueno, pero vos sacate el guante...

—No.

Me manoteó. Forcejeamos y se reía mucho. Era más linda todavía cuando se reía. Terminamos haciendo el amor debajo del escritorio.

Fue mejor que el domingo pero no me animé a decirlo.

Fumamos en silencio el único cigarrillo mientras Camarón llenaba de gritos la penumbra. Bárbara me tocó el brazo y bajó un dedo por las rugosidades del guante.

—¿En serio no te lo sacás nunca?

—Nunca.

Sonó el teléfono.

—Pirovano —dije sentado en el suelo, desnudo y ridículo.

—Habla Sebastián... —dijeron del otro lado.

Instintivamente me llevé la mano libre a los huevos indefensos, la miré a ella, no dije nada.

—Hola... ¿Pedro? —insistieron.

—Sí, Sebastián: ¿qué pasa?

—¿Hay alguna novedad de Alemania?

Le dije que no, que no todavía, que esperaba el fax en cualquier momento.

—¿Se hará? ¿A vos te parece que se hará?

—Seguro que sí.

—Me quiero ir. No aguanto más acá.

Acá era la concentración del Hotel Tricontinental, era la Argentina, era su equipo, era el matrimonio, era quién sabe qué. Probablemente su propia piel. Pero no le dije eso:

—Tranquilo —le dije—. Todo se va a arreglar.

—¿Vos creés?

—Sí.

Lo contuve durante cinco minutos hasta que cortó como quien apaga una vela.

Corté yo también. Suspiré.

—¿Y?

Bárbara me interrogó con su boca bonita y sus ojos verdes. Pero no había leído a Salinger. Y mejor que no.

—Este pibe está mal, realmente mal —dije desde la salud más rebosante.

—Te dije —confirmó ella, serena, sentada, tan blanca, hermosa y arbitraria en esa penumbra como el desnudo de Manet junto a la canasta del picnic.

Estiramos la mano al mismo tiempo. Pero esta vez tocamos dedos fríos.

Sonó el teléfono. Siempre sonaba.

—¿Qué hace con el teléfono, pasa quiniela? —me acusaron con vos finita.

—¿Quién es?

—Aguirre.

—Ah.

—Lo que me dio era la dirección de un geriátrico, Pirovano —me informó Roperito como si fuera culpa mía—. Y Etchenike está herido y preso...

—¿Dónde están?

—En La Academia.

Mientras Bárbara se ponía la bombachita en la oscuridad comprobé que una vez más no sabía dónde había dejado el 38.

■

Recuperé el revólver, caído detrás del sillón en medio del forcejeo, le dejé un mensaje en el contestador a Renata y después que Bárbara se tomó sus cinco minutos de reacondicionamiento en el baño salimos.

Los Gigantes me esperaban en media hora y Bárbara quiso llevarme en su auto. Le quedaba de paso. Se negó a hablar "de lo nuestro" y prefirió saber algo más de Julio Argentino Etchenique o mejor de *Etchenaik* (grosera versión fonética de *Etchenike*, su apenas retocado nombre de guerra).

Entonces le conté brevemente las aventuras del veterano detective, la módica mitología que se había creado a su alrededor a fines de los setenta, sus andanzas con el gallego Tony García y el Negro Sayago.

—Pero ahora debe ser un hombre muy mayor...

Le calculé ochenta años. Ella apretó los labios.

—Se debería jubilar —dijo mirándose cuidadosamente el maquillaje en el espejito.

—Ya está. Y ahora no se puede jubilar de jubilado.

Bárbara sonrió.

Yo le resultaba gracioso, acaso inteligente, seguramente viejo.

Nos detuvimos en el semáforo de Rivadavia y Callao.

—¿Cuánto hace que dejaste el fútbol, Pedro? —dijo con la voz de Vilma Picapiedra.

—Yo no me jubilé, nena —dije acaso demasiado bruscamente.

Como disculpa, como si quisiera demostrarle quién sabe qué, le apoyé la mano enguantada en la parte interna del muslo y comencé a subir.

Bárbara cerró los ojos mientras asentía:

—No es mano de jubilado.

—No.

Llegamos. Quiso bajar conmigo y no me opuse lo suficiente: un auténtico imbécil.

Roperito Aguirre y El Troglodita estaban solos en la mesa de la ventana: leche chocolatada y ginebra con hielo.

Saludé y me acodé desde la vereda con Bárbara a mi lado. Eché un vistazo al interior, vi a los tipos de la mesa del fondo y me volví discretamente hacia ella:

—Andate ya: no se puede creer, pero están Segura y Zambrano. Que no te vean conmigo... —le dije por lo bajo.

Ariel Segura era compañero de equipo y amigo de Sebastián Armendáriz. El *Fantasma* Hugo Zambrano era una víbora.

Bárbara palideció, me soltó la mano, saludó con un gruñido y literalmente salió corriendo. Pasó frente a la puerta abierta con la cabeza gacha, como un rugbier dispuesto al scrum, y en el impulso de la huida casi choca con los dos tipos que entraban.

Uno era un petiso gordo en mangas de camisa con portafolios y el otro un viejo alto de traje arrugado con la oreja cubierta con un parche de gasa.

—Etchenike... —dije.

—Sí, ahora otra vez Etchenike —confirmó el arrugado arrimándose a la mesa.

—¿No estaba en cana?

—Estaba —dijo el petiso, totalmente abogado—. Alteración del orden público, resistencia a la autoridad... Todas las semanas lo mismo.

El veterano se sacó de un tirón la gasa y quedó al descubierto la oreja machucada.

—No van a parar el reclamo de los jubilados con represión —dijo sin énfasis—. Es un problema de soberbia...

Terminó de arreglar cuestiones formales y despidió al abogado; después pidió un fernet con hielo y soda, y sin que nadie le preguntara comenzó a contar la experiencia de autogestión en la "Casa de Pichincha", donde vivía sin residir, según precisó:

—El verso de la tercera edad, los gerontes y las residencias de Barrio Norte con rejas son parte de la misma sanata —dijo apasionado—. Yo vivo ahí porque no soporto a la hinchapelotas de mi hija, y viviendo solo, después de la muerte de Tony, estaba muy expuesto. Pero ahí no dependemos de nadie. Los viejos solos somos como huérfanos de vuelta, con experiencia. Por ejemplo, la organización de la seguridad y el comité de autodefensa de las marchas de los miércoles los generamos nosotros en Pichincha. Junté una docena de tipos duros...

Ahí hizo una pausa para revisar nuestros rostros y ver si dudábamos de su palabra, de la consistencia de su palabra y de sus amigos.

—...junté una docena de tipos duros, digo, y ya no nos pasan por encima. Hoy, sin ir más lejos, cuando me pegan a mí desde atrás de la valla, salta Quasimodo y lo sirve así...

—¿Quasimodo Ferrari? —se cruzó El Troglodita.

El veterano asintió mientras se empinaba el fernet.

—Está conmigo en Pichincha. ¿Lo conoce?

El Troglodita explicó que habían trabajado juntos en una de las primeras troupes de Karadagián, cuando él recién comenzaba en el oficio. Y de ahí aprovechó para empalmar sin transición al motivo que los había llevado a buscarlo primero a la oficina de la Avenida de Mayo, después al geriátrico de Pichincha.

—El señor Pirovano nos dijo que ya se había retirado y nos dio la nueva dirección —concluyó Roperito.

Creo que recién ahí Etchenike me reconoció. Nos habríamos visto apenas dos o tres veces antes.

—Tengo que ir a vaciar esa cueva alguna vez... Dejé todos los libros, los ficheros... —explicó desganado—. ¿Cómo está todo eso?

Le expliqué que el edificio era una ruina y que su oficina vacía no desentonaba.

Se rió y por un momento pareció evocar los tiempos no muy lejanos en que según cuentan andaba a los tiros por los pasillos mal iluminados.

En eso algo lo distrajo.

—Mire qué fuerte está esa pendeja. Lástima lo que se ha hecho en el brazo... —dijo con los ojitos brillantes.

Me di vuelta siguiendo su mirada justo para recibir el saludo y el beso en la mejilla.

—Hola, papá.

Era Renata. El tatuaje, un dragón verde y negro de ojos llameantes, le trepaba del codo al hombro. Llegaba justo hasta donde estaba apoyada la mano del rubio del pelo a la cintura que la acompañaba.

5. ¿Quién?

Me aparté un momento para hablar con mi hija lejos de las irónicas miradas y comentarios de la mesa.

Renata rendía la última materia del secundario y quería mi permiso para ir a dormir a casa de una amiga; pensaban quedarse toda la noche para preparar mejor una Química indigesta. El rubio ponía cara de póquer.

—¿Qué te hiciste ahí? —yo no podía dejar de mirar el dragón.

Tenía el brazo tumefacto y brillante. La tinta del tatuaje se mezclaba con los puntos sanguinolentos, la piel desgarrada e hinchada.

—¿Viste qué hermoso?

—¿Se puede borrar? —y apoyé el dedo.

—Ay.

—Hay que esperar dos días. No se puede tocar ni rascar ni nada —dijo el rubio didáctico y sonriente—. Se saca con láser pero es caro.

—¿Se lo hiciste vos?

Levantó las manos, volvió a sonreír. Lo hubiera amasijado ahí mismo.

—No le digas a mamá —dijo Renata—. No lo va a ver hasta el día que le entregue el diploma...

Toda una estrategia. Como la de darme un beso rápido y partir.

—Pará, pibe.

—Se llama Fabio —especificó ella.

—Fabio: llevala a casa, por favor —y mi hija se ensombreció—. Pueden estudiar en tu pieza, no hay problema.

Renata se zambulló sonriente para darme un beso mejor y salieron.

No me gustó nada cómo le miraba el culo el mozo apoyado en el mostrador.

En la mesa, el relato prolijo de Roperito Aguirre había llegado a un punto clave:

—...La cuestión es que desde que nos reunimos para preparar el regreso de los Gigantes empezaron los problemas. Primero las amenazas y después directamente las agresiones. Ya hay dos lastimados: a Bedoya lo atropellaron con un taxi, y al Rusito lo cortaron con una botella rota. Si seguimos así, la temporada no se hace.

—¿Ustedes cuántos son?

—Seis, bah... —se desdijo Roperito—: cinco ahora. Hay uno que ya no está.

—¿Cómo se arreglan con cinco? Siempre sobra o falta uno —dije yo.

Me miraron como si fuera un imbécil o algo peor.

—Cada uno hace dos luchadores, Pirovano, dos personajes —dijo Zolezzi acercándome su pesada mano a la cara—. Yo, por ejemplo, soy El Troglodita y El Oso Ruso; Roperito hace de Roperito mismo y se disfraza para El Acorazado; el correntino Bedoya es Malasangre el Mafioso y Doctor No; el flaco Larrañaga hace Tío Sam y El Espectro, y el rusito Rudzky, Comandante Nadie y Ray Flowers. Con eso garantizamos cinco peleas por noche y una final con todos los ganadores arriba...

—¿Quién es el que no va a participar? —dijo Etchenike.

—Paredón —contestaron los otros dos a coro—. El que hacía de Súper Sugar y Tony el Rockero. Es un hijo de puta, y todo este asunto de las amenazas debe tener que ver con él.

—¿Y dónde está?

Los dos luchadores agitaron la cabeza, nada sabían. Todo muy endeble.

—¿Por qué suponen que es él?

Parecía ser demasiado evidente para necesitar explicación alguna.

Sin embargo, y al calor de la segunda o tercera ginebra, El Troglodita esbozó la historia. Explicó cómo Juan Paredes —Paredón, para el oficio— los había elegido y convocado en el '89 entre jóvenes y ya veteranos para formar la troupe inicial de los *Gigantes en el ring*. Paredes había sido a la vez empresario y luchador, contacto y organizador. Con él consiguieron el programa en Canal 9 después de una breve temporada en ATC, y enseguida empezaron las giras. Durante unos años dieron prácticamente dos vueltas enteras a Latinoamérica por temporada: Chile, Uruguay, Paraguay, Brasil, Bolivia, Perú, Ecuador, Colombia, Venezuela...

—Una vez así... —y El Troglodita giraba con el dedo en el sentido de las agujas del reloj, para después volver—. Y otra así...

—¿Ganaban bien?

—Nunca nos pagaron mejor. Hasta que Paredón un día nos dejó plantados en Uruguaiana. Desapareció: se llevó la guita, el micro, los trajes, los contratos, el nombre inclusive, que él tenía registrado. Y nunca más se supo. Nos cagó.

—Pero ahora volvieron sin Paredón —recapituló Etchenike.

—Y algo pasa —confirmó Roperito.

Y algo pasó, exactamente. Porque en ese momento sentí una mano en el hombro y me volví sobresaltado. Parados a ambos lados de mi silla, rígidos como dos muñecos de metegol, estaban los que me temía: Ariel Segura y el *Fantasma* Hugo

Zambrano. Se habían venido desde la mesa del fondo sin hacer ruido.

—Qué hacés, Pirovano... Tanto tiempo... —dijo el Fantasma.

Le había sacado dos mano a mano ese mismo mediodía, en la quinta de Olivos; le había sacado antes, meses atrás, la representación de Sebastián Armendáriz. No me perdonaba ninguna de las dos cosas. Ex goleador de la B y ahora dedicado al negocio de la compraventa de jugadores por los peores canales, Zambrano jugaba de nueve en el equipo de alcahuetes del Presidente.

—Qué hacen ustedes... No los había visto —mentí sin vigor. Me concentré en el pibe—: ¿No tendrías que estar concentrado vos?

—Tengo permiso del técnico —miró de reojo a Zambrano—. Teníamos que arreglar algunas cosas.

—Yo me ocupo bien de mis representados, los cuido y acompaño, ¿no, Ariel? —dijo el Fantasma.

—Seguro —dijo Segura y me pareció que le temblaba un poquito la voz—. Nosotros sí que te vimos llegar... Qué noche bárbara, eh.

—Bárbara —subrayó el Fantasma clavándome la mirada—. Inolvidable.

Dieron media vuelta y salieron, tensos, acaso felices de amedrentarme con su humor elusivo.

Suspiré, me derrumbé en la silla y miré el reloj: casi las doce. Era el momento de decir buenas noches y piantar. Para colmo, Etchenike acababa de interrumpir el monólogo de El Troglodita y decía:

—Ibrahim —y levantaba un dedito—. La clave es Ibrahim.

—¿Quién?

Suspiré. Pedí un whisky y me acomodé. Sé cuando ya no me puedo ir.

6. Al trote

A las ocho me despertaron el calor y los aullidos del carayá. El mono suele escaparse regularmente de la Asociación Vida Natural donde lo tienen, supongo, de encargado de relaciones públicas, y pasearse por las cornisas hasta las ventanas del loft. Y mejor que elija mi casa. El día que se confunda de vecinos y vaya a perturbar a la gente del Club de Cazadores de la planta baja terminará embalsamado en una de sus ominosas vitrinas.

Cerré la ventana pese al escándalo del mono y encendí el aire acondicionado. Renata ya se había ido. Encontré su nota pegada en la puerta de la heladera: "Viejo, nos vamos a rendir. Deseanos suerte. Te llamo al mediodía".

Elongué un poquito, preparé la pateadora en frecuencia media y me puse en el arco dibujado contra la pared del fondo. Estaba duro de reflejos con sólo cuatro horas de sueño, y los cinco pelotazos que despertaron a los fríos habitantes de la pecera de Renata me parecieron más rápidos que de costumbre: 1-4. El peor resultado de la semana.

Tomé un par de mates y fui al cuarto que había sido mi dormitorio hasta que la nena se peleó con la madre y decidió vivir conmigo. Lo ventilé y recogí los restos de una noche de estudio, faso, pizza, cerveza y probable encamada. Por lo menos el rubio no había dejado los calzoncillos colgados de la biblioteca. Aproveché para sacar del archivo la carpeta de Ibrahim para tenerla a mano, pero no la revisé. Pensé en Etchenike. Primero con pena, después con algo parecido a la admiración.

Casi había terminado de leer *Página/12* cuando sonó el teléfono. Dejé que el contestador se encargara de atender, pero al escuchar la voz del Tano Nápoli levanté el tubo.

—¿Ya volviste de correr? —dijo sorprendido.

—No salí todavía. ¿Nos encontramos a las seis para ver el local?

—De acuerdo. Son doscientos cincuenta metros en un primer piso: Corrientes y Junín —dijo esperando mi aprobación.

Eran el lugar y el tamaño perfectos para poner El Atajo, nuestra Primera Escuela Integral de Arqueros. Hugo Antonio Nápoli, un dotadísimo atajador al que sólo las campañas interminables de Roma y Gatti habían postergado en bancos de lujo como quien languidece en la sala de espera del Vaticano, estaba ciertamente entusiasmado, pero su llamada en realidad era un pretexto para que le contara lo del penal atajado al Presidente. La información se había filtrado y acababa de escuchar un comentario por radio. Le di los detalles y se rió como loco. Eso me hizo acordar de algo.

—Necesito un favor, Hugo: que atajes este sábado para Guardia Vieja. Hay un partido en Paso de los Libres, en Corrientes, y yo no puedo ir. Son unos pesos.

—¿Te lesionaste?

—No —le aseguré—. Pero me voy a lesionar.

Se hizo un breve silencio.

Era evidente que Hugo no entendía qué pasaba pero sin embargo no insistió. Al momento había aceptado sin preguntar nada, más o menos como yo la noche anterior en La Academia: después del tercer whisky me había parecido razonable reemplazar a Paredón el sábado, en la función debut de los *Gigantes en la lona* en el reacondicionado Salón Verdi de la Boca. Una estupidez.

Le agradecí a Hugo, colgué y comencé a trotar en el lugar,

tenso y malhumorado; di tres vueltas al loft como un oso redundante antes de salir, y cuando ya cerraba la puerta de calle sonó
otra vez el teléfono; no regresé. Me lancé casi con furia escaleras
abajo.

Habitualmente salgo más temprano a correr. Me hace bien,
aunque trotar por Defensa, por sus estrechas vereditas llenas de
gente, no es cómodo. Ni para mí ni para los empleados de traje y
maletín que van hacia Plaza de Mayo y los ministerios de la
zona. Es un lugar raro para vivir; saturado de ruidos y movimiento hasta las siete de la tarde y vacío a partir de esa hora. En
los fines de semana prácticamente no hay nadie y suelo ir a la
Plaza a correr alrededor de la pirámide, como para no olvidar en
qué barrio de qué país vivo. Hasta hace poco no había un miserable supermercado ni dónde comprar cigarrillos a las once de la
noche, pero puedo ir caminando a la oficina y Renata tiene el
Colegio Nacional Buenos Aires a la vuelta. Supongo que por eso
—entre otras cosas— dejó la casa de la madre en Belgrano: se
levanta una hora más tarde.
    Enfilé por Moreno, crucé el Bajo, la plaza de la Aduana,
atravesé Puerto Madero, el puentecito, y troté ya cómodo bajo
los árboles sintiendo cómo el movimiento me distendía, hacía
que mi mente flotara. Se piensa bien, corriendo.
    Como lo habíamos convenido, Toto Zolezzi me esperaba
en la esquina de Costanera Sur y Brasil, dando saltitos en la vereda del restaurante La Ribera, un precario y sabroso comedero
con los días contados que había crecido en su momento bajo los
árboles como un yuyo más. Ahí trabajaba El Troglodita de
parrillero a mediodía.
    —Vamos, tengo menos de una hora —dijo poniéndose a la
par sin esfuerzo.
    Estaba vestido igual que la noche anterior, sólo que con za-
patillas.
    Cruzamos hasta el veredón frente al río y corrimos en silen-

cio bajo un sol suave todavía, mientras las garzas y los patos se movían entre camalotes y plantas acuáticas a diez cuadras de la Casa Rosada.

Cuando llegamos a la entrada de la Reserva Ecológica y doblé para dar la vuelta como todos los días, el agitado Troglodita me detuvo con un gesto que significaba tregua e inminente conferencia.

—Te tengo, te tenemos que agradecer lo de... anoche..., Pirovano —dijo entrecortado—. ¿Seguís dispuesto?

Le aseguré que desde la época de El Hombre Montaña había soñado con ser luchador, pero que no sabía cómo era el tipo al que tendría que sustituir.

—No sé cómo estará ahora —dijo con una sonrisa irónica—. Pero seguro que más gordo y más rico. Desde que se borró que no lo veo.

—¿Y Aguirre?

—¿Qué pasa con el pibe? Bastantes problemas ha tenido, el pibe...

—No sé. Parece tan seguro al acusar a Paredes de los pequeños atentados que debe tener algún tipo de evidencia.

—Paredón nos cagó.

—De acuerdo. Pero eso sucedió antes. ¿Por qué se va a ocupar ahora en impedirles volver?

El Troglodita no me contestó a eso sino que creyó entender adónde iba yo:

—¿Tenés miedo? Si te querés borrar...

—No, nada de eso —me di cuenta de que había algo ahí que el grandote no estaba dispuesto a compartir conmigo y tiré la pelota afuera—. Lo que sí, antes de subir disfrazado al ring quería aprender a caer y a no romperme las costillas.

—Eso es lo de menos, una boludez... —dijo El Troglodita y me tendió las manos para que lo agarrara—. Ahora, probá voltearme.

Lo tomé de un brazo, me lo puse al hombro y giré con la rodilla en tierra. No llegué a hacer fuerza. Apenas insinué la palanca, ya la bestia de ciento treinta kilos salió despedida por encima de mi cabeza y cayó de espaldas en el polvo con todo el estruendo. Inmediatamente se puso de pie y ya estaba en guardia otra vez. Los pibes de la Reserva se acercaron a ver.

—¿Viste que es muy fácil? Vamos de nuevo.

Lo revoleé dos veces más y al final le dije que lo dejáramos para el gimnasio: se estaba arruinando la ropa.

—No tengo otra —dijo como al pasar—. Anoche me quemaron la pieza.

Zolezzi era un hombre de pocas palabras.

—Venite a casa —dije por no ser menos.

7. Paredón y antes

Había media docena de llamadas en el contestador. Mientras las escuchaba a todo volumen puse otra vez en marcha la pateadora y traté de mejorar mi performance anterior. Aunque cansado por el trote y los cinco pisos que me impongo de escalera —siempre son cinco, en casa y en la oficina— suelo estar más rápido de reflejos a la vuelta: el 2-3 no llegó a satisfacerme. Sólo saqué una arriba y otra a la derecha; los tres de la zurda entraron. Las pelotas quedaron rebotando por los rincones del loft.

El licenciado Zapata confirmaba la reunión del sábado al mediodía en su consultorio; Bárbara quería que la llamara y me dejaba un número de celular; el Roperito me daba la dirección por Caballito de un gimnasio donde esa tarde aprendería a caer sin golpearme; Bárbara me quería, a secas; Mupi me avisaba que había llegado a la oficina un fax de Alemania que no entendía y, finalmente, un anónimo hijo de puta murmuraba, en plural, que si no me quedaba en el molde me iban a coger a Renata: "Y te la vamos a reventar". Eso decía, exactamente. No explicaban de qué molde se trataba.

Fui corriendo a la pieza. Mi hija todavía no había regresado del examen. Pegué un par de pelotazos furiosos contra la pared y rebobiné los mensajes. Copié la cinta y la guardé.

Sonó el teléfono otra vez. Una voz de mujer.

—¿Renata?

—No. Bárbara.

—Ah... —y no pude evitar la decepción.

Bárbara estaba preocupada por el encuentro de la noche anterior con Zambrano y Segura.

—No te vieron, tranquila —mentí sin dudar—. Pero no podemos seguir así...

Era mucho más fácil argumentar si no la tenía cerca: pareció convencida.

—Veámonos esta noche, aunque sea la última vez —dijo después de una pausa bien de bolero—. Sebastián juega hoy y no vuelve.

—Y yo voy a ir a la cancha —dije.

Colgué sin esperar respuesta.

Intenté localizar a Renata pero no estaba ya en el colegio; tampoco había ido a casa de su madre ni hablado con Mupi. Sonó el teléfono mil veces más pero nunca era ella. Al mediodía le dejé un mensaje en la puerta de su cuarto y me fui caminando a la oficina.

Antes de entrar descubrí que algo pasaba al lado, que alguien había violado el viejo aguantadero de Etchenike. Instintivamente comprobé que el arma estaba en su lugar y me arrimé a investigar. Asomé la cabeza, la puerta gimió apenas.

—Pase... —me dijo el veterano de espaldas.

Estaba del otro lado del tabique que separaba la oficina propiamente dicha del breve espacio que ocupaban lo que había sido su cama (el elástico desnudo, en realidad) y las combadas bibliotecas saturadas de libros.

—Pase, señora... —insistió.

—Soy Pirovano. Buen día.

Se volvió. Del parche de la noche anterior sólo quedaba una curita sutil sobre la ceja. Tenía el traje oscuro lleno de polvo y una carpeta gruesa en la mano. La levantó sonriendo como si quisiera o debiera justificar su presencia.

—Hola. Pensé que era la señora de la limpieza, como antes... —dijo—. Aproveché para buscar algunas cosas en el archivo que llevaba mi compañero. Fíjese.

Y me la tiró por el aire.

Abarajé como pude el mamotreto y leí el rótulo que alguna vez había dibujado con letra pretendidamente gótica el malogrado gallego Tony García: "Paredes, Juan N."

Le eché una mirada.

—Buen material.

—Todo trabajo de Tony.

Había una ficha típica de prisión y una serie de recortes de la sección policiales de mediados de los setenta que agotaban el escuálido, triste itinerario delictivo del hombre que yo sustituiría en los Gigantes. No había fotos de cuerpo entero sino una fotocopia mala del prontuario, frente y perfil, hace mil años.

—Paredón tiene su pequeña historia —dije.

Asintió con un gruñido sin volverse del todo.

La oficina estaba como siempre pero peor: el escritorio de madera, los archivos metálicos, el perchero que conservaba aún el emblemático piloto tal cual había caído la última vez y hasta el viejo ventilador de pie que ya no ventilaba nada. Las cortinas amenazaban con desprenderse en hilachas, movidas por la leve brisa, y en las paredes había marcas de olvidados disparos cubiertos por telas de araña.

—Ni bien lo mencionaron los amigos luchadores, me acordé de esta basura —dijo excesivamente el veterano.

Se dejó caer en el sillón giratorio como quien recupera naturalmente un trono y pasó a detallar:

—Lo confirmé con lo que me contó Quasimodo, que lo conoció en esa época. Ahí, en esa carpeta vieja, aparece en raterías, en causas por lesiones y tenencia de armas de guerra. Siempre le gustó la acción, era de gatillo rápido y muy fogoso de palabra. De ahí lo de *Paredón*, que le viene de la época en que los milicos le borraron ese mismo prontuario cuando se sumó a los grupos de represión clandestina.

Yo seguía revisando y encontré otra carpeta dentro de la de Paredes.

—¿Y este "Pandolfi, Norberto"? —dije poniendo la otra carpeta decorada por la caligrafía infantil del gallego archivador sobre el escritorio.

Etchenike meneó la cabeza y me hizo el gesto de que la abriera, de que viera por mí mismo.

Lo hice.

Había sólo dos recortes periodísticos. Los dos del diario *El Atlántico* de Mar del Plata, de diez años atrás. En uno se mencionaba un caso de estafa, y entre los prófugos estaban, subrayados, Juan Paredes y Norberto Pandolfi. El otro era una mala foto del mismo Pandolfi, un gordo de bigotes y anteojos negros que se reía, pese a que según el epígrafe estaba a punto de ser detenido.

—Un cómplice —dije.

Etchenike levantó las cejas:

—Seguramente. Por eso Tony lo habrá adosado. El gallego tenía su manera de llevar las cosas.

—¿Me presta estas hojas para fotocopiar?

—Dele.

En ese momento algo sucedió a mis espaldas porque el veterano se quedó suspenso, con la mirada fija. Me volví.

Era Mupi, que me había oído desde la oficina y venía a buscarme. Tenía papeles en la mano.

—Hola. Necesito que me fotocopies esto... por favor —le dije a modo de saludo.

—Bueno, Pedro. Pero llegó un fax —dijo sin levantar la voz.

—¿El de Alemania?

—No, otro más. De acá. Fijate qué raro —y me lo extendió.

Era un dibujo, sólo un dibujo: el mismo terrible dragón que llevaba tatuado Renata en su brazo.

8. AGUJAS

No perdí tiempo ni quise explicarle a Mupi lo que pasaba. No sólo es mi secretaria; es mí tía más vieja y querida. Ha mimado siempre a Renata pese a que la conoció recién cuando volvimos a la Argentina y ya era una nena.

—¿Qué es eso? —dijo cuando vio la cara que yo debía tener con el dragón entre manos.

—Un chiste macabro, creo.

El fax había sido enviado a las 13.41 y tenía el membrete de un locutorio de Florida al 500. Lo doblé en cuatro y me lo puse en el bolsillo dispuesto a salir.

—Esperá: éste es el que llegó temprano, de Alemania —y Mupi me alcanzó otra hoja.

El texto era breve, estaba escrito en inglés y fechado en Stuttgart. Lo leí rápidamente. Perfecto. El resultado de un buen trabajo profesional. Había estado esperando eso durante las últimas tres semanas y Mupi lo sabía:

—¿Todo bien? —dijo atenta a mis gestos—. ¿Se hace?

—Sí. Y mejor que lo esperado... —dije con voz ronca y sin mirarla.

—¿Y no te pone contento?

—Seguro.

No me creyó. Yo tampoco.

Salí rápido y ya cerraba el ascensor cuando Etchenike puso el pie.

—¿Adónde va, compañero? No funciona.

Me había olvidado del ascensor y de él. El veterano había recuperado su carpeta y la llevaba bajo el brazo, junto con un par de libros en los bolsillos y el consabido polvo acumulado en hombros y alrededores. Bajamos. Ni siquiera fue necesario que me preguntara algo. Le conté todo en cinco pisos de caminata confidencial. Él sólo asentía:

—La nena va a aparecer. Esto del fax es pura prepeada —dijo al final del recorrido y el relato—. Pero ante cualquier cosa, ya sabe, pibe...

Y por un momento los ojos claros y acuosos se le encendieron con un brillo antiguo.

—Ya sé que puedo contar con usted, maestro —y lo palmeé, levantando nubecitas—. ¿Qué se lleva ahí?

Sin palabras, asomó apenas la punta del libro, un Bustos Domecq muy del cuarenta; el primero exactamente, los *Seis problemas*, una rareza. Él mismo era una rareza.

—Usted es nuestro Parodi, veterano —dije y estaba convencido—. No necesita moverse de su casa.

Sonrió, aunque más sorprendido que feliz por la referencia.

—No sabía que los arqueros leían —dijo algo filoso.

—Tenemos mucho tiempo libre, mientras no nos patean.

Ahora sí se rió.

—De esta basura... —y levantó la carpeta— me ocupo yo. Lo llamo.

Al salir a la calle nos abrimos silenciosos como dos cazas en formación que tratan de evitar el cañoneo.

Llegué al locutorio de Florida al 500, una cueva avaramente dividida en diez cabinas calurosas, a las dos y cinco. Estaba lleno de gente y repartían números hasta el cinco mil. Fax en mano, traté de localizar al emisor sin resultado. Acababan de cambiar de turno, no daban información de ese tipo. Cuando estaba a punto de saltarle al cuello a un imbécil obstinado en ahuyentarme con amenazas de la policía, alguien me chistó y cuando me volví dijo:

—Yo sé quién fue. Yo lo vi.

Era un muchacho corpulento de anteojos negros, pelo recogido en colita y campera de cuero sin mangas. Me hizo un gesto para que lo siguiera.

—Ese diseño lo levantaron de un local de tatuaje en Lavalle —explicó en la vereda.

El sabio brazo que señalaba en esa dirección estaba dibujado de arriba abajo en filigranas azul verdoso. Mostré un billete de veinte y dije:

—Llevame.

Agarró la guita en silencio y fuimos.

El muchacho caminaba un par de pasos adelante, abriéndose paso por Florida como un rompehielos entre la gente. Doblamos por Lavalle, anduvimos dos cuadras y entramos a una galería flanqueada por un melancólico cine porno de cinco salas. Lo seguí dócilmente por la escalera del fondo, hasta un primer piso desolado. Los locales vacíos parecían las sucias cajas de vidrio de un serpentario cerrado por epidemia.

Cuando encaró hacia el segundo piso y estuvimos en el rellano se acabó el juego:

—Hasta acá, chabón —y le puse el 38 en el riñón derecho.

—Es ahí —dijo imperturbable y sin volverse, como si estuviera acostumbrado a sentir fierros en esa zona sensible.

—¿Dónde? —y me asomé al ras del piso superior como si sacara la cabeza en una trinchera.

Vi venir algo rápido que me dio en la frente y todo se acabó para mí.

Desperté con un zumbido poderoso en los oídos. El sonido salía de la maquinita que empuñaba un adolescente sentado en el otro extremo de un angosto local. Flaco y rapado, en bermudas, con la camiseta de Boca y una gorra de los Charlotte Hornets metida hasta las cejas, trabajaba junto a una mesa llena de algodones, guantes de látex y tintas. Un gordo un poco mayor se había arremangado la remera negra con una Harley Davidson y exponía el antebrazo para que el de Boca dibujara: lo estaba tatuando. Una clásica lengua Rolling Stone espinosa iba tomando forma.

—¿Cómo está? ¿Se siente mejor?

A mi lado, el chico que me había traído a la rastra desde el locutorio se había sacado los anteojos y soltado el pelo. Lo reconocí, lo tenía visto.

—Soy Mufa, el bajista de Tatoo Kareta —me explicó—. Estuve la semana pasada en su casa.

—Ah... —y era un gesto de sentimiento y de dolor—. Claro, vos sos del grupo en que canta mi hija.

—Yo también. Soy Adrián y perdone el golpe... —dijo otro parecido desde más lejos enarbolando el patín de ruedas enfiladas con que me había embocado entre ceja y ceja—. ¿Por qué sacó el chumbo?

—¿Qué saben de Renata? —fue mi pregunta que respondía a todo.

—Estuvo temprano con Fabio —dijo Mango, el tatuador—. Y detrás de ellos entró el tipo que se llevó el diseño: "Quiero el mismo que la pendeja", dijo. Se lo mostré para que lo viera porque pensé que se quería tatuar. Y ahí me manoteó la hoja. Cuando se la reclamé sacó la navaja y...

—Ay —dijo el gordo de la Harley—. No te emociones, que me dolió.

—Guarda con esas navajas... Digo: con esas agujas —me corregí yo, espantado.

9. DE VISITANTE

Mientras el ruido de la maquinita competía con el rap o lo que fuera que sonaba en el clip de la video, Mufa, Adrián y Mango, el tatuador de la camiseta de Boca, me contaron desordenados pormenores.

Renata había llegado a las once con Fabio, después de rendir Química, para que Mango le terminara de colorear el dragón. Un trabajo de diez minutos. Después se darían cuenta de que durante todo ese rato, el tipo —un rubio ambiguo con arito, vaqueros ajustados y camisa sin mangas, una especie de David Bowie con más lomo— se paseaba por la galería haciendo tiempo. Cuando Renata y su rubio ya se iban, el tipo entró a preguntar boludeces y ahí fue la escena del robo del diseño y la navaja...

—¿Estaba solo?

—No, había dos que lo cubrían: un pelado y un morocho más petiso —dijo Mango—. Cuando lo quise seguir me salieron al cruce en la escalera: "¿Adónde vas, pendejo?". Me cagué todo.

—Yo me había ido con Renata y Fabio —continuó Mufa—. Los acompañé hasta Florida y ahí nos separamos. Bajé al locutorio porque tenía que hacer una llamada de larga distancia pero había una cola bárbara. En eso, cuando estaba en el mostrador, llegó el chabón con el diseño.

—¿Solo?

—Solo. Él no me vio pero yo sí y me extrañó que anduviera con eso encima. Lo atendieron rápido; pasó el fax y se fue. Yo todavía estaba esperando cuando llegó usted. No entendía nada de lo que pasaba y casi no le hablo. Cuando me dio los veinte lo vi tan raro, tan sacado, que no sabía si disimulaba que no me conocía o qué. Por eso los agarré.

—Claro —lo interrumpí sin aclarar.

El relato me avergonzaba, me daba miedo tanto equívoco, tanta casualidad:

—¿Adónde iba Renata?

—Supongo que a su casa.

Me ensombrecí. Los tipos debían haberse separado. Uno, al fax; los otros, detrás de Renata. Por las caras de los pibes me di cuenta de que no sabían qué pasaba, por qué yo estaba tan alterado. Pero no había nada que les pudiera contar.

Hice que bajaran el volumen de la video, pedí el teléfono y marqué el número de casa.

Nada. Ni contestador ni señal de ocupado ni llamado infructuoso.

Volví a marcar. Silencio. Volví a marcar. Nada.

—¿Anda bien este teléfono?

Se miraron, no llegaron a contestarme.

Salí corriendo.

Tomé un taxi a casa que tardó más que lo que hubiera demorado yendo a pie.

Subí por la escalera y recién me detuve frente a la puerta. Abrí con la llave pero no pude entrar: estaba puesta la cadena de seguridad. Estuve a punto de tocar timbre, gritar o empujar pero me contuve. Escuché. Música. Música asordinada por el encierro. Si estaban adentro, si la tenían, ya era tarde. Sólo me quedaba la sorpresa: la cadena era débil.

Intenté hacer palanca con el cortaplumas y aflojé los tornillos del marco pero no pude con mi ansiedad. Con un buen golpe haría saltar los eslabones. Busqué el 38 en la funda riñonera: no estaba. No estaba, Dios. Era la tercera vez en dos días que perdía el arma. Tuve ganas de llorar, de arrojarme de cabeza contra la puerta.

Miré alrededor. Junto a la ventana del pasillo había una maceta con un gomero mustio. La planta estaba sujeta a una guía vertical, un providencial metro de hierro T. Lo arranqué sin cuidado ni pudor.

—¿Qué hace? —dijo una vieja que salía del ascensor.

—¡Cállese la boca! —le grité con voz ahogada por los dientes apretados—. ¡Y desaparezca, ya!

Con el mismo ademán con que levanté el hierro para espantar a la vieja y meterla otra vez en el ascensor, enfilé contra la puerta.

Fue un solo golpe.

La cadena se desprendió con crujido de madera y la puerta parpadeó, se abrió del todo, no pasó nada.

Cerré, entré y vi la ropa por el suelo. No había nada roto pero los libros y los zapatos tenían un aire de abandono precipitado, insoportable.

Levanté la barra de hierro y avancé hacia la puerta cerrada del cuarto. La música era similar a la del local de tatuaje, tan fuerte como aquélla. Como para tapar cualquier grito. Estaban ahí. Me afirmé con la zurda en el picaporte y preparé el asalto.

Abrí de golpe y entré a matar.

No más de tres segundos. Mucho menos. Lo suficiente como para encontrarme con el culo pálido de Fabio en primer plano, el grito, el gesto defensivo de Renata que no supo si taparse las inéditas tetitas o salir de abajo del rubio que la apretaba dulcemente contra el colchón entre gemidos.

Murmuré algo, no sé qué. Solté el fierro y salí cerrando despacio.

Fui hasta la heladera por puro reflejo y porque no encontré una ventana abierta para poder tirarme. Había una botella de vino blanco helado a media asta que pagó por todos.

—La primera vez que juego de visitante en mi casa —dije, retórico, la frase para recordar un día.

Al ratito la puerta del cuarto se abrió otra vez a mis espaldas y Renata se asomó apenas, lo suficiente para sonreírme, ya repuesta, y hacerme una señal silenciosa y cómplice con los cuatro dedos extendidos.

—¿Cuatro? —pregunté tan tonto.

—Rendí Química, pa. Me saqué cuatro —y me cambiaba el libreto como si nada—. Zafé, me recibí.

Y volvió a dejarme afuera.

Ya no me quedaban buenas frases ni reflejos veloces para caer parado.

Volví al living. El teléfono estaba caído y el cable desconectado desde hacía horas. Un rebote, seguro; el último pelotazo antes de salir... "Donde se vive no se ataja", murmuré.

Vicky tardó en atender:

—Tu hija se recibió —dije traidor, sin darle tiempo a nada—. Se merece un premio: te la mando con todo por una semana.

10. El suplente

La tarde del miércoles fue particularmente densa. Desde el día anterior habían sucedido demasiadas cosas y yo no atinaba sino a correr —tarde y mal— detrás de la gente y los hechos consumados. Había que parar.

Primero, coordiné con Vicky la inmediata mudanza de Renata —sin el rubio, que se movió evasivo unos minutos hasta que desapareció, cariñosamente despedido— y postergué hasta el sábado, en la reunión con el licenciado Zapata, las explicaciones a una y a otra.

En principio, era cierto que necesitaba el cuarto porque le había ofrecido para esa noche por lo menos la equívoca seguridad de mi domicilio al chamuscado Troglodita. Sin embargo, ambas sospecharon que no era ésa la verdadera razón.

Estuve a punto de hacerle escuchar a mi hija la amenaza telefónica y el contexto que justificaba mi irrupción tipo comando en su intimidad pero opté por simular paranoia sólo basada en el episodio del fax del tatuaje. Ella estaba tan asombrada de que no le dijera nada con respecto a su manera de festejar el examen final que, a cambio de una apresurada mudanza que no estaba en sus planes, sólo me pidió complicidad para ocultarle a la madre la mera existencia de un dragón en su brazo y de un rubio en su cama.

—De acuerdo —dije—. Sólo te pido que no aparezcas por acá, ni siquiera llames por una semana. Si tenés posibilidades de irte afuera, mejor.

—¿Una mina? ¿Tenés una mina?

Sonreí y dejé que imaginara a gusto, como buen imbécil.

La metí en un taxi con mochila y beso pero sin explicaciones. Sentí que estaban muy lejanos los tiempos del transporte escolar.

Llamé a Nápoli para pedirle que fuera solo a ver el departamento de Corrientes para la Escuela de Arqueros y quedamos en vernos a la noche en la platea de Vélez. No atendí dos llamados de Bárbara y después de avisarle a Mupi que estaba todo bien y que no pasaría por la oficina, cargué el bolso con la ropa deportiva y salí. El carayá me asaltó en la puerta del ascensor y lo devolví volando escaleras arriba. Le encantó.

Primero pasé el trance humillante de volver, ya más tranquilo, al local de Mango. Recuperé el revólver entre cargadas y, aunque no les di demasiadas explicaciones, los pibes estuvieron de acuerdo en tratar de recordar todo lo que pudiera ser una pista para localizar a Bowie y sus amigos.

De ahí fui a buscar el Escarabajo y a las seis menos veinte —apenas cuarenta minutos tarde— estacionaba frente al incalificable *Mr. Bolivia Gym* de la calle Cachimayo, una casona reciclada —puertas de vidrio, marquesina de acrílico— convertida en gimnasio mixto. Ahí entrenaban los diezmados *Gigantes en la lona.*

—Los muchachos te están esperando... Ya creíamos que habías arrugado —dijo Aguirre con aire de gastada al recibirme en la vereda junto al emparchado "rusito Rudzky", tal como me lo presentó.

Le confesé a Roperito que sí, que había estado a punto de borrarme. Un cierto pudor o alguna otra cosa más oscura me contuvo sin embargo en el momento de darle los detalles.

—La cuestión es que hoy y sólo por hoy soy uno de los *Gigantes en la lona* —dije retórico mientras entrábamos.

Él asintió sin dejar de sonreír de costado. Aceleró con la silla, se mandó por el pasillo y lo seguimos. Había bastante movimiento a esa hora.

El Rusito y yo nos entretuvimos con el ir y venir por los pasillos de algunos de los mejores culos del centro-oeste de la Capital.

—Buen material —dije.

—Los fierros las endurecen mucho —comentó sin volverse Aguirre, un exquisito.

No me pareció tan grave.

Cuando volví del vestuario al gimnasio mayor, el resto estaba listo y dispuesto a trabajar. Roperito, que era el que parecía manejar todo, nos reunió en medio del encordado que cercaba la colchoneta central y aclaró que esa tarde y al día siguiente entrenaríamos ahí —en ese ring improvisado— pero que el viernes nos prestaban el Salón Verdi para el ensayo general, ya con la pilcha y todo. Viendo el estado de la troupe, un repertorio de machucados más un audaz inexperto, no parecía que se pudiera hacer mucho. Pero me equivoqué, una vez más.

Durante las dos horas siguientes, los duchos Gigantes, cuyas heridas leves no les impedían desplazarse ni mucho menos, me sometieron a una rutina entre jocosa y brutal, propia de boinas verdes con vocación de Gaby, Fofó y Miliki. Sé que los sorprendí. No creían que estuviera tan entrenado para la pelea. Precisamente, debí cuidarme en desaprender lo que sabía: no lastimar, no golpear, fingir y exagerar rodadas y caídas. Convinimos en que adoptaría un estilo simple, no acrobático, y me asignaron para la lucha del sábado a El Troglodita como compañero.

—A ver qué sabe hacer ese suplente —me desafiaron los demás.

—Compañeros Gigantes, muchas veces la solución está en el banco —repliqué, bien futbolero.

Y zafé. Con Zolezzi de partenaire, el más curtido y seguro de todos, practicamos y repetimos cuatro o cinco situaciones. Como yo era "el bueno", mi tarea sería menor y más fácil. La última toma, la ganadora, dejaría al Troglodita despatarrado panza arriba. Lo hacía muy bien. Y se reía; le gustaba hacerlo, era feliz entre las cuerdas, haciendo de malo, echando gruñidos y zarpazos.

Pero me impresionaron la destreza, la movilidad y la aptitud física de Aguirre.

En tándem con Bedoya o Larrañaga, el Roperito volaba de las cuerdas al centro del ring como disparado por una honda; llevaba sus piernas como una bandera flameante mientras se impulsaba con sus brazos poderosos. Y cuando hacía el casi grotesco Acorazado, intimidaba. Apoyado y sujeto con correas sobre una plataforma circular con ruedas, y cubierto por una estructura de aluminio que lo convertía en un supuesto vehículo blindado humano del que sólo sobresalían los brazos y la cabeza, se movía como un tanque, usaba los brazos como aspas, parecía capaz de aplastar cualquier cosa que se le interpusiera. Tal la energía.

—De dónde saca este pibe Aguirre tanta fortaleza, Toto —le pregunté en las duchas a Zolezzi—. Es admirable. Hay que querer mucho la vida para sobreponerse a todo y hacer eso. ¿Qué es?

—Es odio.

El Troglodita habló con los ojos cerrados desde el interior de una nube de champú que le borraba el rostro y después se empinó mirando hacia arriba para que el agua le diera de lleno, se llevara la espuma.

—¿Odio? —quise ratificar.

Me miró con la cara limpia pero ya no dijo nada.

Bedoya se había asomado pidiendo el jabón.

11. Grande, Pirovano

Cuando salíamos del vestuario me dieron el bolso con las pilchas, los disfraces para subir al ring.

—¿Tiene quién le cosa, Pirovano? —dijo Roperito—. Lo va a necesitar.

—¿Soy muy distinto a Paredón?

—Eso espero.

Hice como que no había entendido y entreabrí la bolsa. Colores chillones y un olorcito acre. Saqué con dos dedos una manga amarilla y brillante.

—Ése es el de Tony el Rockero —me informaron.

Algo en mí se rebeló:

—Ni piensen que...

—Tiene máscara.

—Ah.

Se rieron. Hombres grandes se rieron de mí.

—No se queje —dijo Bedoya, que hablaba poco pero cada frase parecía una toma—. Usted anda todo el tiempo disfrazado con eso.

"Eso" era el guante.

—¿Cuántas funciones son? —quise saber como el que cuenta las dosis de un remedio espeso, la suma de pinchazos de una vacuna escalonada.

—¿Cómo cuántas?

—Sí. El viernes en el ensayo general y este sábado en el Salón Verdi puedo, pero no sé mi disponibilidad más adelante.

Se miraron:

—Es la única: el sábado es la única función, Pirovano —dijo Roperito como si jamás hubiera existido otra posibilidad—. Debut y despedida. Invitamos a los pibes, juntamos mucha gente, hacemos el video con todos los chiches y después, con eso, vemos qué se puede hacer en algún canal... No hay guita para más. Lo de Mar del Plata murió.

Se cruzó una dulce voz:

—Precisamente, señor Aguirre, por favor...

La mina se asomaba desde la secretaría o la administración del gimnasio como si estuviera en una caseta de peaje. El vehículo de Aguirre se clavó en seco. Cambió un par de palabras con la chica y se volvió hacia nosotros:

—Hasta mañana a la misma hora, muchachos —dijo.

Bedoya, Rudzky y El Troglodita se despidieron.

—Aguirre, un momento —le dije como un alumno aplicado que se queda después de hora para llamar la atención del profesor con boludeces—. Mañana voy a llegar un poco más tarde.

—Tranquilo —dijo con ojos chiquitos—. Estás más entrenado de lo que parecía, Pirovano.

Dobló con un viraje corto controlado por el diestro Larrañaga y se metió en la secretaría.

—¿Qué vamos a hacer con las cuotas de este mes? —alcancé a escuchar en la dulce voz.

—Andá a preguntarle a Pandolfi —dijo Roperito antes de que la puerta se cerrara con un golpe.

Salimos. Como yo iba para Liniers me ofrecí a llevar al Rusito, que vivía en Ciudadela, y a Zolezzi, que tenía que arreglar algunas cuestiones e iba a recoger en Ramos Mejía las pocas cosas que había logrado salvar del incendio de su pieza. No fue

fácil encajar primero —Rudzky atrás, El Troglodita a mi lado—
y trasladar después esos cuerpos casi entorpecidos de músculos
en el Escarabajo. Pese a las heridas, golpes y atentados, los Gigantes estaban de buen ánimo.

—Che, ¿quién es Pandolfi? —pregunté como al pasar.

No lo conocían.

—Tiene que ver con el gimnasio, supongo —dije como para
orientarlos.

—No sé. He estado tres veces en el gimnasio, cuanto mucho —dijo el Rusito.

El Troglodita asintió: ni idea.

La conversación derivó. Me contaron casi como si fueran
avatares ajenos lo que les había ocurrido en esos días. A nadie se
le ocurría borrarse ni postergar la función. Todo pasaría. Ellos
—y eso era verdad— no le habían hecho mal a nadie y el caso de
Paredón les resultaba en el fondo inexplicable y por tanto lo ne-
gaban.

Había algo en Zolezzi, sin embargo, que en cierto momento lo puso taciturno. Un poco antes de llegar, mientras Rudzky
parloteaba, se inclinó y me murmuró al oído:

—Después le quiero comentar algo. Pero solos.

—Esta noche.

—De acuerdo.

Me confirmó que a cualquier hora que terminase vendría
a dormir a casa, y le di la llave de Renata que había traído para él.

El Rusito resultó muy divertido y terminó contando cuentos. El del judío en el pornoshop fue el mejor.

Cuando se bajaron, el auto se conmovió tanto por el movimiento de semejante peso como por las risotadas.

Llegué temprano a la cancha. Faltaba media hora para el
partido y algo me puso de malhumor o en guardia. De pronto
tuve ganas de estar en otra parte o en ninguna. En la platea se-

mivacía el Tano Nápoli se divertía en divulgar pormenores exagerados de mi atajada presidencial. Me dijo que ya había señado el local para El Atajo.

—Pero hay que cambiarle el nombre, Pedro. Nadie lo entiende.

—¿Quién es nadie?

—Todo el mundo.

Traté de no remover la vieja discusión. En su momento habíamos barajado innumerables posibilidades: desde el equívoco El Travesaño hasta el hiperintelectual La Bisectriz. Después pasamos por los más populares Manotazo, De palo a palo, El Golero o El Golkíper, incluso hubo ideas abstractas como el aritmético 7,32 x 2,44, hasta que impuse mi criterio filosófico.

—Tano, nosotros vamos a enseñar que ser arquero es atajar. Y atajar es tomar un atajo, cortar, prever para poder interrumpir... —dije didáctico, renové sin énfasis la argumentación ante la cancha iluminada y sin partido preliminar—. Dijimos que vamos a poner tanto el acento en la preparación física como en la espiritual. Siguiendo el ejemplo de los arqueros zen...

—Ésos son arqueros de arco y flecha... —me descubrió con una carcajada.

—Entonces ponele como quieras —dije cortante.

—Qué te pasa.

No lo sabía o lo sabía a medias, que es peor.

—No me hagas caso y, en serio, ponele como quieras.

Me levanté y me fui con una cara que el Tano Nápoli no se merecía.

En el vestuario visitante, tras pasar dos controles, encontré a Sebastián haciendo precalentamiento. Cuando no me sonrió pensé lo peor. Últimamente siempre pasaba lo peor.

—Se complicó lo del juicio por lesiones, Pedro —me dijo sin prólogo—. Según el abogado aceptaron la apelación.

Sebastián arrastraba la demanda de un tipo por haberlo lastimado en una pelea callejera. Algo armado alevosamente.

—Tranquilo, que vas a zafar —dije sin demasiado fundamento.

—Ojalá. ¿Qué hacés por acá? —y me palmeó sin dejar de moverse.

—Mirá lo que me llegó —y saqué el fax—. No podía esperar. Quise darte la sorpresa.

—¿Del Stuttgart? —y ahí sí se quedó quieto, agarró el papel—. ¿Cuánto?

—Dos palos y medio.

Pegó un alarido y me abrazó:

—¡Grande, Pirovano, grande! —y se reía con toda la cara.

Yo desvié la mirada. En un rincón del vestuario, Ariel Segura me observaba en silencio mientras se ataba los cordones.

12. ATAJOS

Regresé a la platea y prácticamente no vi el partido. Sentado junto a Nápoli, miraba pasar la pelota de un campo a otro como quien observa jugar —indiferente, además— al torpe operador de un flipper.

Todo en la cancha era muy peleado, excesivamente confuso y disputado en treinta metros —según la moda táctica del achique de los espacios— sin otra pausa que los saques laterales ni otra emoción que los errores defensivos. Monótono, previsible, incapaz de retener la atención. Además, ya sentía una especie de escozor digital cuyo indudable sentido me perturbaba, no me dejaba concentrarme en nada.

A los diez minutos pretexté —acaso sin mentir demasiado— cansancio, aburrimiento, afecciones vagas y salí sin disculparme.

Ni bien trepé al Escarabajo encendí la radio como un modo de diseñar una coartada o justificación que nadie me pediría sino yo. El partido que me contaban era realmente otro pero tampoco me interesaba. Estaba cerrado a todo, obsedido por fantasmas y vagas incertidumbres.

Así, a marcha vigorosa e indeterminada escuché el resto del primer tiempo —incluso el gol de cabeza de Sebastián— mientras me deslizaba por la autopista creyendo que iba a buscar a

Bárbara; después, que iba a casa. Pero no fui, claro. Por el contrario, me zambullí por la bajada de Jujuy hacia el norte y tras varias vueltas terminé en Obligado al 2100, apretando el cromado botón del portero eléctrico de Vicky.

La elegante torre tenía ahora un vigilante nocturno, el césped iluminado y las plantas más sanas y crecidas que cuando yo vivía allí.

—¿Quién es?

—Yo, Pedro.

Hubo una pausa.

—¿Cómo está la nena?

—Bien. Ya vamos a hablar de eso...

Todo muy corto, lo suyo.

—¿Puedo subir? —me sorprendí diciendo.

—No.

—¿Estás con el Secretario?

Ni siquiera me contestó. Hubo una pausa más larga aún.

—¿Estás mal? ¿Necesitás algo? —dijo de pronto.

Entonces fui yo el que no contestó.

—Tenemos una hija hermosa —dije finalmente.

—¿Qué?

—¡Tenemos una hija hermosa!

Me di cuenta de que había gritado mucho porque el guardián nocturno se levantó de su escritorio y caminó hacia mí del otro lado de los cristales.

—¿Qué querés? —insistió Vicky fastidiada.

—Nada, nada... Todo bien —y me alejé del aparato.

Ella siguió interrogándome, buscándome en la noche un rato más.

Cuando subí al auto, el mismo vigilante salió y le habló por el portero eléctrico tratando de explicarle que yo me iba. Ella algo le dijo porque el tipo se me acercó:

—La señora dijo que espere. Ya baja.

Vino con un perro. Un perro grande, lanudo y vistoso que yo no conocía. Esas cosas pasan cuando uno se separa.

—¿Le dijiste al Secretario que era yo? —dije desagradable.

—No tengo secretos para el Secretario.

—Qué modernos.

—Boludo.

Vicky desde hacía un par de años se acostaba no sé cuán regularmente en la que fue nuestra cama con el Secretario de ese Juzgado. Que no lo nombráramos era parte de nuestra complicidad. O al menos eso creía yo hasta esa noche.

Dimos una vuelta de manzana que el perro aprovechó para mear cuatro veces y nosotros para pelearnos otras tantas:

—Aunque me lo quiso ocultar vi lo que se hizo —y se refería al tatuaje—. Yo te odio ahora y ella te va a odiar después, por haberla dejado. Es una agresión contra el cuerpo.

—Vos te hiciste las tetas. Es peor.

Si no hubiera sido porque tenía que sujetar el perro con las dos manos me hubiera tirado una cachetada.

—Sos de cuarta. ¿Viniste para esto?

—No. Para pedirte que la cuides mucho. Tuve amenazas.

—¿En qué te metiste ahora?

La miré. Yo mismo no me había hecho esa pregunta.

—No sé. Te aseguro que no sé. Pero estoy metido.

Entonces hizo un gesto extraño, casi viejo de años de intimidad que nada borraría:

—Es que no se puede andar por ahí... —yo sabía qué era lo que seguía—. No se puede andar todo el tiempo con un secreto.

—¿Y con un Secretario? —contraataqué—. Es más y mucho menos que un secreto. Es una caja llena de secretos; de secretos de otros... Una oreja, eso es.

—Estás celoso.

—No seas idiota.

—Cierto que tenés una mina.

Fruncí el entrecejo.

—Me enteré —confirmó.

—Aunque no lo creas, Renata quiere... —se lo subrayé sin

anestesia—, Renata quiere que tenga una mina y entonces dice cualquier cosa...

Ella se concentró en la enésima meada del perro lanudo:

—No fue por Renata que me enteré —dijo.

Y no dijo más.

Volví al auto y di unas vueltas no sé por dónde mientras la radio encendida seguía a los pelotazos. Escuché el tardío gol del empate a la altura de Plaza de Mayo y anduve por calles desiertas hasta que estacioné frente al paredón de Santo Domingo con el pitazo final: uno a uno en un partido espantoso.

Caminé la cuadra y media hasta mi casa sin cruzarme con nadie. La calle estaba vacía, un inmenso espacio disponible que en pocas horas se saturaría. No había un alma. Sin embargo, en medio de la silenciosa soledad de la cercana medianoche, el coche blanco estaba ahí, alevosamente puesto frente a la puerta, casi como un regalo o una encomienda, con todas las luces apagadas y alguien al volante.

Seguí caminando con naturalidad mientras tanteaba el 38. Por una vez, estaba donde debía. Llegué hasta la puerta sin detenerme ni volver la cabeza. Iba dispuesto a desenfundar al primer movimiento cuando vi de reojo que un brazo blanco y desnudo con un cigarrillo humeante se asomaba clásico por el cristal bajo.

—Pedro.

No había reconocido el auto. Suspiré:

—Bárbara...

Me volví, me asomé y se me colgó del cuello. Casi me hizo entrar por la ventanilla.

Cuando hicimos una pausa y nos desenredamos habíamos ido demasiado lejos para la vía pública:

—Subamos —dijo ella.

—Está Renata —mentí sin dudar.

—Vamos a casa —y me manoteó mal, es decir muy bien—. Quedó concentrado...

Sujeto tácito. Había algo obsceno en que ni siquiera nombrara a Sebastián.

—Hizo un gol —dije como si eso lo reivindicara.

—Qué bien.

Seguimos en lo que estábamos y tras una breve pausa terminamos metiendo el coche en un estacionamiento en construcción de la vuelta, que quedaba abierto y desolado durante la noche.

Volvimos a lo nuestro; volvió sobre mí, más precisamente.

—Hacía años que no lo hacía así —dijo ella una vez que se desmoronó tras gemir largamente—. Pero vos no...

—No importa. Agarraste un atajo, cortaste camino y me perdí...

—No te gustó...

Me aparté negando con la cabeza pero la deslicé nuevamente frente al volante.

—¿Qué coche es éste? —dije.

—BMW.

—Alemán... —y medí las palabras como para un cambio de frente a lo Beckenbauer—. Es bueno que te vayas acostumbrando a hacer el amor en alemán porque en dos meses si se arregla el juicio te vas a Stuttgart.

Y la cachetada que alguien me había preparado antes en Belgrano me la dieron una hora después ahí, a la vuelta de mi casa.

—Hacía años que no me pegaban así —parodié.

—No sos tan bueno.

—¿En qué?

—En atajar.

—Ah.

—En lo otro tampoco... —bajó la mirada, me volvió a mirar—. No es cierto: te amo.

La abracé.

Apagó el cigarrillo. Necesitaba las manos libres para poder mostrar lo que sentía.

—Pensé que el pase a Alemania no se haría... —se quejó al borde del sollozo—. Me dijiste que...

—Hoy llegó el fax. En seis meses conseguí lo que Zambrano no pudo en dos años —y era cierto.

—No voy a ir.

Hice como que no escuchaba y pasé a contarle las condiciones con mal disimulado orgullo: el quince por ciento de los dos millones y medio, un contrato por tres años con un sueldo cuatro veces mayor que el que ganaba acá, casa, coche.

Cuando terminé de argumentar ella no dijo ni hizo nada de lo que yo podía prever.

—¿Nunca te lo vas a sacar?

Volvía al tema del guante.

En ese momento me di cuenta de que no la conocía. No sabía quién era esa hermosa chica Bárbara con la que habíamos tomado la costumbre de hacer el amor clandestinamente.

—No, nunca —dije como si marcara un límite, una pauta estúpida.

—Yo tampoco me voy a ir a Alemania —me replicó.

Su lógica era muy extraña.

—Está bien. Ya hablaremos de eso.

—Hablemos ahora —y me agarró la mano enguantada de rehén.

Di un tirón corto, como si la sacara del fuego.

—Ahora me voy —dije—. Y vos también.

Me bajé de golpe y terminé de abrocharme desprolija pero lentamente junto al coche, para que no resultara una huida tan aparatosa.

—Cagón —dijo.

Nunca imaginé que pudiera usar una palabra tan vieja, tan exacta.

13. Última toma

▬

Volví a casa a pie y esta vez no había coche blanco ni negro
en la puerta. Pese a todo era temprano, todavía. No sabía —no
quería saber— qué era lo que me sacudía de un lado para otro, de
una torpeza a la siguiente. Tal vez de algún modo intuía que me
quedaban pocas cartas por jugar, pocas horas para hacerme el gil
o el distraído de lo que se me venía encima.

Entonces, como otras veces, conscientemente, sabiendo
que no podría dormir, me borré de todo mientras esperaba lo
inesperado. Puse a resollar a Glenn Gould con las *Variaciones
Goldberg* y encaré la casa. Lavé platos y vasos sucios, vacié ceni-
ceros, ordené el cuarto de Renata para Zolezzi, abrí las ventanas
a la noche quieta de San Telmo y en ese momento pensé que el
implacable carayá —curiosamente— estaría durmiendo. No llamé a Bárbara para justificar nada ni escuché los mensajes del
contestador que imaginaba retenidos ahí dentro, una jauría tensa, una manguera obstruida dispuesta a inundarme. Tampoco
respondí a los nuevos llamados que seguían cayendo como rayos
en una tierra ajena, la alarma asordinada bajo capas de Bach.

Agotado por la limpieza, me desnudé, me di una ducha larga, me serví el tercer o cuarto whisky. Agarré los *Nueve cuentos*
de cabecera para llevarme a la cama y elegí "El hombre que ríe".
Llegué penosamente al final. Con el último trago encaré la no-

che perfecta para el pez banana: me hice una paja triste y laboriosa mientras miraba una película en blanco y negro de Bárbara Stanwyck. Que no es fácil.

Me desperté a las siete y media. Apagué el televisor y comprobé que los llamados postergados no me hubieran cambiado la vida ni el sueño: el rubio Fabio, para Renata; Etchenike, que lo llamara; Bárbara, que me amaba; Bárbara otra vez, que me odiaba. Y nada más. Ni amenazas ni fax tatuados.

Postergué la tanda de penales para la vuelta. No quería deprimirme tan temprano ni despertar a El Troglodita con los pelotazos. No lo había oído llegar y fui a espiarlo. No había venido a dormir. Volví al living y, ahora sí, me castigué con una tanda doble. La pateadora estaba en un día poco imaginativo porque me tiró todo igual: cuatro a la derecha arriba y una a la izquierda abajo. Las dos veces. Y pese a todo me ganó 3-2 y 4-1. Dónde habría quedado mi teoría del arquero zen: hice todo al revés y los que saqué fue con los pies, después de haberme pasado al otro lado.

Las cinco pelotas quedaron diseminadas por los rincones del loft como perros aburridos que buscaran donde echarse. Estuve a punto de echarme yo también a dormir otra vez. Pero no. Si algo venía a buscarme me alcanzaría igual; mejor ir a buscarlo.

Bajé por la escalera, me crucé y saludé formalmente a la madrugadora vecina a la que había aterrorizado con un fierro la tarde anterior y salí a la calle todavía desierta. La mañana estaba limpia; el aire, liviano y transparente.

Hice el itinerario de siempre: Belgrano, Puerto Madero, Costanera Sur, Lola Mora y el veredón del viejo balneario municipal. Al pasar frente a la parrilla todavía cerrada pensé en Zolezzi y al llegar al lugar donde me había revolcado con él recordé sus aparatosas, diestras caídas.

Entré en la Reserva y elegí el recorrido largo. Estaba prematuramente cansado por el maltrato nocturno, así que caminé un trecho moviendo los brazos, oxigenándome. Después, lentamente, volví a trotar. Estaba hermoso para correr. No había nadie. Apenas los chillidos de los pajarracos en la laguna, algún coipo que chapoteaba en el agua baja.

Llegué hasta el fondo, donde la ciudad se abre al fin al río, ese paisaje horrible de catástrofe en que el agua ha trabajado los escombros de ladrillo, fierros y granito como el mar a las rocas naturales.

Doblé y lo vi.

Era un bulto grande, oscuro, en medio del sendero. Lo reconocí mucho antes de llegar junto a él. Y era como si lo hubieran dejado a propósito así, para que lo encontrara, fuera el primero en ver la sangre que ya encharcaba la tierra.

El Troglodita estaba muerto, despatarrado boca arriba, como le gustaba caer después de la última toma.

14. SE ACABÓ

▬

Antes de las nueve estaba en la oficina. Mupi colgaba la cartera en el perchero de la recepción cuando llegué. Algo debe haber visto en mis ojos porque ni siquiera se sorprendió cuando se lo dije:

—Voy para Arriba.

Asintió. No le gusta pero lo acepta. Sabe que cada tanto sucede. Uno no lo busca especialmente pero sucede.

—¿Es necesario? —dijo sabiendo que lo era.

—Sí. Y no te quejes. Hemos tenido un año tranquilo, Mupi. Hacía cuatro meses que no...

—Diecinueve semanas, exactamente, que no subías.

—Ya era hora —dije por decir, como si hubiera una periodicidad deseable en todo eso.

—¿Te vas ya?

—Hago contacto y me voy. ¿Qué necesitás saber?

Sólo preguntó lo esencial, lo único que sabía que podía preguntar a partir de ese momento:

—¿A quién?

—A Zolezzi, El Troglodita. Puñalada en el pecho.

—No lo conozco.

—Mejor. Yo casi tampoco lo conocía.

Mupi agitó la cabeza. Se dejó caer en el asiento.

—¿Borramiento? —dijo como quien llena una planilla.

Asentí:

—Total. Por 24 horas, con todos los canales abiertos. A partir de mañana, parcial.

A Mupi, el hecho de que me fuera para Arriba la llenaba de angustia. Pese a que no era la primera vez ni sería la última. Siempre sentí que la alteraba más el borramiento, el corte de comunicación, que los eventuales riesgos que yo corriera. Como siempre, lo peor para ella era no saber. Sin embargo, también era lo mejor, lo que seguramente la preservaba.

—Todo va a andar bien —dije tontamente.

—Como siempre.

Miré el reloj.

—Voy a hacer contacto. Hasta mañana.

Le di un beso y me metí en el privado como quien se zambulle.

Cerré la puerta con llave y me senté frente a la computadora. La encendí, saqué el diskette rojo del bolsillo y lo coloqué en posición. Esperé la señal, los tres puntos largos. Tecleé la clave de doce caracteres y cuando apareció el signo quité la pequeña tapa disimulada a la derecha, bajo la pantalla, y me preparé. Esperé que el signo virara al amarillo y recién entonces me saqué el guante —llevaba uno que había usado Dasaev en la Copa de Europa cuando la URSS fue campeón— para poder conectar el terminal.

Aunque lo he hecho infinidad de veces, sigue siendo increíble la sensación de poner mi cuerpo en contacto directo con la máquina. Ni bien el terminal cónico que prolonga mi mutilado dedo mayor entra en la estrecha hendidura oculta en el extremo derecho bajo la pantalla, una levísima sensación que es táctil y luminosa a la vez —como si viera y tanteara dentro de mí— me recorre de extremo a extremo el cuerpo. Una especie de blando latigazo, un reguero de neón que es a la vez una encendida y delicada serpiente de calibre finísimo, me sacude con lo más parecido a una serie de pequeños y encadenados estertores de orgasmo.

Simultáneamente, mientras la pantalla ratifica el contacto, siento que una oleada de adrenalina me invade la sangre, sube como una veloz marea, me llena de una sensación compleja de eufórico pánico —si es que eso existe— en la que soy a la vez el recipiente y el contenido, la botella y el líquido.

Fueron dos, tres segundos nada más. Retiré el dedo con el terminal y a partir de ese instante tenía exactamente veinte segundos más para teclear el mensaje y recibir respuesta.

Indiqué como siempre las coordenadas: fecha, hora y lugar.

Hubo señal de recepción.

Escribí entonces: *Catcher Baires a Subjuntivo.*

Señal de recepción.

Escribí finalmente: *Diez minutos / Canal abierto.*

Nueva señal de recepción, y el tiempo se acababa.

Listo.

Apagué la computadora, saqué y guardé el diskette rojo y me puse el guante. En la recepción, alcancé a oír que Mupi conversaba con un recién llegado que no logré identificar. Tenía que apurarme. El último libro del segundo estante de la biblioteca son las *Invenciones Completas* de Felisberto Hernández, una rara edición uruguaya de tapa dura. Lo empujé un poco, lo suficiente para oír el chasquido de la traba al zafar. Entonces empujé lateralmente sin esfuerzo la biblioteca, que se deslizó un metro sobre sus rieles, y me introduje en el hueco disimulado detrás. Tosí al pasar, ahogado de pronto por el polvo y las partículas en suspensión. Cuando cerré desde adentro me imaginé la expresión de Mupi en la recepción contigua al escuchar el "chac" metálico: sabía que me iba para Arriba.

Metido ahí adentro, los dos pisos hasta la cúpula del edificio siempre o cada vez parecen ser más. Al tener que moverme en un pasadizo empinado y semioscuro, tan estrecho que me obliga a andar casi de medio lado y a doblar en ángulo recto un par de veces, todo se hace relativamente largo. A medida que se sube, los escalones son progresivamente más angostos y más altos pero también crece la claridad de la luz que se cuela una docena de metros sobre mi cabeza mientras el aire se hace cada vez más limpio, menos sofocante. Palomas y ratas habían frecuentado el lugar en los últimos meses, y al caminar pisaba restos crujientes, pateaba plumas, ramitas, basura y excrementos. Tosí un par de veces más.

La escalera remata en un breve pasillo de dos metros sin salida aparente ubicado exactamente bajo la cúpula. Ese momento de la operación siempre me vuelve a sorprender. La extraña mezcla de tecnología avanzada con precariedades o repliegues artesanales es parte de su encanto misterioso. Así que llegué como siempre hasta el fondo del pasillo, subí el único escalón, levanté los brazos y presioné el techo ahora cercano hacia arriba. La puerta-trampa cedió apenas y se deslizó por el piso superior haciéndome espacio para ascender mientras todo se iluminaba, la claridad proveniente de la cúpula me enceguecía como una ducha de luz cálida después de tanta penumbra.

Tanteé por el hueco hasta localizar y dejar caer hacia mí la escala de tres peldaños que me permitió trepar, encaramándome sobre los codos. Mientras lo hacía pensé que antes, en algún momento y no hacía mucho, la tarea no me había costado esfuerzo alguno. Finalmente subí y me senté, agotado, en el suelo de la cúpula. Miré el reloj: me quedaban aún cuatro minutos para la comunicación con Subjuntivo.

Todo parecía en orden. Ahí estaba el rectángulo con las nueve pantallas grises, levemente cubiertas de polvo. Les pasé el mismo pañuelo con que me sequé la transpiración de la cara y el cuello. Después me quité el guante, restregué las manos húmedas en el pantalón y encendí simultáneamente todos los televisores. Hubo un zumbido, parpadeos.

—Bueno, se acabó —dije con un suspiro.

Clavé el terminal de mi dedo mayor en la hendidura central de la máquina y esperé.

15. Subjuntivo

■

Hubo un levísimo tirón, como si algo tensara la red de mis nervios desde el punto donde mi cuerpo se fundía con la máquina; recién entonces retiré el dedo. Las nueve pantallas se iluminaron simultáneamente mientras la cúpula entera se oscurecía en fraguada noche cerrada con todas las estrellitas. El efecto me sorprendió una vez más. Sabía que era un mero simulacro, un artilugio más de la construcción para crear un clima adecuado en el momento de contacto; sin embargo, nada me quitaba la sensación mágica de que todo se hiciera de noche mientras las pantallas comenzaban a brillar.

Se lo había dicho alguna vez, la primera, a Subjuntivo:

—La sensación es de estar dentro de un dibujo de Breccia. Me siento como debe haberse sentido el jubilado Luna al entrar en la cúpula-astronave de la casona de *Sherlock Time*, una de las historietas más hermosas que leí cuando era pibe...

—Supongamos que la sensación sea la misma —me contestó él—. No temas volver a sentir algo que te emocionara alguna vez.

Ésa era su elíptica manera de aprobar —si cabe decirlo así— lo que yo sentía. Porque Subjuntivo no aprueba ni prohíbe; no afirma siquiera. Lo suyo es otra cosa.

En principio, *Subjuntivo* no se llama así. No se llama, directamente. *Subjuntivo* lo bauticé yo cuando descubrí que, maravillosamente, era el único modo verbal que utilizaba para comunicarse: el subjuntivo, el modo humano por naturaleza, el que alguna vez inventamos para expresar el deseo pero también la duda. Porque el indicativo y el imperativo son modos que en cierta manera ya estaban cuando llegamos y utilizarlos es una forma de impostura para nosotros. Son los modos de la palabra de Dios, si existe. La naturaleza es Su único discurso dicho en indicativo y se puede suponer que utiliza el imperativo para echar a andar el universo o empujar al sol cada día. Pero no son nuestros modos. Tal vez por eso desconfío de las pobres, autoritarias lenguas sin subjuntivo.

—Tal vez sea bueno, Catcher, que le creas sólo al que no afirme —fue todo el comentario de Subjuntivo.

Si Subjuntivo no *se* llama así, yo tampoco *me* llamo *Catcher*. Y en este caso fue él quien me lo puso, y en las mismas circunstancias, cuando hubo que convenir un código, reglas de comunicación:

—Quizá tu profesión ocasional signifique algo más que una forma elegida para que te ganes o pierdas la vida —sostuvo o apenas me sugirió para que pensara.

—Soy arquero por vocación, no por descarte —dije yo, que todavía creía que lo era pese a todo, y con un orgullo inexplicable—. No es que de pibe no supiera jugar al fútbol, patear, hacer goles y que entonces me mandaran al arco. No. Sucedió simplemente que a mí me gustaba atajar. Era lo que más me gustaba.

Se hizo entonces un breve silencio, como para que yo mismo me escuchara, supongo.

—Quizá sea casualidad. Pero tal vez no sea gratuito que te gustara atajar, como a Holden Caufield... Acaso recuerdes al personaje —dijo él lentamente.

Ahí dudé. Un arquero no puede dudar, pero dudé. Fue apenas un instante.

—Sí, claro, como Holden Caufield... —asentí lleno de un miedo y un orgullo nuevos, sutiles y diferentes de todo lo que había sentido antes.

—Acaso convenga que seas el *Catcher*, entonces —dijo Subjuntivo con esperanzada satisfacción—. Un Catcher que no se quede oculto en el centeno sino que se mueva por el mundo, o al menos por el Sur.

De pronto sentí que la metáfora de Salinger —descubrí ese fervor común con el imprevisible Subjuntivo— se desplegaba en otra dimensión, iba más lejos de las intenciones del solitario y autoconfinado maestro.

—Me encantaría ser Catcher en el Sur. Pero ¿hay otros Catchers o como se llamen por el Norte? —me atreví a preguntar.

—Mejor que los haya, Catcher... Y por el Este y por el Oeste también. Porque si Magia no creciera, si Mafia no encontrase obstáculos...

Subjuntivo había dejado la frase en el aire.

De algún modo en aquel momento me incomodó el esquematismo de la oposición Magia/Mafia que fundaba todo ese mundo extraño, secreto, terrible y maravilloso al que me estaba abriendo.

Subjuntivo debe haber intuido mis sensaciones, porque continuó:

—Acaso te suene apocalíptico, Catcher, pero supongamos que muchas cosas sigan sucediendo, como en tu caso, por simple y alevoso arte de Mafia.

Y ahí no pude evitar desviar la mirada a mi mano mutilada, todavía vendada entonces, con huellas de una saña que me había sorprendido tanto como la misma violencia inexplicable.

—Supongamos —prosiguió— que en cierta perversa forma se haya tendido una red inextricable de poderes e intereses que haga impensable la justicia o la equidad porque Mafia controle también a los encargados de controlar. Mejor dicho, para que me entiendas con una metáfora de tu medio: que se sospeche que los arqueros y los árbitros estén comprados...

—Es necesario el arte de Magia —acoté.

—Arte y parte de Magia —completó.

Y así fui desde entonces parte de Magia.

Ese diálogo sucedió lejos de aquí y hace mucho tiempo. Fue a fines de los ochenta en la opaca trastienda de una cantina ruidosa de cumbia y ron, cerquita del mar, en Barranquilla.

Subjuntivo era en ese momento —porque nunca supe ni sabré si es alguien en particular o es simplemente un modo, una manera de ser de muchos o varios— un hombre oscuro, gordo y transpirado que soportaba apenas el traje de lino increíblemente holgado pese a su tamaño. Sutil, culto e inteligente hasta la saturación, lo disimulaba bebiendo sucesivas cervezas probablemente tibias que acumulaba después, enfiladas a sus pies, sobre el piso de tierra, con la satisfacción de quien coloca los palos de bowling en su lugar luego de un *strike*.

—Tal vez sea conveniente a esta altura que sepas —dijo en la parte final de aquel encuentro— que si Magia soslayara la tecnología, si le dejara por desidia o prejuicio el monopolio a la Mafia...— se interrumpió para completar la idea con un gesto de autodegüello.

Y entonces me explicó lo que vendría, lo que haría posible lo inimaginable, lo que me llevaría un día a estar en una cúpula secreta en pleno centro de Buenos Aires conectado íntimamente a una máquina de nueve pantallas que parpadeaban la señal de contacto.

16. El intruso

■

Precisamente la señal de contacto, una flechita minúscula que arrancaba arriba a la izquierda de la primera pantalla y se deslizaba en el sentido de la escritura y de arriba hacia abajo mientras aumentaba de tamaño, fue coloreando a su paso las pantallas desde el amarillo feroz de la primera al púrpura vivo de la última, en una gradación tan imperceptible como elocuente era el contraste de los resultados extremos.

Cuando la flecha llegó al final, sonaron las cinco notas que siempre me evocaban los acordes de *Encuentros cercanos del tercer tipo*, y la máquina me pidió identificación. Tecleé mi código de doce caracteres y, desde el fondo más íntimo de la pantalla central ubicada ante mis ojos, Magia me vino a buscar.

El rostro polimorfo de Subjuntivo se disgregó, como un puñado de bocas, ojos, cejas, orejas multiplicados en sucesión, hasta que la imagen desapareció para fundirse en un molde único, nítido y perfecto en algún lugar detrás de mis cejas y antes de mi nuca. La conexión funcionaba.

Retiré el terminal y fue como si una abeja se escapara zumbando de mi sangre.

En los quince minutos siguientes cargué en la máquina el pormenorizado relato de todo lo sucedido hasta el momento en que el cadáver de *Toto* Zolezzi se me cruzó ·en el recodo más turbio de la Reserva y desencadenó la necesidad del contacto: la muerte sigue siendo el punto de inflexión, el lugar de intransigencia para Magia.

La densidad y complejidad de los hechos de los últimos días hacían imposible discriminar el ítem personal/profesional. Había zonas particularmente densas en cruces y correlaciones. Establecí una serie de cadenas de gente y sucesos vinculados por lugares, ámbitos y circunstancias. No sabía, sobre todo, en qué punto se tocaban o eran meramente tangentes. El fútbol y la actividad de Guardia Vieja me llevaban hasta el Presidente, el penal atajado y la consabida revancha en puerta. Ahí aparecía el *Fantasma* Hugo Zambrano, que integraba el equipo del Presidente y que había sido representante de Sebastián Armendáriz hasta que yo lo desplazara; como era también amigo y apoderado de Ariel Segura, compañero de equipo de Sebastián, crecía como amenaza al haberme visto con Bárbara en La Academia. Sin embargo, la noche anterior, en el vestuario de Vélez, la actitud de Segura había sido pasiva: me daba a entender que estaba al tanto de lo que pasaba pero que no estaba dispuesto a deschavar mi relación con Bárbara ante Armendáriz. Pero el *Fantasma*, alguien que se podía suponer un todo terreno del entorno presidencial, no era de confiar.

Con Sebastián —y con Bárbara, claro— todo se complicaba: el pibe estaba sacado, y en cualquier momento podía hacer un desastre. Tal vez la llegada del fax de Stuttgart sirviera para definir la situación si zafaba del juicio por lesiones para poder viajar. Ella me gustaba, pero no tenía ni tripas ni ánimo para seguir adelante con una relación caliente como para quemarse en serio. Acaso la posibilidad de un viaje al exterior limpiaría el panorama, aunque después de lo de anoche —pese a la retirada dolorosa— no me veía en el papel de Bogart en el final de *Casablanca* ni a ella le quedaban bien los sombreritos.

Tampoco le quedaba bien el tatuaje a Renata. Mi hija se movía en el centro del huracán que yo mismo había levantado con mi imprudencia. Los reclamos de una casi desconocida, enigmática Vicky —que sospechaba y censuraba de antemano y de antebrazo lo que estaba pasando, con la insidiosa influencia del Secretario— y el tono admonitorio del licenciado Zapata me abrumaban por adelantado. Además de meter a un rubio en su cama adolescente que era mía, con sus amigos del Tatoo Kareta y el local de tatuaje de la galería de Lavalle se habían cruzado en la peor encrucijada de la historia y con luz roja: el fax con el dragón que había enviado el falso David Bowie era probablemente lo que más me perturbaba. Incluso más que las amenazas a la troupe toda. Claro que la historia de los *Gigantes en la lona* era la clave, pero una clave grotesca, casi inconcebible por lo disparatada.

Reconstruir la historia de los luchadores me llevó un buen rato. Comencé con la irrupción, hacía sólo dos densos días, de Roperito y El Troglodita en busca de Etchenike. Habían dicho que conocían a Sayago y que buscaban protección, algo difícil de creer, sobre todo pensando en a quién recurrían... La vieja historia de las giras de los *Gigantes en el ring*, convocados, contentos y finalmente estafados por Juan Paredes, "Paredón", en Uruguaiana, resultaba por lo menos poco confiable por su esquematismo. Las sospechas caían sobre el tránsfuga y las amenazas y agresiones sobre el resto, pero no quedaba claro cuál era el vínculo entre ambas.

En cuanto al veterano detective, mientras combatía en el frente de los de la tercera edad desde su residencia de Pichincha se obstinaba en arrojar sobre la mesa —de La Academia o de su propia y desvencijada oficina— el enigmático nombre de Ibrahim para explicar o rotular los aspectos más oscuros de cuanto sucedía. Pero tampoco él había llegado muy lejos en sus revelaciones. Sí, en cambio, había aportado el prontuario de Paredón y las referencias mínimas a un cómplice probable, Norberto Pandolfi.

A esa altura de la reconstrucción hice una pausa. Entraba en la zona ominosa que me había llevado hasta ahí, al núcleo violento que había puesto la cuestión en otra parte: el asesinato de

El Troglodita, el *Toto* Zolezzi. Primero le habían quemado su escueta pieza de pensión; después, alguien que sabía que iba a quedarse conmigo esa noche me había arrojado su cadáver en el camino como una amenaza o desafío. ¿Era la culminación de lo que me habían insinuado por teléfono o con el fax del tatuaje? Fuera lo que fuere, ya no podía hacerme el distraído.

Con el cierre de mi informe, la máquina esperó treinta segundos haciendo olitas de vidrio que pasaban, de arriba abajo, de una pantalla a otra, hasta salpicar escamas incandescentes sobre la alfombra. La conocía: era su modo de esperar, de demostrar impaciencia. Finalmente, repitió invertidas las cinco notas del principio y en el instante siguiente Subjuntivo dejó de estar en ese punto central de mi cerebro o lo que fuera para caer fuera de mí, constituirse en holograma, molde puro cuyo contenido estaba allí pero también en otra parte.

—Acaso convenga que vuelvas la cabeza —dijo sin decir, pero tan claro—. Tal vez sepas entonces qué hacer con un intruso.

Me volví. Y el intruso estaba ahí.

▬

Debí haberlo supuesto: sólo podía ser él.

Etchenike.

—No puedo creer esto —dijo asomado, topo atónito.

—Yo tampoco, en realidad —admití.

La máquina, que había detectado la presencia de extraños en la zona de comunicación, se retrajo. En un instante sintetizó la secuencia de despedida prácticamente sin despedirse. Los colores giraron de pantalla en pantalla en el sentido de las agujas del reloj hasta disolverse en el blanco que los componía, y finalmente cuajaron en una claridad lechosa.

—¿Puedo subir?

Tímido, el veterano se empinaba desde su agujero, milagrosamente apoyado en los codos.

Lo ayudé a emerger y ni bien estuvo adentro lanzó una mirada de admiración:

—¡Qué lo parió, Pirovano! ¡Qué buen bulín se montó! —dijo el antiguo.

No lo contradije.

Tampoco él se sintió obligado a explicarme cómo había llegado hasta ahí aunque tardíamente reconocí la voz del que hablaba con Mupi segundos antes de que yo me mandara hacia la cúpula.

—Las tías no son parientes de suficiente confianza —dije.

—Y los espías no tosen —dijo con una levísima sonrisa—. Además, bosta de paloma junto a la biblioteca...

Me puso sobre la cabeza una levísima pluma blanca y gris:

—Tampoco esto tenía por qué estar en su escritorio.

Giró en redondo, casi el dueño, agrandadísimo:

—Cuando yo estaba en el edificio, esto no existía —aseguró.

—Es cierto. La reforma es posterior —le concedí.

Me miró como dándome a entender que nada lo detendría, que en algún lugar estaba enojado o poco menos.

—Permiso.

Se limpió con soltura el polvo del traje inadecuado a su físico, a la moda y a la época del año, y buscó dónde sentarse.

—Póngase cómodo.

Encontró una silla giratoria con respaldo ajustable y se la calzó a los riñones con gesto preciso. Se lo veía seguro, en general.

—Dígame —dijo.

—Dígame usted, maestro —dije—. Es el intruso.

—Intruso, las pelotas.

Ahí fue cuando comprendí que no había casualidades, que el costo iba a ser muy alto:

—El asunto es así —me explicó—: usted me cae bien, Pirovano...

—Usted también.

—No me interrumpa —y giró teatralmente el sillón—. Usted me cae bien pero hay cosas que no me cierran.

—¿De adentro o de afuera?

—¿Cómo dice?

—Si no le cierran de adentro o no le cierran de afuera —repetí, tratando de recuperar la iniciativa en nuestro breve match de esgrima—. Esa puerta-trampa, por ejemplo, yo debería haberla cerrado de adentro.

—Pero no la cerró —dijo con aire perdonavidas—. Usted deja todo abierto, Pirovano... Con menos de un día de trabajo que le dediqué, sin emplearme demasiado, mire hasta dónde pude llegar.

Y se señaló, ufano, a sí mismo.

—¿Me estuvo siguiendo?

Asintió con una sonrisa entre culpable y sobradora.

—Hay cosas de las que uno no puede jubilarse nunca... —comenzó.

—Ese verso ya lo leí —lo corté fastidiado—. ¿Para quién trabaja?

Soslayó con cachuza elegancia mi tono de botón y me pasó por arriba:

—Yo no trabajo, usted lo sabe. Nadie me contrató. Digamos que fue por iniciativa personal, acaso por curiosidad... —hizo una pausa—. Usted me cayó bien anoche en La Academia por ese gesto de involucrarse en el quilombo de los luchadores. Ésas no son cosas que hagan los representantes de jugadores de fútbol...

—Tal vez los arqueros sí... —tercié.

—Eso me lo explicará usted, si quiere o sabe. Pero para mí fue evidente que usted, Pirovano, andaba en otra cosa, aunque no sabía en qué...

Levantó las cejas, complacido de su perspicacia o esperando que yo le rellenara el hueco.

—Por eso, aunque haya pasado por ser un viejo delirante, tiré un globo de ensayo...

—Ibrahim —dije y entendí.

—Ibrahim —dijo y confirmó—. Y usted pasó la prueba. No saltó de la silla ni se puso a la defensiva. No se fue de boca ni se hizo el gil.

Aunque yo no era consciente de todo eso, asentí como si lo fuera.

—Ayer volví a la oficina después de mucho tiempo a buscar la carpeta de Paredón pero también a seguirlo a usted, Pirovano —continuó en tono confidencial—. Cuando lo alcancé en la escalera estaba dispuesto a acompañarlo, porque le había visto la cara al recibir el fax con el dragón y supe que estaba desesperado. Sin embargo, el tono canchero con que me mandó a casa a trabajar de Isidro Parodi, encerrado como un viejo pelotudo en el geriátrico, me reventó.

—No fue mi intención —dije sin poder evitar la sonrisa.

—Pero fue el resultado. En ese momento decidí seguirlo.

Hice un gesto de repugnancia que no lo afectó.

—Amagué irme pero estuve detrás suyo todo el día. Asistí a sus sucesivos desatinos —y marcó las eses, se quedó en la palabra exacta con que me desnudaba—. Pocas veces he visto hacer tantas boludeces en tan poco tiempo...

Y las enumeró sin piedad, me las recordó simplemente, del local de tatuaje al Gym y la cancha hasta la excursión nocturna a casa de Vicky, aunque se detuvo allí, acaso por pudor.

—¿Me siguió en el Plymouth? ¿Lo tiene todavía? —pregunté admirado.

—No puedo manejar por la misma razón que no puedo o no debo disparar: mi vista y mis reflejos dan pena. Me muevo en taxi.

—Le saldrá carísimo.

—Es de un amigo de Pichincha. Me lleva y se entretiene.

Asentí. Quedamos un instante en silencio. De pronto me di cuenta de que el veterano que todo lo sabía no sabía lo fundamental:

—Tal vez no tendría que haberme seguido a mí: mataron a El Troglodita —le solté bruscamente.

Recibió el golpe. O, mejor, abarajó el peso que le propuse compartir. Fue como si el mismísimo cadáver del luchador le hubiese caído encima.

—Cuénteme —dijo y parpadeó como ante una luz repentina.

—Fue esta madrugada, en la Reserva Ecológica...

—No, esos putos detalles no. Cuénteme todo, desde el principio, Pirovano —insistió—. Cómo llegó hasta acá, qué significa todo esto... Quién carajo es.

Con una arbitraria autoridad, el veterano detective y novedoso intruso cambiaba los papeles, me apuraba él a mí, exigía explicaciones. No recordé que la impertinencia estuviera entre los derechos adquiridos con el acceso a la tercera edad. Se lo dije.

—Está bien —aceptó sin inmutarse—. Pero si seguimos jugando a los secretos, yo me borro.

Ahí me equivoqué. Lo tendría que haber devuelto y bajado la tapa sobre la venerable cabeza. Sin embargo, aunque supe que mentía, que jamás se bajaría de la aventura, decidí confiar en él. Miré el reloj y dije:

—Le voy a contar lo que pasó un día que hizo que a la larga pasara esto que pasa hoy, Etchenike —comencé en voz baja.

—Es largo —me tradujo.

—Es largo y lejos. Pero todo empezó ahí.

■

El veterano se instaló como para escuchar un relato largo y entretenido; como un chico que consigue, después de insistir, que le cuenten un cuento.

—Espere, debo arreglar algo antes —le dije volviéndome hacia la máquina—. Hay que interrumpir el proceso que desencadenó usted, intruso. Si no lo paro, la máquina y la cúpula entera se autodestruirán en menos de diez minutos.

—¿Y eso es mucha pérdida? —se burló el veterano.

—Sobre todo de vidas humanas: todos los que estemos acá adentro. Ante la presencia de un extraño, el mecanismo lo primero que hace es cerrar herméticamente el lugar. No podríamos salir aunque quisiéramos.

La noticia no pareció impresionarlo:

—Como sánguches bajo la campana de vidrio sobre el mostrador.

—Eso es —dije mientras comenzaba a operar las botoneras—. Más precisamente, como dos moscas que fueron a comer jamón y queso al sánguche y quedaron atrapadas bajo el vidrio... Espero poder salvarlo rápido.

Pero me costó convencer a la máquina. Se le notaba que dudaba de mí, de mis explicaciones, cuestionaba la decisión de destrabar el proceso sin garantías ni seguridades. Finalmente apelé a Subjuntivo y conseguí lo mínimo: que no se interrumpiera el contacto.

Con un chasquido, la máquina y todo el ámbito de la cúpula volvieron al instante en que se había cortado el flujo. Las pantallas se iluminaron ahora de una gama del gris acero al violeta mientras anochecía sobre nuestras cabezas y volvían las estrellas. Puse a Subjuntivo en la congeladora informática y recién entonces me volví hacia Etchenike.

—Qué tal.

Estaba con la nuca quebrada hacia arriba, semihorizontal en la silla anatómica.

—Éste es un cielo de mentira —dijo sin cambiar de posición—. Una bóveda celeste trucha que combina estrellas del Norte y del Sur, una antología de lo más vistoso del cielo.

—Algo así.

—¿Y la máquina? Parece un oráculo electrónico...

—Algo así.

Me arrepentí de ser tan evasivo:

—Digamos que es una especie de preguntador automático —completé.

Eso pareció gustarle:

—No se entiende pero me gusta imaginármelo.

—Claro que para que pregunte hay que cargarlo primero. Eso era lo que estaba haciendo cuando usted me interrumpió.

Etchenike se volvió, casi divertido:

—Yo funciono igual. Le recuerdo que me debe la historia.

Giré mi asiento, me deslicé sobre las rueditas y quedé frente a él:

—Fue en Colombia, hace como diez años —y con las palmas hacia adelante atajé cualquier interrupción o referencia que me distrajera—. A fines de 1985, cuando allá se juegan las finales de esos campeonatos interminables.

—Hace bastante.

—Le dije: es largo y pasó allá lejos. Pero es como si fuera hoy. Y no sólo para mí. Aquel día lunes, Etchenike, los diarios de Bogotá, Cali, Medellín y Barranquilla se repartieron los titulares entre lo que yo había hecho el domingo a la tarde en la cancha y lo que me habían hecho a mí el domingo a la noche cuando terminó el partido... Me acuerdo de memoria y tengo los diarios: "Gloria y tragedia de Pirovano", "Sol y sombra del Che Pirovano" —así me decían allá—, "Pirovano en un día histórico" y así todos. "Black Sunday" tituló *The Barranquilla Herald*. Fue el más preciso, porque fue eso exactamente: un domingo negro.

Recién entonces el veterano me interrumpió:

—¿Qué había hecho a la tarde?

—Lo que hice siempre hasta ese día: atajar.

—¿Y a la noche qué le hicieron?

—¿Seguro que quiere saber?

Asintió en silencio.

Suspiré como si fuera a sumergirme y necesitara tomar aire.

—Es largo —dije finalmente—. En el '85 yo jugaba en el Unión de Barranquilla desde hacía dos temporadas. Un equipo chico y sin pretensiones, de media tabla para abajo. Antes había estado en el América de Cali, cuando me trajeron del Espanyol de Barcelona, en el ochenta; pero no anduve bien y me vendieron. Lo notable fue que en ese año el Unión de Barranquilla hizo una campaña bárbara y yo nunca atajé mejor. Incluso Bilardo me llevó al banco en algunos amistosos de la preselección para México '86, aunque no llegué a jugar las Eliminatorias. Así fue como con Unión entramos en la liguilla de clasificación para la Copa Libertadores. Y ahí fue.

—¿Qué?

—El domingo negro. Era un partido contra el Deportivo Medellín, y mientras que a Unión le alcanzaba con un punto, ellos debían ganar por tres goles para pasarnos a nosotros y a un tercero, creo que Millonarios. Aunque ellos eran mejor equipo, esa mañana nos "tocaron" a varios para que fuéramos a menos. Dijimos que no. Varios dijimos que no pero otros agarraron viaje y el partido fue increíble.

Etchenike se acomodó en el sillón:

—¿Los amenazaron?

—No era necesario. El riesgo estaba implícito.

—¿Y qué pasó?

—Ahora va a ver. A los tres minutos me hacen un gol en contra alevoso y a los quince les dan un penal y me fusilan: dos a cero y les quedaba una hora y cuarto para hacer el tercero, porque nosotros no pasábamos de la mitad de la cancha... A partir de ese momento nunca más pudieron conmigo. A ellos sólo les faltaba ese gol y nosotros no teníamos ninguna posibilidad: los dos nos quedábamos afuera. Pero pese a todo y a todos atajé cualquier cosa que me tiraron: arriba, abajo, otro penal, diez mano a mano... Jugamos cien minutos. Cuando terminó el partido los hinchas, que se habían dado cuenta de lo que pasaba, me llevaron en andas. Los demás me dejaron solo.

—¿Y qué pasó esa noche?

—Esperaron a que se fuera el último periodista del vestuario; ya mis compañeros se habían escapado como ratas. Entonces llegaron tres tipos con metralletas y me sacaron del estadio ante la policía y cien testigos. Yo gritaba pero me dieron un culatazo en la sien y me metieron, supe después, en una cuatro por cuatro.

—¿Entonces? No se acuerda nada...

—Me desperté en una choza, en medio de la selva. Un gordo de bigotes me retenía esta mano sobre una piedra mientras otro me pisaba el cuello. "Por fin te despertaste, cabrón", me dice. "A ver si te atajás ésta." Levantó un adoquín y me reventó los dedos contra la piedra.

—No...

—Sentí cómo se me hacían mierda los huesitos.

El discreto veterano no me lo pidió, pero le hice el brevísimo striptease que se imponía. Me quité el guante izquierdo y desnudé la mano mutilada: los dedos formaban una escalera irregular que bajaba y volvía a subir. El cono brillante del terminal emergía del mayor cercenado con un levísimo fulgor de gris encendido, como la brasa helada de un cigarrillo.

Etchenike observó el extraño panorama y él mismo arrimó el guante para que me cubriera.

—¿Cuántos años tenía?

—Treinta. La edad ideal para un arquero, dicen.

—¿Y qué hizo?

—Me volví loco. Primero de dolor, después de furia.

—Está bien. A la locura se la combate con locura. Lo de los chinos son boludeces —dijo siempre muy seguro, incluso de lo que se supone decían o hacían los chinos.

—Tal vez. Pero yo me pasé.

—¿De dónde se pasó?

Etchenike no me dejaba avanzar; me interpelaba, me interpretaba.

—Es como en la cuestión de lo que cierra o no cierra de hace un rato —se explicó—. Es relativo: hay quienes se pasan de la raya si se tiran un pedo; para otros, el límite es un crimen o ni siquiera eso...

—Yo tiré todo a la mierda —lo interrumpí bruscamente—. Rompí mi familia.

—Ah... —y se contuvo.

Me di cuenta de que temía ser duro o sincero o cínico o todo junto.

—Mejor diga "se me rompió la familia" —precisó finalmente—. Porque usted no la rompió, Pirovano. No agarró un bufoso y diezmó la prole. Usted hizo demasiada fuerza y *tras...* La familia se le rompió. Además, si algo se rompe es porque puede romperse, y usted sabe bien que lo que dura no sirve, sólo resiste. Chandler decía que...

—No me haga literatura.

Eso fue muy cortante y lo dejé desconcertado.

—Son problemas míos con las citas, Etchenike —me disculpé—. Mi viejo era profesor: *Literatura argentina y latinoamericana,* de Pirovano y Raggio. ¿Le suena? El libro de texto de quinto año... En mi casa había tantos libros que yo los apilaba para hacer los arcos en el living.

—¿Y su viejo?

—Con tal de que no rompiera nada o no le saliera puto o un ratón de biblioteca me mandó a Platense. Hice todas las inferiores ahí.

—Nada de libros.

—Al contrario: no es fácil zafar de eso cuando se te caen encima todo el tiempo. Estudié Letras un tiempo.

Etchenike aprobó quién sabe qué pero sin duda le gustó lo que oía.

—Era un caso raro, porque mientras cursaba Introducción a la Literatura o Latín I ya era titular de tercera y suplente de primera en Platense; y no tenía veinte años —precisé, alentado.

La crónica de los setenta era como un vaciado de colores primarios sobre una forma generacional estándar. La simplifiqué:

—A Vicky la conocí en la facultad; estudiaba Sociología.

Eran otros tiempos. Militábamos y cogíamos. Quedó embarazada y los viejos progres nos bancaron... Imagínese, Etchenike: Felipe, mi hijo mayor, que ahora vive en España, nació en el '74. Pero era la época de López Rega, y justo cuando yo me había consolidado en primera a fines del '75 la Triple A lo amenazó a mi viejo, que era profe. Y ahí nos rajamos todos a España, a Barcelona.

—Levantaron todo por su papá...

—Sí. Y el viejo no duró mucho; a los pocos meses se murió más de tristeza que de otra cosa. Yo quedé muy enojado con toda esa locura de la militancia y la liberación que nos había arruinado la vida y lo había matado al viejo... Pero tenía el fútbol, era mi laburo. Así que mientras Vicky siguió con la universidad y se recibió de abogada allá, yo jugué en el Espanyol de Barcelona un par de años. Y me fue bien. Renata nació en el '78, que fue un año raro. Durante el Mundial de Argentina Vicky estaba embarazada, hipersensible, y discutíamos mucho. Yo con todo disfrutaba de los triunfos y los goles de Kempes y ella puteaba y decía que era "el Mundial de los asesinos". No fue fácil. Y todo se complicó cuando primero me vendieron al Betis de Sevilla y después con la transferencia a Colombia, en el ochenta. La guita era buena pero me di cuenta tarde de que la arrancaba de un ambiente que era suyo para llevarla a Cali sólo porque me habían ofrecido un buen contrato en el América.

—Es grande, ese América de Cali.

—Poderoso. Futbolísticamente fueron los mejores años en términos de plata: cobraba bien, ganábamos seguido y todo el mundo nos respetaba como equipo. Después de un año flojo me vendieron al Unión de Barranquilla y entonces sí Vicky estuvo a punto de no acompañarme: tenía ganas de volver. Acá se caía la dictadura y había otro aire...

—Y ahí fue "The Black Sunday" —intuyó el veterano.

—Ahí fue que conocí lo que eran la mafia y la violencia en serio: durante esos años, mientras yo leía los suplementos deportivos Vicky seguía las hazañas un poco devaluadas del M-19, las bravuconadas de los Escobar y toda esa cría.

—¿Y usted me va a decir que no sabía?

—Sabía, sí. Pero es como siempre: no me había tocado estar del lado débil.

El veterano me apoyó la mano viejita sobre el guante de Dasaev.

—¿Quién fue?

Y era como si estuviera dispuesto a salir en ese mismo momento a cascar al responsable.

—Cualquiera. Para la prensa, un hecho aislado producto de un grupo de fanáticos desplazados de la barra brava del perdedor; para mi abogado, los tipos que manejaban la apuesta clandestina, que es muy grande. Para la ley, nadie. Pero lo que me sublevó fue que no se investigaran las conexiones con el intento de soborno. Finalmente, después de dos días, me había quedado solo hablando del tema. Mi "último gesto" fue ir a la televisión a mostrar los dedos rotos y exigir una investigación. Esa misma madrugada me volaron la casa.

Etchenike fue a decir algo pero no se animó.

—Me reventaron todo el frente. Felipe quedó sordo del oído derecho por la explosión y Vicky tuvo un corte bajo el ojo izquierdo. Al día siguiente se vino a Buenos Aires con los chicos después de haberme reputeado salvajemente.

—¿Y usted qué hizo?

—Ya le dije que me volví loco. Con unos pocos datos que tenía me fui solo detrás de los tipos, hacia el sur. Estaba seguro de que los iba a encontrar. Para la policía yo era una especie de sospechoso porque no respondía citaciones y había abandonado la casa después de la explosión. Pero la búsqueda fue una locura. Terminé perdido en la selva, con la herida infectada por la falta de cuidados. Después de dos días de fiebres y delirios me salvaron los indios galochas.

—¿Galochas? —dijo el veterano con sonrisa incrédula.

—Bueno... galochas o algo así. Me curaron con yuyos en una semana de dura lucha.

—Tu vida y tu elemento... —me tuteó sarmientinamente Etchenike.

—Y no sabe cuánto de eso hay.

20. La conexión

El parpadeo de los televisores a mis espaldas me indicó que la máquina se impacientaba. No era cuestión de pedir una conexión, pasar la información y después de admitir a un intruso postergar sin explicación el contacto final.

Tecleé la disponibilidad mientras le indicaba al veterano que esperara. No puso reparos. Con todo lo que le había contado, tenía el aire más perplejo que satisfecho de una serpiente que acaba de engullirse un cordero y sabe que le esperan dos días de digestión.

Las pantallas invirtieron el sentido de las olitas de vidrio, que ahora subieron, silenciosas aguas de una catarata en *rew*, como si la máquina recogiera sus enaguas llenas de puntillas hacia arriba para mostrarnos un secreto.

Volvieron a sonar las cinco notas un poco más espaciadas, y esta vez, sin chasquido alguno que no fuera esa especie de llama encendida bajo el agua que se produjo cinco centímetros detrás de mi entrecejo, Subjuntivo se manifestó:

—La indudable evidencia de que haya mafia acaso te lleve a necesitar la inversión de plano... —me dijo sin decir.

Volví la cabeza hacia arriba, donde las estrellas habían comenzado, levemente, a cambiar de color y posición. Tampoco el fondo o cielo que las contenía era el mismo, como si amaneciera en un extremo y anocheciera desde el otro, en crepúsculos y amaneceres simultáneos y convergentes. Pero todo muy sutil. Ese proceso se tomaba su tiempo.

Tecleé consultando por la muerte de El Troglodita casi por espantosa rutina, y la confirmación fue tan rutinaria como espantosa:

—Que el saber que sangre por sangre no haya sido jamás nuestra regla no los haga creerse impunes, Catcher.

Asentí. Di el conforme y conecté el terminal por tres segundos. Al moverme, levemente sacudido, sentí en el hombro la presencia de Etchenike, que observaba pero en ayunas, sordo a todo, como quien se asoma encapuchado a un balcón que da al abismo. Y algo de eso había, porque le oí decir:

—Cuidado, pibe.

Le alargué mi mano libre, la derecha, y le apreté el brazo. Quedamos al menos afectivamente enchufados unos instantes más. Después las pantallas se convirtieron en un ajedrez multicolor en el que se distribuyeron vertiginosamente, como piezas de una partida rápida, los nombres de todos los que yo había mencionado en mi informe. La flechita coqueteó aquí y allá hasta que finalmente se detuvo en "Paredón".

—¿Qué dice? —se intrigó el veterano.

—No dice. Apenas sugiere direcciones, rumbos, te enfila como una gatera y te coloca una zanahoria...

Precisamente la zanahoria titilaba ahora, me marcaba las coordenadas con letra y número: "Paredón 49/E/4".

—¿Y eso?

—Ya va a ver. Esto se acaba por ahora.

Oprimí el código de doce ítems y la máquina se despidió con un baldazo de color y un zarandeo musical que siempre me sonaba a cumbia, tal vez porque simultáneamente era la cúpula entera la que movía las metafóricas caderas.

Etchenike no entendía nada. Al mirar para arriba, como suele hacerse cuando se busca explicación o se putea al voleo, descubrió la mutación del techo:

—Se está formando un plano.

—Falta —le confirmé echándole una ojeada—. Todavía tenemos unos minutos.

—¿Me va a explicar?

—Le explico.

Volvimos a nuestros asientos enfrentados y retomé el relato donde lo había dejado. Le conté la agonía de mi convalecencia junto a los providenciales galochas, la casi milagrosa curación con esas hojas que me envolvían la mano húmeda de barro, siempre helada, y el largo sueño en el que me perdí.

—Cuando abrí los ojos fue como en las películas. Sólo que en lugar de una enfermera rubia de un hospital de Los Ángeles frente a mí había dos negritos de camisa floreada que pegaron el grito: "¡Se despertó el Pirovano! ¡Se despertó el Pirovano!" y salieron corriendo de la carpa anaranjada. Miré a mi alrededor: estaba en una impecable camilla de campaña, con ropa blanca y limpia y el brazo izquierdo conectado a un extraño aparato cúbico que retenía mi mano bajo una especie de burbuja plástica. No me dolía, no me molestaba, podía mover los dedos o lo que quedaba de ellos: el "tratamiento" de los galochas me había salvado milagrosamente de la gangrena pero se había llevado algunos milímetros más de falanges.

—¿Dónde estaba? —me corrió el veterano.

—Jamás lo supe ni lo sabré. El tipo que entró, convocado por los negritos, tanto podía ser un lugarteniente de Escobar como el segundo de Tirofijo. O si no, un ayudante del Dr. Schweitzer en Lambaréné o incluso, más verosímil, el ayudante de un Mengele tropical...

—Pero no.

—Pero no, claro que no: "Te salvamos, Pirovano: fuiste muy valiente y te lo merecías", me dijo el tipo desde la entrada de la tienda. Y le aseguro que la ocupaba toda entera, Etchenike; tenía un lomo descomunal. "Mové los dedos", me propuso. Y los moví. Los tendones que se habían fugado irremediablemente estaban otra vez sujetos y activos. "¿Qué me hicieron?", le digo. "Te pusimos un perno y prolongamos los tendones con... Es complicado de explicar, pero lo importante es que funciona", dijo el grandote sin demasiada paciencia. "¿Me puedo ir?", le digo. "Cuando quieras. Te desenchufamos y listo." "Entonces quiero ya."

Etchenike se impacientó:

—¿Y ni siquiera les preguntó quiénes eran?

—Sentí que era algo así como un acuerdo tácito de silencio.

Precisamente, el silencio de la cúpula se quebró en ese momento como una rama seca: *chac*.

Levantamos a un tiempo la cabeza: el techo de la cúpula ya no era un cielo sino la retícula compleja de un plano vagamente familiar.

—¿Buenos Aires? —tanteó Etchenike.

—Más o menos —dije poniéndome en movimiento.

21. POR ABAJO

▬

Lo que se había formado sobre nuestras cabezas era algo así como el identikit interior de la ciudad. Sobre fondo negro, una cuadrícula verde, señalizada con coordenadas de números y letras, limitaba un complejo sistema de redes regulares y ramificaciones aparentemente arbitrarias de diferentes colores. Todo tenía su nombre, su detallada identificación, aunque a esa escala era apenas legible.

—Sé que es Buenos Aires, pero no son las calles —dijo Etchenike.

—No es la superficie sino el subsuelo —dije sentándome otra vez a la máquina—. Todo lo que está bajo tierra.

—El sótano de la *Guía Peuser.*

—Eso es. Hay otro sistema de comunicaciones, subterráneo, que a veces coincide y a veces no con el otro.

Oprimí los botones pertinentes y aislé una zona: después obtuve la ampliación. Ahora sí podía leer a simple vista.

El veterano se había subido a la silla y hacía maniobras con los anteojos para poder distinguir los detalles.

—Fui empleado municipal en DAOM, durante muchos años. Sé de desagües, de redes cloacales, de entubados... Pero acá hay otras cosas... —y señalaba las líneas de puntos que divagaban por el plano sin aparente orden ni concierto, contrastadas con las definidas líneas de subte, que estructuraban la figura como un esqueleto.

—Claro que hay otras cosas.

La aproximación me había llevado hasta las coordenadas indicadas por la máquina: Plano 49, sector E-4.

—Así, de cerca, parecen venas y arterias: incluso con el sistema nervioso superpuesto, hasta las terminaciones más finas... —observó Etchenike—. Las líneas punteadas, en cambio, son iguales a esas marcaciones que hacen los chinos para ponerte agujas y esas mierdas.

Sonreí. No podía evitar sonreír. Se dio cuenta:

—¿Estoy diciendo boludeces?

Negué con la cabeza.

—Ninguna boludez.

Conseguí la aproximación máxima y fijé la imagen: accioné el botón de copiado y me volví hacia Etchenike mientras la máquina ronroneaba.

—La ciudad es como un cuerpo. Lo que tenemos acá es el territorio interior donde se libran las batallas que definen la salud y la enfermedad... —dije algo excedido—. Son metáforas simplistas y un poco mentirosas pero hay infecciones, hay fiebres, hay glóbulos blancos... Hay zonas débiles y expuestas.

—Ahí sale el plano —me advirtió el veterano.

Por una ranura estrecha abierta a lo largo de la base de la máquina fue apareciendo, perfecta copia láser, el plano de la zona seleccionada. El mismo Etchenike lo recogió en sus manos. Grande y manuable: cincuenta por cincuenta.

—Es perfecto —dijo mirándolo a trasluz.

El plano estaba impreso de ambos lados: en una cara, la circulación subterránea; en la otra, el mapa convencional de superficie. Ambos esquemas coincidían hasta en los detalles menores. Dispersos aquí y allá, como bolitas que hubieran rodado a su arbitrio hasta detenerse en cualquier parte, había circulitos negros con una letra E que provocaron la curiosidad de Etchenike.

—¿Y estos cositos?

—"E" de Emergencia.

—Para situaciones de peligro.

—No necesariamente. "Emergencia" en el sentido literal de "emerger", salir a la superficie. Ya veremos en este caso, con Paredón.

Me dispuse a desencadenar el dispositivo de salida cuando noté cierta reticencia en la máquina: quería información actualizada sobre el intruso.

Me volví hacia él:

—Etchenike, la máquina debe saberlo: ¿viene conmigo o se va?

—Voy —respondió sin vacilar, pero en seguida tuvo sus dudas—. Aunque si hay que bajar tantas escaleras... Ya el hecho de salir de acá, con ese pasadizo angostito, es complicado para mí. Le voy a entorpecer el laburo, pibe.

—Tranquilo, que no hay que bajar. Ya estamos abajo.

—¿La cúpula?

Y miró a su alrededor buscando un indicio en las paredes, en alguna parte, de que ya no estábamos en lo alto del edificio de la Avenida de Mayo sino en quién sabe qué subsuelo.

—Sí, la cúpula ha ido descendiendo centímetro a centímetro en la última media hora... —le expliqué a él mientras le explicaba también a la máquina, como podía, las razones que me llevaban a aceptar un intruso, primero en la cúpula y después en la misión—. Se hace así para que el movimiento no pueda ser percibido por nadie del edificio y para que el holograma que la sustituye en el aire tenga tiempo de ajustarse.

—¿El holograma?

—La imagen virtual de la cúpula. En este momento, los únicos más asombrados que usted han de ser los pájaros y las palomas de la Avenida. No entienden nada.

Etchenike tanteó con el pie la abertura del suelo por la que había ingresado y comprobó con pequeñas pataditas que ya por ahí no.

—Cerrado como culo de muñeco.

—Hay otra salida —dije divertido—. Y parece que ya nos podemos ir.

Las pantallas generaron un cardumen de pequeñas flechitas multicolores que se movieron en bloque, como agitadas por una corriente marina, hasta converger fundidas en una sola flecha amarilla que se trasladó nerviosa de pantalla en pantalla buscando salida. Al final se clavó literalmente en el extremo derecho, titiló un instante y se apagó junto con todo el sistema.

—Vamos —dije—. Traiga el mapa.

Me arrimé al segundo panel de la derecha, junto a la biblioteca, y coloqué el terminal en el hueco aparentemente inocente que separaba dos ladrillos expuestos.

Sentí el chicotazo, el suave calambre en los miembros. La puerta se abrió. Le hice un gesto al veterano y salí. Él tropezó en el umbral.

—¿Se golpeó?

—No es nada.

Lo miré seriamente:

—Hay algo más, Etchenike.

—¿Qué cosa?

—De todo esto, si llega a hablar... Le corto los huevos.

Apenas parpadeó al asentir.

22. DE EMERGENCIA

Sostuve al veterano en el primer tramo para orientarlo mientras andábamos en la semioscuridad del pasadizo.

—Se acostumbrará: la penumbra es por contraste con el resplandor de la cúpula —dije y lo solté antes de que se ofendiera—. Páseme el plano.

—Esto es parte de lo que está marcado con puntitos... —dijo.

Asentí mientras consultaba el itinerario a seguir. En ese momento todo pareció temblar con el rumoroso fragor de una máquina infernal.

—Es el subte. Estación Sáenz Peña, lado sur. El túnel está a un metro escaso de esta pared —dije—. La Primera E, la primera posibilidad de emergencia es precisamente allí, a cien metros. Sale derecho al andén, o al fondo del andén, mejor dicho.

El fragor se hizo más lejano hasta desaparecer. Echamos a andar.

El veterano miraba a los lados, arriba y abajo, con admiración:

—¿Quién hizo esto, pibe? No me va a decir que ya estaba.

—No sé quién armó la red subterránea como existe ahora, pero Magia montó la cúpula a mediados de los ochenta, cuando hubo un proyecto de recuperación de los edificios históricos de la Avenida de Mayo. Compraron la propiedad e hicieron una especie de reciclaje secreto. No tocaron nada más: el resto de las oficinas sigue tal cual eran en los años veinte. La suya, por ejemplo.

—Yo ya no estaba cuando pasó esto.

—Yo tampoco. Pero creo que no soy el primero que la usa. Subjuntivo me lo dio a entender en la tercera entrevista.

—No me explicó nada de ese aspecto del asunto. ¿Le tomaron examen? Ese Subjuntivo, digo...

—No precisamente. Pero fíjese ahí.

Con el primer recodo a la izquierda apareció en la pared del túnel el indicador de Emergencia. Eran pinceladas de pintura fosforescente que terminaban en una puerta-ventana opaca de un material que yo sólo sabía describir como cristal metálico. Extendí la palma libre de la derecha sobre las pinceladas, y la gama cambiante de colores respondió al estímulo levísimo del calor de mi cuerpo.

—Negativo —le informé al leer la señal cromática—. No se puede emerger por acá. No se puede o no se debe. La red se autorregula.

—¿Es que ya vamos a salir? Calculo que estaremos bajo el Congreso —dijo Etchenike.

—Usted va a salir —y consulté el plano sin atender a su disgusto incipiente—. Hay dos posibilidades.

—¿Qué dos posibilidades? —y no cuestionaba su raje compulsivo sino la limitación.

—Una es el segundo subsuelo de la Confitería del Molino, que está siempre disponible. La otra —y busqué un poco más adentro de mi itinerario— está a seis, siete cuadras más al norte, en diagonal. También, siempre disponible: la sala de recepción subterránea de la morgue, en calle Viamonte. Elija.

—Los fiambres —dijo adelantándose.

En los diez minutos siguientes recorrimos demasiado pausadamente para mi gusto y mi necesidad los oscuros, meandrosos pasadizos que nos iban llevando hasta Barrio Norte. Primero por el túnel accedimos a la red cloacal; de ahí, a un corto trayecto por los talleres abandonados del subte en la estación Callao y, finalmente, casi volviendo sobre nuestros pasos, a un dificultoso conducto, nuevo al parecer, que nos dejaría en su frío destino final.

Durante todo el trayecto el admirable veterano no decayó en su empeño de sacarme toda la información posible. Particularmente le interesaba lo que bautizó a su manera como "la primera fase", el momento en que mis misteriosos benefactores tropicales se habían dado a conocer.

Le expliqué que no había sido simple y que no podría no haber sido. Y retomé:

—Se lo pedí y me dejaron ir. Sólo me recomendaron que en diez días me presentara en una dirección en Barranquilla que supuse sería una clínica o algo así para controlar la evolución del "trabajo quirúrgico" que me habían hecho. Sobre todo había que tener cuidado con los problemas de rechazo: me habían metido bajo la piel un perno de metal extraño.

—¿Y fue?

—Qué iba a ir. Dediqué las dos semanas siguientes a emborracharme de ron y autocompasión en medio de los escombros de mi casa. Vicky no contestaba a mis llamados en Buenos Aires y yo no contestaba a los llamados de todo el mundo en Barranquilla. Hasta que un día, harto de mí mismo, dejé de beber. También el teléfono dejó de sonar y yo dejé mi pretensión de ser oído, perdonado o comprendido... Me levanté una mañana, puse en venta la casa o lo que quedaba de ella, saqué todo el dinero del banco y fui a un ortopedista a hacerme una prótesis. Necesitaba un poco menos de medio dedo para volver a ser un hombre o acaso un arquero completo.

—¿Fue a un médico cualquiera?

—Sí. Y la escena fue terrible. No bien desnudé la mano, el médico, un hombrecito formal, blanco como de porcelana y con delantal celeste, puso cara de asco y escepticismo. El aspecto de aquello era deplorable. Los dedos, tumefactos todavía y de todos colores, parecían gangrenados. Pero era sólo la pinta: tenían buena movilidad y las ganas intactas. "A ver qué perno le han puesto aquí...", me dice el médico arrimando el bisturí a la zona. Fueron sus penúltimas palabras.

—¿Y las últimas?

—"¿Qué puta vaina es eso?". Ésas fueron las últimas, sentado en el suelo y cuando se repuso de la tremenda descarga que lo tiró contra la pared del consultorio. Quedó entreverado con los huesos de un esqueleto muy elegante que se hizo mierda. Yo rajé.

El veterano sonrió, imaginó sin duda la escena grotesca.

—Esa misma tarde busqué la postergada dirección suburbana y allá fui. No era una clínica. Era una librería, una extraña librería de barrio con mostrador al fondo, jamones colgados del techo y música de un jukebox asmático con discos de Gardel y Bill Haley. Entré, di una vuelta y ya salía convencido de mi error cuando me llamó el dueño y me dijo: "Pirovano, elíjase un disco que la Magia paga", "¿Quién?", "Usted elija". Y fui, como en un sueño. "¿Cómo funciona?" "Elija y apriete con el dedo", me dijo el dueño sonriente antes de dejarme solo. Y yo sabía que el dedo era ese dedo y no otro.

—¿Y?

—De ahí hasta hoy.

A esa altura del relato Etchenike no se quería ir pero tuve que despedirlo:

—Es casi el mediodía, maestro. Lo espero a última hora en la oficina. Tráigame todo lo de Paredón o de Pandolfi que consiga —dije casi empujándolo hacia la salida.

—De acuerdo.

—Y ni una palabra, ya sabe —y di un tijeretazo en el aire.

Ni se mosqueó.

Puse el terminal en la base de la E y la puerta de vidrio metálico se abrió. El frío nos pegó en la cara.

—¿Adónde me manda, pibe? —y el veterano se levantó las solapas—. ¿Qué invento si me agarran acá adentro?

—Es la morgue. Diga que resucitó.

La cara se le iluminó.

—Ésa es buena. Casi verdadera, te diría...

La puerta se cerró y salí a la carrera. No se puede perder tiempo contando una historia mientras se la vive.

Tardé quince minutos en llegar al destino elegido para la Emergencia. Me disponía a preparar todo para la transición cuando sonó el *beeper* con los mensajes de Mupi del mediodía. Me pasó el contenido del contestador de mi casa, del de la oficina, y todas las novedades de las primeras horas del borramiento. No hacía ninguna referencia a Etchenike, por lo que supuse que las maniobras del veterano le habían pasado inadvertidas. Un síntoma alarmante con respecto a la seguridad del sistema.

No había grandes novedades: Roperito, que quería saber de El Troglodita; los pibes del local de tatuaje, que tenían todo sobre Bowie; el *Fantasma* Zambrano, que lo llamara —me dejaba un teléfono—; Renata, que quería entrar a casa a buscar algunas cosas y pedía instrucciones. Además, sobre el final, había un mensaje de Lacana: "Todo okey, Pirovano". Eso me garantizaba que El Troglodita descansaría en paz, al menos por unos días. El cadáver estaba en lugar seguro.

Apagué el *beeper*. Ése sería nuestro único y periódico modo de contacto durante unas horas.

Consulté el mapa por última vez y verifiqué que esa Emergencia era la mejor para moverme, ir y venir por el sector E-4.

Recorrí la gama fosforescente que me ratificó la salida sin problemas. La E titilaba en espera. Siempre me producía un cierto vértigo la transición, como ese momento en que va a llegar un córner, viene largo y cerrándose hacia el vértice más lejano del área chica y hay que ir a buscarlo. Hay que ir sin saber cómo se podrá volver.

Revisé el 38, le hice su lugar y miré el reloj por última vez. Después me puse y me saqué lo necesario. Recién entonces introduje el terminal en la base de la E. Sentí la ola interior, la marea veloz que iba y volvía de los talones a la nuca, ida y vuelta, mientras la puerta de vidrio metálico se abría.

Entonces salí.

23. El tipo

■

Catcher entró en el tercer subsuelo de la playa de estacionamiento bajo la plaza de frente a la Recoleta y fue directamente a buscar el antiguo pero impecable Volvo gris metalizado, fierro sueco.

Subió, lo puso en marcha y mientras calentaba el motor sacó de la guantera lo que necesitaba. Se uniformó frente al espejo retrovisor y cuando estuvo listo arrancó con el estéreo —El Mesías, *de* Haydn— *a todo volumen. Mientras trepaba por las rampas como si se deslizara sobre un riel, la música vibrante lo antecedía, avisaba con fervorosos coros en inglés que allá iba. Al llegar al control de superficie el encargado lo recibió con una armada sonrisa de sorpresa y bienvenida. Ese tipo era tan extraño:*

—Cómo le va, señor, tanto tiempo...

—Bien, mi amigo. ¿Y cómo está Buenos Aires? Acabo de llegar.

—Difícil —describió el otro.

—¿Tanto?

El tipo inmovilizó la interrogación en una mueca de sonrisa.

—Acá hace falta una mano dura —se explayó el encargado.

—Usted es un filósofo, como todos los porteños... —lo alentó el tipo—. Éste es un país rico muy maltratado, mi amigo: hay alimentos, hay un subsuelo inexplorado y sobre todo hay un capital humano...

—Claro que sí.

—¿Qué le debo, Chacón?

El encargado entró por un momento a la cabina y volvió con el dato de la planilla:

—El mes que corre, señor.

Catcher sacó la billetera y eligió los más convincentes billetes de cien dólares que encontró. Agregó uno de veinte verdadero y los depositó en manos del encargado.

—Quédese con lo que sobre... Y dígame, ¿cómo andan las cosas ahí arriba, en el Centro Cultural?

—Ahora no lo sé, señor. Desde que no está más su amigo Briante de capo no me interesa.

—Lo dicho: este país se come a sus hijos, Chacón.

—Seguro, señor.

—¿Usted sabe algo de pintura?

—No, qué voy a saber... —pegado a sus espaldas, en la pared de la cabina, había una lámina de Molina Campos y otra de Medrano sacadas de almanaques de Alpargatas—. Iba a veces a tomarme unos vinos a las inauguraciones de su amigo: hablaba bien.

—Y no hablaba al pedo.

—Claro, señor.

—¿Y de fierros? ¿Sabe algo de fierros, Chacón?

El encargado arrugó la cara, retrocedió apenas.

—Tengo un 22 que nos da la empresa para...

—No. De ésos no. Los fierros de sacar músculo. Los aparatos que están de moda ahora. ¿No sabe de algún gimnasio o instituto o local de venta por acá?

—Son todos putos esos patovicas.

—¿Conoce o no? Algo nuevo, puesto con mucha guita.

—¿Para usted, señor?

—Tal vez, si es bueno.

Chacón pensó un momento y dijo:

—Sobre la paralela que corre así, al lado de la Biblioteca Nacional, acá a la vuelta. Después de Plaza Francia y antes de llegar a Las Heras hay un negocio donde venden esos aparatos. Bicicletas fijas, esas cintas para correr... Hay una minita.

Chacón sonrió con dos dientes menos que la vez anterior que el tipo recordaba.

—¿Sobre Agüero?

—Sí. Vaya y pregunte, jefe. En una de ésas...

—Seguro que sí. Gracias, Chacón.

Aceleraba cuando el encargado lo retuvo:

—Señor —con una sonrisa—. ¿No tiene calor con eso puesto todo el tiempo?

—¿Los guantes? Yo soy como el Ratón Mickey.

Y ahora sí salió, con un breve y elocuente quejido de neumáticos que se sumó a la música del estéreo sin desentonar.

El Volvo gris metalizado estacionó justo enfrente del local de Arnold Body Building, *y Catcher bajó aparatoso, dando un portazo. La música de Haydn siguió castigando la vereda. La chica apenas levantó la mirada del yogur e hizo a un costado la ensalada multicolor.*

—Buen provecho.

El tipo ya estaba ahí; no lo había visto entrar.

—Qué... —se atragantó ella—... ne... cesitaba.

El tipo la miró fijamente un instante y de pronto dio un giro olímpico que abarcó la totalidad del local, sus existencias:

—Eso, eso, eso, eso... y eso —dijo señalando al voleo mientras rotaba.

Quedó otra vez de frente y muy cerquita:

—Me los llevo ya.

—¿Ya? No puede.

El gesto del visitante indicó que no concebía negativas, esperas o argumento alguno que entorpeciera su decisión.

—Es un local de exposición, nuevo... No hay existencias acá, son productos importados. Usted elige, seña...

—¿Seña?

—¿Paga con... tarjeta? —dijo la chica.

—No. No vengo a pagar —se abrió el saco—. Vengo a cobrar.

Y le mostró alevosamente el 38 en la cintura.

24. DE GUANTE BLANCO

—

*El apio, la zanahoria y las arvejitas de la ensalada rodaron por
la desagradable moquette azul. En su retroceso descontrolado, efecto
inmediato de la irrupción pasiva pero elocuente del 38, la chica había
perdido el control de la bandeja que apenas sostenía en sus manos:*

*—Cuidado con las manchas —dijo Catcher empujando ver-
duritas crudas y hervidas bajo el breve escritorio—. No quiero perju-
dicarla con su patrón. Deje eso ahí.*

Ella obedeció.

—Vaya y ponga el cartelito de "Cerrado" —dijo él.

—¿Qué me va a hacer?

*—Nada. Camine, no sea cagona... —En el trayecto se arrepin-
tió—: No, mejor primero apágueme el estéreo del coche, que me olvi-
dé. Vaya y venga que no pasa nada.*

*Pero como ya había puesto en posición el 38 entre los dos, ella
temía que pasara lo peor, vacilaba.*

—Vaya, le digo.

Y mientras la chica salía a la vereda, apagaba El Mesías *en su
mejor momento y cerraba la puerta del Volvo como si fuera una
heladera Siam de las de antes, Catcher aprovechó para inspeccionar
el lugar: la entrada ancha y las dos puertas del fondo. Abrió una: una
cocinita. No llegó a abrir la segunda porque la piba estaba de regreso.*

Obediente, puso el cartelito de "Cerrado" y se dio vuelta.

—La traba —dijo el tipo.

Puso la traba también, que estaba al ras del piso. Para eso tuvo que agacharse, evidenciar un buen culo ceñido por alevosas calzas verdes.

Él no la miró, sin embargo. Al volverse, la chica comprobó que el extraño personaje del revólver y los guantes blancos había dejado el arma sobre el escritorio y miraba las fotografías que saturaban la pared del fondo del local: podios, poses, trofeos, cuerpos aceitados, hombres y chicas con músculos hasta en los párpados.

—"Body Building"... —dijo el tipo entre dientes, recorriendo las fotos—. Acá está.

Se había detenido en una instantánea más formal y nada deportiva: un trío de hombres trajeados y sonrientes compartían de pie tragos largos y bocaditos en una inauguración —la de ese mismo local— ratificada por floreros con moños maricones. A dos los conocía.

—Este gordito... —dijo volviéndose.

La chica le estaba apuntando con su propio 38.

—Roque —decía—. ¡Roque! —gritaba sin dejar de apuntarle.

Catcher no dijo nada. No quiso o no tuvo tiempo porque apareció Roque en la puertita que no había verificado. Terminaba de abrocharse el pantalón. Era muy joven, muy fuerte.

—¡Llamá a la policía! Entró a robar —dijo ella con mejor pulso ahora que cuando titubeaba con la ensalada.

—Qué policía... Metele un cuetazo —dijo Roque.

—Está descargada —dijo el tipo.

—¿Sí? Ésta no —dijo Roque y abrió un cajón a su izquierda.

La primera patada del tipo volvió a colocar el cajón en su sitio y los dedos de Roque en otro lugar. La segunda le dio en el cuello, debajo de la mandíbula, a la altura del oído, y lo tiró de costado. La cabeza dio contra un banco que se conmovió y derramó sobre su tórax media docena de pesas de diverso kilaje.

Quedó ahí.

La chica gatilló.

El tipo sacó la pistolita de mierda que esperaba en el cajón.

La chica gatilló.

El tipo le alcanzó la pistolita.

—Probá con ésta.

La chica vaciló. De pronto gritó algo, le arrojó el 38 a la cabeza y trató de correr hacia la puerta.

El tipo la alcanzó y la retuvo por la cintura. Ella volvió a gritar.

—Callate. Mucho "Body Building" pero poco control mental... —le dijo en la nuca.

Ella se calló.

La llevó, reteniéndole la muñeca en la espalda, empujándola con elementales pasitos tangueros entre las piernas, felicitándola por la actuación, por la rendición final. Después la sentó donde estaba al principio y le puso enfrente los restos de ensalada. El yogur era irrecuperable.

—Empecemos de nuevo. Tal vez me excedí. No con él —y señaló con un dedo enguantado de payaso al joven derrumbado y no del todo desconocido—. Pero sí con vos.

La chica asintió. Después siguió con los ojos muy abiertos los movimientos del tipo que se guardaba ambas armas en la cintura, que arrastraba con facilidad los noventa kilos de Roque para llevarlos y dejarlos plegados prolijamente en el bañito lateral, que retomaba la foto de los tres caballeros, que la ponía frente a ella para que "la estudiara", que no dejaba de hablar:

—Contra éste no tengo nada —dijo poniendo el dedo en el gordo del medio y sin mirarla siquiera—. Pero el otro hijo de puta puede darse por muerto.

—¿El otro?

—No te hagas la que no lo conocés.

—No los conozco —y la foto flotaba sola, delante de ella.

—¿A quién conocés vos?

—Solamente al señor Pandolfi.

Y ahora fue un dedo con la uña pintada y descascarada de violeta el que señaló al gordo del medio. A los costados del rectángulo, brillosos por el flash que los había inmovilizado distendidos, celebrantes de alcohol en mano, los otros dos —un Fantasma Zambrano de traje

122

oscuro con vaso de vino tinto; el otro de saco blanco con rubia cerveza
al tono— parecieron sonreír un poco más, aliviados.

Catcher sonrió:

—Pandolfi viejo nomás... —y se ensombreció de pronto—. Pero
qué haría este hijo de puta al lado de él en la inauguración...

La cara de la piba no reflejó el mínimo gesto.

—Vino mucha gente.

—Malos bichos... —el tipo hizo una pausa teatral—. Lo siento,
pero Pandolfito va a tener que pagar por el otro... —y paseó el dedo
ambiguamente en la foto—. Yo me tengo que cobrar, sabés.

La chica asintió.

—Cuando venga decile que estuve, que se dé una vuelta para
charlar. Él sabe que la cosa no es con él.

El tipo dio la vuelta al escritorio e hizo un gesto para que la
chica se levantara:

—Quedate quieta y no tengas miedo, que no te voy a violar.

Le levantó la pollerita, metió las dos manos, calzó los pulgares y
de un solo tirón de la cintura para abajo le puso las calzas y la minús-
cula bombachita en los tobillos.

—Para que no salgas corriendo —explicó—. Poné las manos so-
bre el escritorio ahora. Y comé si querés mientras termino.

A continuación el tipo escribió "Soul Building" en una tarjetita,
puso dirección y teléfono y la dejó sobre el escritorio. Después descolgó
media docena más de fotografías y cargó, en cuatro viajes, trescientos
kilos de equipo entre el baúl y el asiento trasero del Volvo.

—Van a tener que ir a buscar al depósito —fue su comentario.

La chica no pudo terminar su ensalada. Se quedó mirando la
pintada en aerosol que dejó el visitante sobre la blanca pared, en el
espacio vacío dejado vacante por las fotografías: Catcher, *decía en*
letra cursiva.

25. VIDRIOS ROTOS

—

Catcher salió, se subió al Volvo, volvió a encender a Haydn un poco más alto incluso, y arrancó lento, parsimoniosamente. Con la mirada en el espejo retrovisor, no aceleró demasiado. Al llegar a la esquina giró a la derecha, anduvo otra cuadra y volvió a girar a la derecha, completando la media manzana hasta que detuvo el coche del otro lado de la Biblioteca Nacional. Entonces apagó el estéreo, se bajó, atravesó el parque a grandes zancadas, subió las escaleras de acceso a la Biblioteca, cruzó la explanada de entrada, volvió a bajar y se asomó por el lado opuesto apenas a veinte metros de donde había estacionado anteriormente. Sentado en el borde de cemento y bajo los árboles, podía ver la entrada del negocio por el que había pasado con guante blanco y vigoroso pie.

En apariencia nada había sucedido, nada había cambiado. Desde allí se veía el edificio entero. Seis pisos de departamentos sin balcones y muy poca vida excepto alguna plantita asomada, con un único local en planta baja. La moderna ferretería tenía su rótulo en el amplio cristal: Arnold Body Building, *más un grosero logotipo en el que las iniciales perfilaban el medio cuerpo de espaldas de un exuberante Schwarzenegger dibujado por un discípulo pervertido de Carpani. La A era el triángulo de la espalda con vértice en la nuca; las B, sendos bíceps (el izquierdo, invertido). Una basura.*

El otro detalle excesivo era el tamaño de la antena parabólica que en el techo del edificio parecía dispuesta para abarajar cualquier cosa que el cielo le tirara. Era grande, muy grande, y ocupaba la terraza junto con otro par de antenas convencionales pero incluso más altas que ella. Desde donde estaba el tipo apostado era imposible ver a qué sector del edificio remitía semejante cablerío.

Transcurrieron diez minutos. No salieron Roque ni la chica. Hubo potenciales clientes que miraron y siguieron. No pasaba nada. Pero a los once minutos llegó un taxi y bajaron dos tipos apurados y uno más lento y flexible parecido a David Bowie.

Los tipos —un pelado alto y un morocho bajito— entraron con Bowie al Arnold Body Building *sin mirar la vidriera. No iban a comprar nada.*

Catcher salió disparado más rápido que el taxi que los dejó. Atravesó la plaza, se subió al Volvo y en dos minutos daba la otra media vuelta de manzana, colocaba el auto apenas a unos metros de la vez anterior, en la vereda opuesta y fuera de la visión desde adentro del local. Puso otra vez El Mesías *a todo volumen, se bajó y cerró.*

Los tres no tardaron en salir. Después la chica también se asomó, tímida y apenas, como la muñequita del mal tiempo en una casita con barómetro.

—Pero... Aquél es el auto del tipo, del loco ese... —dijo la piba antes de meterse adentro, espantada acaso por el cambio repentino de clima.

Veloces, Bowie y los tipos se separaron de un salto, como si un par de palomas hubieran cagado al vuelo en medio de la vereda.

—Cuidado. Vaya uno de cada lado —indicó Bowie.

El morocho se lanzó a la carrera calle abajo por la vereda con el arma en mano hasta llegar a la altura del Volvo, y sin cruzar la calle se asomó desde detrás de un árbol:

—Por acá no está —gritó.

—Por acá tampoco —dijo el pelado desde el otro extremo.

Bowie barría con la mirada todos los recovecos de enfrente y manejaba al par con golpes de cabeza, les indicaba que no se apresu-

raran. Pero mientras el pelado permanecía cerca de él, cauteloso, avanzando calle arriba también con el arma lista pegada al muslo, el otro apenas esperó que pasaran dos autos y cruzó directamente hacia el Volvo.

—Qué hace ese imbécil... —murmuró Bowie.

El osado avanzado se agazapó, pegado a la rueda, y, cautelosamente, primero miró debajo del auto y después se asomó al interior. Adelante, vacío; atrás, repleto de fierros. Sólo la música de Haydn que trepaba y trepaba en un coro feliz, celebratorio.

El morocho hizo señas ostensibles a su jefe meneando la cabeza: el tipo, el loco de los guantes, no estaba ahí.

—No abras, no toques nada —dijo débil, gesticuló fuerte Bowie.

Pero el otro ya tanteaba una puerta, probaba la otra y encontraba la tapa del baúl apenas apoyada.

—¡No! —gritó Bowie, que se la veía venir.

Demasiado tarde.

El morocho intentó abrir y sintió una cierta resistencia.

—¡No lo abras, boludo! —repitió el jefe mientras buscaba dónde protegerse—. ¡Es una trampa!

Pero el otro ya estaba jugado e insistía. Finalmente la tapa del baúl cedió. Bowie cerró los ojos, el pelado se escondió en un umbral.

No hubo un estallido. Fue peor. Después de un par de segundos, Bowie abrió los ojos y pudo ver cómo su hombre era arrastrado dentro del baúl por el tirón vigoroso de dos manos enguantadas que emergían desde abajo de la tapa.

—Se lo comió...

—Estaba dentro del baúl... —dijo el pelado cauteloso, asomándose apenas.

—Tirale —dijo el jefe.

—¡No tiren! —dijo el atrapado.

Pero hubo un golpe seco, pasaron dos coches por la calle y al instante siguiente el tipo de los guantes ya estaba afuera y el otro adentro.

—Tirale —redundó Bowie.

Mientras una combi se interponía al pasar y se ligaba dos bala-
zos desconfiados, el tipo ya no estaba donde solía. Con movimiento
repentino asomó detrás del techo del Volvo, echó el brazo hacia atrás y
mientras daba un poderoso grito de guerra o de júbilo arrojó, bom-
beado y en parábola, a través de la calle, algo que voló por encima de
Bowie y el otro, los espantó, los sobró y reventó el cristal de Arnold
Body Building.

La pesa de dos kilos rebotó en el piso de la vidriera, rodó entre los
vidrios sobre la moquette azul y quedó quietita a los pies de la piba
aterrorizada.

—Es una bestia...

Cuando Bowie y el pelado se repusieron tenían pedacitos de vi-
drio hasta en las botamangas de los vaqueros y el Volvo pasaba frente
a ellos raudo y triunfal en un todo acorde con Haydn.

Pero ya ni los tiros valían la pena: se empezaba a juntar gente y
no tardarían en empezar a sonar las sirenas.

26. Soul Building

▄▄▄

Catcher dio la vuelta por Las Heras, volvió hasta Libertador y después condujo durante veinte minutos hacia el norte hasta la General Paz. Subió. Enfiló en dirección al Riachuelo y al llegar a Liniers bajó por Rivadavia hasta el once mil, dobló en una transversal que se cortaba con las vías y estacionó. Había pasado menos de media hora. Agarró la pila de cuadros que había descolgado de la pared del Arnold Body Building y los desarmó con un cortaplumas, separó vidrios y marcos y se guardó las fotos. Después se bajó del coche, escuchó un instante con la oreja pegada al baúl como si dejase un bebé dormido antes de salir y abandonó a paso rápido el lugar.

La Iglesia de Nuestra Señora de las Catacumbas parece apenas una capilla pero es grande, un iceberg. Cuando el tipo entró por una puerta lateral había un bautismo. Los parientes del niño rodeaban a la madrina y al cura que leía las oraciones junto a la pila ubicada a un costado de la entrada. No le prestaron atención cuando se sacó los guantes, se persignó velozmente y salió de la insinuada genuflexión con paso vivo hacia el fondo de la nave. El altar estaba en penumbras —toda la iglesia lo estaba— y sólo una velita avisaba de la redundante presencia de Cristo en el sagrario.

El tipo descendió por la escalera lateral que conducía al simulacro de santuario que justificaba la invocación de la Virgen que daba el nombre a la parroquia. Allí estaba más oscuro aún. Las paredes

imitaban tosquedad rocosa, propiciaban nichos donde imágenes y
módicas reliquias apolilladas y aparentemente seculares esperaban
devoción en vano. El tipo tropezó con un reclinatorio y se aproximó
al pequeño altar que ocupaba el centro de la pared más lejana de la
cripta, rodeado por un semicírculo de imágenes. Pasó detrás de la
mesa sagrada e inclinándose colocó el terminal en el ojo de un demo-
nio abatido bajo el pie de un santo indeterminado pero eficaz.
    La pared se abrió hacia una escalera que bajaba aun más.
    Catcher se volvió apenas y salió por el hueco, que se cerró a sus
espaldas.

Siempre los primeros segundos de la transición son duros.
Sentí una vez más como si el cuerpo se me encogiera bajo la piel,
que algo retrocedía dentro de mí. Pero después del breve temblor no me detuve siquiera. Me saqué y me puse lo necesario y
seguí adelante. Había que andar rápido. Usé el celular para co-
municarme con Lacana. Dejé el mensaje codificado en el contestador —dirección, vehículo, "material" y hora y lugar de devolución— y esperé. Cuando me dieron en vivo el escueto "okey
Pirovano" retomé la marcha. Mientras trotaba escaleras abajo
sonó el *beeper* con los mensajes de Mupi: otra vez Zambrano
—que volvía a dejar ristras de teléfonos—, otra vez Renata, otra
vez Roperito. Y Nápoli, urgente.
    La red subterránea a esa altura, tras una veintena de escalo-
nes que me alejaron de la cripta, se hacía fácil y en parte espacio-
sa. Después de medio kilómetro de cloaca hacia el centro viré
con rumbo norte. Estuve detenido esperando que se hiciera accesible una cámara de Telefónica y a partir de ahí me tuve que
encorvar al máximo para poder pasar debajo del tren por un túnel original pero estrecho que recién se ampliaba del otro lado.
    Eran casi las cinco cuando alcancé la Emergencia que bus-
caba. La gama luminosa respondió que sí y sólo me restó poner
lo adecuado antes de colocar el terminal bajo la E amarilla. La
luz fría corrió como pólvora encendida dentro de mí mientras la

puerta-ventana de vidrio metálico se deslizaba en silencio.

Salí como tironeado por la oscuridad.

Catcher levantó la tapa y lo recibió el profundo olor a grasa.

Grasa, nafta, combustión, trapos empapados en aceite oscuro. Los azulejos del foso eran probablemente lo más sucio del taller. Se colocó los guantes de trabajo y salió sin esfuerzo de abajo del Duna. La cortina metálica dejaba pasar algo del sol de la tarde y muchos de los ruidos de la avenida. Había dos autos más: un viejo Torino blanco dos puertas impecable que esperaba con el capot levantado que alguien le viniera a hacer cosquillas en el carburador, y un Sierra menos averiado de lo que parecía con la trompa marcada todavía por la pintura del colectivo que se había comido durante una andanza anterior.

El tipo fue hasta la precaria oficina del fondo, junto al baño, y se sentó ante el escritorio. Hizo a un lado los papeles, verificó que el antiguo aparato negro y pesado tuviera tono y discó el número del Arnold Body Building.

Atendió alguien que no era la chica.

—Con Pandolfi, por favor —dijo el tipo sin esperar nada.

Hubo una vacilación del otro lado.

—¿Quién le habla? —le contestaron ya con instrucciones.

—Un tipo...

Ahora la pausa fue mayor.

—Hola... ¿Quién habla? —dijo otra voz.

—Un tipo, señor Pandolfi.

—¿Quién?

Catcher se rió fuerte.

—¿No me reconocés? Estuve este mediodía en tu negocio pero no estabas. Me llevé algunas cosas. Quise explicarle a la piba que el asunto no es con vos sino con ese hijo de puta de Paredón y sus amigos.

—No sé de qué me habla.

—Tengo uno que va a hablar —dijo el tipo casi encima y sin énfasis.

—*Da la cara, hijo de puta —se crispó el otro.*

—*Dejé una tarjeta: ¿a qué hora vas a venir?*

—*Ya sabemos que es trucha. No hay nadie ahí. Da la cara.*

—*No es trucha: llamá.*

El tipo colgó.

Antes de los diez segundos el teléfono sonó. Atendió.

—*¿Viste?*

El otro gruñó:

—*Dame la dirección.*

—*Es esa que te dejé: "Soul Building". A las seis. Y no es con vos,* Pandolfi.

Catcher cortó la comunicación.

Encendió las luces, puso la FM en la Rock & Pop y apartó la lona sucia que cubría un bulto voluminoso, a un costado. La Harley lo esperaba con la quietud amenazante de un bicho antediluviano después de un sueño de milenios. La pateó dos veces y el monstruo respondió con humo, bufidos y un ronroneo sólido. La apagó.

Fue al frente y levantó la cortina de a tirones vigorosos de cadena. La luz de la tarde entró en el taller como la claridad del cielo del desierto en una tumba egipcia recién violada. El diariero del kiosco de la esquina se asomó ante el fragor desde detrás de las revistas colgadas y lo saludó con la mano.

—*Lo estuvieron buscando, hace un rato.*

—*Gracias. Se me hizo tarde —dijo el tipo arrimándose.*

El otro sonrió:

—*¿Se le hizo tarde?*

—*Unos meses.*

Entonces sonrieron los dos y el tipo se llevó la sexta de Crónica.

Volvió al taller, sacó el Torino con sonido redondo, lo atravesó en la vereda y le escribió con aerosol "Soul Building" en la puerta. Después se fue hasta el fondo y se sentó a tomar mate.

Y a esperar.

27. GRASA

A las seis menos cinco pasó, lento, un patrullero. A las seis menos tres entró un interesado en el Torino y el tipo del taller le dijo sin levantarse ni soltar el diario que no sabía si estaba en venta, que el dueño tenía que venir a llevárselo en cualquier momento y que "Soul Building" era una contraseña. El interesado repentinamente se desinteresó y se fue. En la radio anunciaban un recital de Iggy Pop a las seis. Catcher tomó el último mate a las seis y dos. Se levantó a las seis y cuatro. Puso la Harley en marcha y la dejó ahí, regulando. Con el segundo tema de Iggy salió a la calle, a la vereda.

Bowie estaba comprando un diario en el kiosco. Había otros clientes tan poco lectores como él, pero no interesados en el Torino. El patrullero asomaba la trompa en la esquina.

El tipo del taller se acercó al kiosquero, le devolvió Crónica *y dijo:*

—El dueño del Torino no vino a buscarlo todavía y yo necesito un repuesto para el Duna antes de que cierren. Si viene él o alguien, que me aguante un cachito. Diez minutos, José. Que no se vaya.

El kiosquero lo miró y dijo:

—Andá tranquilo —hizo una pausa e indicó con la cabeza—. Pero el señor...

El tipo miró a Bowie.

—...me preguntó por un Volvo gris metalizado —completó el kiosquero.

—No lo he visto —dijo el tipo del taller.

Bowie lo miró y no dijo nada. Apenas asintió.

Ese tipo no era exactamente el loco de las pesas pero era, algo tenía. Tenía guantes.

Bowie estiró la mano y retuvo el brazo del mecánico:

—Disculpame, ¿hacés fierros vos? —y le tanteó los bíceps.

El tipo sonrió apenas:

—No necesito —y quiso volverse.

Bowie lo retuvo:

—Pará.

Con el gesto de quien aparta una cortina, el tipo se deshizo del brazo extendido y, a la salida del mismo movimiento, se le afirmó con ambas manos engrasadas en los hombros:

—Sabés lucha... —Bowie imitó su último gesto—. Eso es de luchador. Y hacés fierros.

El tipo demoró un poco más las manos apoyadas y dijo:

—¿Sabés qué pasa? Yo laburo.

Después tomó distancia y lo soltó, hecho un asco.

Bowie no hizo nada. Ni siquiera se miró las marcas oscuras en la camisa. Quedó inmóvil, viendo cómo el tipo retornaba al taller. Después de unos segundos hizo un gesto para contener a los demás, sacó una navaja y lo siguió tres pasos atrás.

Catcher lo advirtió de reojo y se puso alerta. Oyó que el otro se pegaba casi a su espalda y lo conversaba entre dientes pero no logró entender qué le decía. Así entró al taller y se dirigió directamente a la moto en marcha, como si se desentendiera de lo que se movía amenazadoramente a centímetros de sus omóplatos.

—Quedate ahí —dijo Bowie y le apoyó la navaja bajo las costillas.

El tipo ni siquiera entonces se volvió. Curiosamente, Iggy Pop seguía cantando como si nada.

—¿Me vas a matar?

—No. ¿Hay salida por atrás?

—No.

Y esta vez sí se dio vuelta. No entendía.

Bowie tenía ahora también un revólver en la otra mano:

—Nos vamos a ir juntos —dijo de pronto—. Subite a la moto.

—No entiendo.

—No te hagas el boludo que los dos somos boleta... —dijo Bowie con la voz estrangulada—. Subite, carajo.

Estaba definitivamente jugado.

El tipo se trepó a la Harley y Bowie se encaramó detrás, sin apartar la navaja de sus costillas.

—Salí para la izquierda en contra y no pares, aunque...

Precisamente de la izquierda y por su mano, justo en ese momento, apareció el patrullero y clavó los frenos. Alguien gritó.

El tipo aceleró hacia la salida y sintió dos disparos; se encogió sobre el tanque para no ofrecer blanco mientras Bowie hacía fuego también. Pero fue un solo tiro. Vino la respuesta nutrida y el tipo oyó un quejido a sus espaldas.

Fue todo en un instante. Mientras el tipo sentía cómo claudicaba el brazo ceñido a su cintura, la moto se desequilibró por el peso perdido de un lado y fue derrapando casi horizontal hacia el pilar de la entrada. Ya no saldrían.

Bowie rodó laxo, buscado por nuevos balazos. El tipo se arrojó contra la pared tratando de salir de la línea de fuego y de un salto se colgó de la cadena que pendía, tensa, junto a la columna lateral. El eslabón enganchado se zafó y la cortina se derrumbó con un ruido infernal.

Luego de un momento de tregua, los disparos siguieron ensañándose con ella, perforando la oscuridad.

El tipo se tiró junto a Bowie, que agonizaba:

—Yo no fui... —murmuró el acribillado.

Fue lo único, lo último que dijo.

Eso y el ademán de soltar la navaja como si le quemara, como si le hubiera quemado durante mucho tiempo.

Catcher lo vio, lo oyó morir. Después recogió el arma, le vació los bolsillos y se zambulló en el foso mientras reventaban el portón.

Cuando me sentí con todos los músculos ubicados en los lugares habituales retomé la marcha. No estaba para excesos de tránsito subterráneo, así que salí de la red en los talleres de maniobras de la terminal de Primera Junta y tomé el subte. Estuve revisando discretamente las fotos del *Arnold Body Building*, los papeles y documentos de Bowie —encontré incluso el recibo del fax del dragón— hasta que me bajé en Sáenz Peña. Ante mi propia extrañeza, no fui a la cúpula sino que subí directamente a la oficina.

Mupi se sorprendió al verme. No me esperaba tan temprano pero hizo un gesto de alivio mientras señalaba el privado. La paré con gesto de palma al frente. Fui al baño y me tomé mi tiempo. Me lavé vigorosamente, aunque la sensación en casos así era que debía esperar, como una víbora, que llegara la estación de la muda de piel para ser otro, el mismo o lo que fuera que debía ser.

Volví con más ánimo y menos certezas, como cada vez.

—Te llamó tu hija dos veces. Y adentro te esperan unos tipos raros —dijo Mupi en un susurro—. Hace dos horas que están, Pedro. No quisieron esperar acá y tuve que abrirles.

Menos mal que no había optado por la entrada secreta. Realmente, mi seguridad era deplorable.

—¿Quiénes son? —dije mientras sonaba el teléfono una vez más.

Mupi atendió y yo me dediqué a espiar clásicamente por el ojo de la cerradura: dos árabes de barbita, túnica y todo me esperaban sobre cojines propios.

—No puede ser —dije en voz alta.

Todo podía ser. El del teléfono era Zambrano.

Lo atendí esperando lógicamente lo peor.

—Si supieras de dónde y para qué te hablo no te harías el estrecho conmigo —me dijo canchero.

—¿Qué pasa?

—El Presidente quiere verte, Pirovano.

Traté de prestarle atención a lo que me decía pero algo me

135

distrajo. Me había lavado con esmero y aparente minuciosidad. Sin embargo, tenía el dorso de la mano sucio de grasa. De grasa y de sangre.

28. CABOS ATADOS

▬

Un par de árabes salidos de *Aladdyn* me esperaban en la oficina mientras tenía en línea al *Fantasma* Zambrano que se jactaba de sus influencias, de su despacho —o al menos de su teléfono— en el Ministerio del Interior, y me corría con una entrevista con el Presidente:

—Te espera el sábado a la mañana en Olivos. Yo voy a estar.

—¿Por qué?

—Soy asesor, Pirovano.

—Me imagino —repliqué con fastidio—. Te pregunto por qué me espera a mí, por qué yo.

—En tu lugar, yo iría sin preguntar.

—Seguro —y estuve a punto de echarlo todo a perder con una ironía—. ¿Algo más?

Zambrano se rió bajito:

—El deschave de lo tuyo con Bárbara no lo voy a poder parar siempre. Tal vez convendría que des un paso al costado, porque además, con ese juicio por lesiones de por medio el chico no va a poder salir del país, así que no lo ilusiones con un pase que no podés garantizar. Dejalo libre, hacé vos tus propios negocios...

—No sé de qué me estás hablando, Fantasma —dije sin ofuscarme.

—Digo que mejor te dediques a otra cosa. Es peligroso.

—No te entiendo —insistí.

—No te hagas el boludo —se excedió.

—Este boludo supo hacer lo que vos no pudiste en dos años.

—No creas —hizo una pausa—. Yo ya me la cogí.

Lo oí. Hice como que no lo oía.

—Che, Pirovano...

Conté hasta diez mil y corté con la serenidad de un maestro zen.

—No me pases llamadas de este hijo de puta —le dije a Mupi—. Tomá nota y listo.

El teléfono no tardó tres segundos en volver a sonar.

Esta vez Mupi no me pasó la llamada pero sí me la contó al toque:

—Era otra vez Zambrano: dice que atiendas bien a las visitas.

—¿Qué?

—Eso: que atiendas bien a las visitas —y me indicó con un golpe de cejas a los visitantes.

Lo putié por eso y por lo anterior, me limpié con furia, infructuosamente, la grasa de la mano con la punta del pañuelo y me dispuse a entregarme a la experiencia única del cada vez más cercano Oriente.

Partamos del hecho de que estoy preparado para las sorpresas. Incluso acepto que, al convivir con ellas, no las reconozco como tales. Sin embargo, ese binomio era algo insólito para mí. Por la apariencia colorida y el aire parsimonioso con que desplazaban falanges y cejas en los ademanes previos al coloquio en sí, me parecieron enviados especiales a una conferencia de desarme o los delegados plenipotenciarios a un congreso panárabe de comunidades afincadas en Latinoamérica.

Pero nada de eso, al menos en apariencia. Luego de retóricos circunloquios se pasaron la palabra y la pelota —literalmente— en toques cortos y me dijeron lo que querían a dos voces. No fueron lentos ni confusos pero se tomaron su tiempo: verificaron mi identidad, desnudaron mi itinerario profesional, tiraron un par de minirreverencias antes de entrar en materia.

Simplifiquemos: Abdul y Ahmed, funcionarios de la embajada de Siria debidamente acreditados con papelería ilegible, necesitaban asesoría para la elección de un director técnico argentino para su equipo nacional de fútbol con vistas a las eliminatorias del próximo —lejano pero ya no tanto— Mundial de Fútbol.

—La experiencia de Arabia Saudita en Estados Unidos bajo la dirección de Jorge Solari ha sido reveladora —dijo uno.

—Nos han recomendado su gestión para conseguir a la persona indicada —dijo el otro.

—Queremos que venga a Damasco, vea y sugiera después al hombre —volvió el primero.

—Fue idea de... —dijo el segundo.

—Nuestra —interrumpió el primero en la única desinteligencia del dúo.

—Nuestra —confirmó el rectificado.

—¿Qué urgencias hay? —dije después de un momento.

—No hay apuro: tres, cuatro días.

—¿Tres o cuatro días para que les consiga un técnico? Suponía que su religión les impedía beber.

Se miraron, sonrieron. Eso era humorismo árabe.

—No, tres o cuatro días para que viaje a Damasco, Pirovano.

Viajar a Damasco en menos de una semana, conseguir un técnico para la selección de Siria...

Miré por la ventana. Atardecía después o durante un día rarísimo.

—No tengo ropa —dije como para no desentonar en medio de tanto desatino.

—No se preocupe por eso ni por nada: usted va, todo pago —dijo uno.

—Solo —aclaró el otro.

Me puse de pie con las tarjetas diplomáticas en mano.

—Abdul... —y miré a uno, que me señaló al otro—. Ahmed... —insistí con el mismo entonces—. Estoy muy honrado con este ofrecimiento y sólo les pido 24 horas para contestarles. Los llamo a la embajada.

Se miraron, asintieron y después de pasear su mano del pecho a la frente al mejor estilo se deslizaron en silencio hacia la puerta.

Las túnicas flamearon levemente en el aire tibio del atardecer.

Me quedé un momento recapitulando el modo como podría cerrar todas las cuestiones que iban quedando abiertas mientras me movía en uno u otro sentido. Era como atravesar corriendo una casa incendiada, sin tiempo de mirar a los costados ni de cerrar las puertas que había que forzar: en un momento dado ya no sabía si entraba o salía. Y ese hijo de puta de Zambrano...

Para contribuir a la confusión general —como diría Pellegrini— Mupi me pasó una llamada de los pibes del local de Lavalle:

—Señor Pirovano, soy Mango, el tatuador —dijo una voz aflautada.

—Sí, pibe.

—Le hicimos el trabajito que nos pidió. Juntamos todos los detalles que pudimos sobre los tipos que estuvieron ayer en el local, los de la fotocopia de Renata.

—Sí. ¿Y qué tenés?

—Poco. Pero el que entró y se afanó el diseño tenía un llavero de un gimnasio. Nos hizo gracia el nombre. ¿Puede servir?

No pude dejar de recordar a Bowie subiéndose a la Harley, la sensación doble de la navaja al cuello y el brazo aferrado a mi cintura: la amenaza y el pánico. No pude dejar de recordarlo muerto, tirado ahí todavía: "Yo no fui", había dicho.

—Seguro que puede servir para ir atando cabos. ¿Cómo es el nombre?

—*Mr. Bolivia Gym* se llama. Parece joda...

—No. No es joda.

El llamado del tatuador y la referencia al *Mr. Bolivia Gym*
me recordaron que en dos horas teníamos ensayo general —si
así cabía decir— de *Gigantes en la lona* y que, simultáneamente,
yo había convenido esperar a Etchenike en la oficina. Llamé al
veterano y quedamos en encontrarnos a las ocho y media, pero
en El Molino:

—¿Viene por abajo o por arriba? —me interrogó.

—Probablemente por abajo. ¿Tiene algo más de Paredón y
de ese Pandolfi? Pasaron muchas cosas y he ido atando cabos.

—Desátelos. Con un cabo suelto siempre se puede resolver
algo; un nudo siempre es un problema.

—Eso es sólo una frase.

—No es poco. A las ocho y media tendrá su informe, Pirovano.

Volvió a llamar el Tano Nápoli y lo atendí. Tenía problemas para coordinar sus horarios con los compañeros de Guardia
Vieja. Se los solucioné. El viaje a Paso de los Libres del viernes
para jugar el sábado me dio una idea.

—Tano, vas a hacerme un último favor: ni bien llegues
cruzate a Uruguaiana, andá al mejor hotel y averiguame qué pasó
con una troupe de luchadores que estuvo hace unos años y terminó todo en un fiasco. No va a ser difícil.

Le di los detalles de lo que necesitaba y se comprometió con gusto. Estaba feliz con la Escuela de Arqueros y porque finalmente había encontrado el nombre perfecto:

—Marrapodi's —dijo sin dudar—. Es el arquero por antonomasia.

—Puede ser, pero sin apóstrofe... —le concedí—. Y abajo que diga "El hombre puede volar".

—¿Y eso?

Era un título de *El Gráfico* que había leído alguna vez al pie de una foto del legendario arquero de Ferro suspendido en el aire con la pelota en las manos.

—Me gusta, Pedro: *Marrapodi. El hombre puede volar.*

—¿Vive todavía?

—Lo voy a registrar —dijo Nápoli, que ya no me oía.

Me acordé de las insistencias de mi hija. Llamé a casa de Vicky, hablé con Renata, que estaba sola, y le pedí que me dijera a mí qué necesitaba, que no se le ocurriera ir, que yo se lo alcanzaría. No tardé en darme cuenta de que sus pedidos eran un pretexto pueril:

—Tenemos que hablar, pa —dijo después de enumerarme media docena de boludeces sin duda imprescindibles para sobrevivir en los próximos días.

—Para eso me llamaste... Tenemos una sesión prevista el sábado con el licenciado Zapata, nena.

—Aparte de eso.

—Ése es el mejor lugar para hablar todo —dije tratando de convencerla de lo que yo no estaba convencido.

—Encontrémonos antes; ¿ahora no podés?

Yo no podía y mañana tampoco.

—¿Y el sábado, antes del zapatazo? —eso era un chiste interno entre nosotros.

—No puedo: tengo una reunión no sabés con quién —y no le dije.

—Llevame.

—No.

Eran tres negativas seguidas. Para qué carajo la llamaba si después no podía responderle en nada. Eso no me lo dijo pero lo leí entre líneas, lo oí entre silencios.

—¿Quién es Bárbara, pa? —me soltó de pronto.

Ah, era eso.

—¿Quién?

—Bárbara.

Los dos segundos que había ganado al repreguntar no me alcanzaron para nada:

—Una amiga, la mujer de un amigo, de Sebastián Armendáriz, el jugador... —dije apuradísimo—. ¿Por qué?

—Porque creo que me confundieron con ella.

—Cómo...

—Anoche, cuando vos no estabas, fui a buscar un par de cosas que no podía esperar. Sonó el teléfono y atendí. El que hablaba creyó que yo era ella...

Renata se detuvo. Yo no pude hacerlo:

—¿Quién era, qué pasó?

—No dijo quién era. Solamente dijo: *Bárbara, puta...* —y la voz de Renata vaciló—. Dijo *puta*, pa... *Puta, qué hacés ahí...* Eso repitió.

—¿Y vos qué hiciste?

—Nada. Me dio miedo y colgué.

De pronto todo se hizo intolerable, incomprensible:

—Te dije que no fueras a casa... —dije como un imbécil.

—¿Andás con esa mina?

—No. Cómo se te ocurre que...

—Bueno.

—Debe haber sido número equivocado, hijita, o una joda para alguien...

—No le conté a mamá.

Qué podía decirle a eso. Dije lo peor:

—No seas tonta.

—No soy tonta.

—Claro que no, hijita —y sentí que ya era tarde—. Renata... Renata...

Me despedí con beso y amor reiterado.

Pero ella ya no estaba allí. Había cortado.

Mupi se asomó y me miraba. Se ha escrito sobre la percepción fina de las madres; pero sobre la perspicacia de las tías está todo por escribirse.

—No te preocupes —le dije aún con el tubo en la mano.

Ni siquiera me contestó. Sólo meneó la cabeza y volvió a la recepción.

Hubiera tirado el teléfono por la ventana, pero el trabajo es el trabajo y me faltaba una llamada más.

Lacana & Cía me recibió con su dúctil contestador. Propuse circunstancias y hora de contacto y acordamos trasnoche por vía usual. Pensé cómo lo entusiasmaría a Etchenike la revelación de toda esa otra zona oscura y complementaria de la aventura subterránea a la que nunca —esperaba— tendría acceso.

A las siete y media pasadas ya no me quedaban mucho margen ni demasiadas excusas. Tenía que seguir. Le avisé por el interno a Mupi que me iba para Arriba, y ya estaba por salir cuando volví al teléfono.

Intenté con el celular que me había dado Bárbara; estaba desconectado. Después hice algo que nunca hubiera imaginado: llamé a la casa y cuando atendió Sebastián no supe qué decir. Corté. Me temblaban las manos.

Usé el pasadizo para subir a la cúpula.

30. Sección noche

■

Al tomar contacto, las nueve pantallas grises viraron en un viaje de ida y vuelta al arcoiris. Pasé el informe de la actuación de Catcher, de la Recoleta al taller, al segundo muerto, y no fui más allá. Incluso pasé las fotos robadas en las paredes del *Arnold Body Building* que vinculaban dos mundos hasta entonces diferenciados. Subjuntivo se tomó unos segundos en encenderme la nuca:

—Mejor que sepan de tu sabiduría y no de tu fortaleza... —dijo como siempre sin decir—. Supongamos que la muerte sobre la Harley fuera inevitable. Si pudieras hacer que además fuera útil, acaso hayas entendido algo.

Tecleé mi respuesta afirmativa ante el diagnóstico casi oracular y al hacerlo recordé la imagen final de Subjuntivo, la última vez, las últimas palabras, la última entrevista. Porque alguna vez había estado ahí afuera, no sólo dentro de mi cabeza hueca como una caja de resonancia.

Yo había pasado los rigores de acceso a Magia con menos certezas que estupores, lo que era —paradójico para mí y obvio para Subjuntivo— absolutamente saludable. Sin embargo, más allá del dolor y las falanges perdidas o los quiebres de alma propios que debían enseñarme a mirar otros dolores y otros quiebres, yo todavía no sabía lo principal: qué era lo que haría que fuera necesario que yo fuera otro sin dejar de ser yo. Por eso me impacienté aquella vez y quise saber:

—Una sola cosa: ¿cuándo deberé entrar en contacto? ¿Cuándo deberé o podré ser Catcher?

Supongo que me estaba esperando con la paciencia del Padre.

—Que me cuelguen si a esta altura de tu aprendizaje no lo hubieras preguntado... —se permitió exclamar el vasto tutor de mis sueños.

Y el soberano gordo que me bautizara —o bautizara una parte de mí— según Salinger, se dispuso a demostrarme una vez más, a la sombra liviana de un par de palmeras y con el culo enterrado en la arena blanca de Barranquilla, la utilidad de preguntar con los signos al revés. Era su manera gráfica (lo aprendería después, en las pantallas) de romper las cuestiones mal planteadas: abrir cuando hay que cerrar; cerrar en lugar de abrir.

—Tal vez, con respecto a Catcher, no "debas serlo" sino apenas esperar que te toque —deletreó el oscuro, mirando el mar a través de mis ojos.

—¿Esperar qué?

—Que el punto en cuestión sea la vida, Pirovano. El límite de la vida, el borde: la muerte, digamos. Que la Mafia, en cualquiera de sus formas, mate acaso esté en su naturaleza; que Magia no lo haga, también.

No me dejó interrumpirlo y prosiguió:

—Nunca supongas que la Justicia sea una cuestión aritmética; que la supresión de una vida se compense con la supresión de otra; que haya empate. Mejor que pienses la venganza como un dos a cero a favor de la muerte. Acaso todo consista, una vez más, en que atajes solamente...

Y en eso estaba, claro. Aunque no era fácil.

Tampoco era fácil entreverar las cuestiones privadas —mi pedazo grande de Pirovano que no era Catcher, más precisamente— que me tenían al borde del pánico. Tecleé las cuestiones que cruzaban a Renata y Bárbara de un modo imposible de prever.

—No pretendas una solución que no sea el resultado lógico de tus elecciones —oí clarito al noroeste del encéfalo, el lugar del dolor, las molestias de verdad y las verdades molestas.

Nunca había puteado en el sistema pero estuve a punto de hacerlo.

Apagué y salí como quien se eyecta aliviado de un caza en llamas, aunque tenga que caer en campo enemigo.

Bajé por la cúpula y volví a la red subterránea con el tiempo justo. Rehice el camino recorrido a mediodía con Etchenike hasta llegar bajo El Molino. Eran las ocho y veinticinco. Activé la Emergencia y mientras estaba atravesando la bodega de la confitería un empleado sorprendido me preguntó adónde iba:

—Al baño —dije—. Creo que me perdí.

Me indicaron el camino y fui. Reconocí al veterano, de espaldas en sus menesteres.

—Hola. ¿Preparado para la sección noche? —dije desabrochándome a su lado.

Le corté la inspiración.

—¿Por dónde vino?

Con un golpe de cabeza le indiqué a mis espaldas, todo y nada.

—Es raro —dijo después de un momento volviendo a concentrarse en lo que estaba—. Usted confía demasiado en mí, pibe. Me pone un poco nervioso saber tanto de Pirovano.

—Me tendría que poner nervioso a mí —repliqué.

Hablábamos sin mirarnos, como en las películas de espías. Con la vista en los azulejos blancos y viejos, en el depósito de agua de los mingitorios marca Zenitram.

—¿Y no está nervioso?

—No. Confío en usted, Etchenike.

—¿Por qué? ¿Porque tengo poco que perder? —y podía referirse a la edad, a su condición casi residual de jubilado.

—No sea mimoso. Es al revés: confío porque tiene mucho que perder. A los tipos como usted... —y me volví para que más allá de la situación y de lo que teníamos entre manos supiera que iba en serio—. A los tipos como usted hay que crearles compromisos, no hay nada peor que entregarles confianza. No pueden fallar.

Se volvió, dio dos sacudones.

—Rajemos. Parecemos dos putos —dijo pudoroso.

En el camino del baño a la mesa lo puse al tanto de las andanzas de las últimas horas: del *Arnold Body Building* al episodio del taller y la muerte de Bowie. Todo con reservas. De Catcher, ni hablar. Un documento, una foto, un poco de grasa y un programa movido para las próximas horas era todo lo que tenía para ofrecerle.

Le mostré las fotos, se las di para que las revisara. Llegamos a la del trío:

—Ahí está Pandolfi, con Zambrano, y éste que no sé...

No me dejó avanzar, postergó mi expansión:

—Ahora tendremos precisiones; estoy seguro —dijo mientras seguía adelante con su examen—. Justamente vine hace media hora porque esperaba a un amigo que nos va a ayudar en esto de identificar a la gente: quería hablar con él antes de que usted llegara, Pirovano. Pero me falló, se demoró.

Hice un gesto de absolución.

—Es algo previo —me aclaró—. Fundamental para el asunto que usted investiga.

—Investigamos.

—Le ayudo —corrigió—. Este amigo me ayudaba a mí, antes.

—Lo esperamos, entonces —concedí.

31. Mr. Bolivia y sus hijos

El Molino le quedaba mejor al veterano que a mí. Enfrentados a ambos lados de un vermouth con platitos —sendos fernet con hielo y soda en vasos altos— eché una mirada en derredor y modifiqué la idea: era yo el que le quedaba peor a El Molino que Etchenike.

Diseminadas casi regularmente en grupos de a tres y de cuatro, viejas damas tomaban el té con masas y sin apuro, en casa, como si estuvieran allí esperando, rutinariamente, el fin de la jornada y la salida de la Cámara de sus viejos maridos, senadores conservadores en el Congreso de los años treinta.

Estaban probablemente allí desde entonces y no tenían apuro ni impaciencia. El tiempo se había mareado alguna vez en la puerta giratoria de acceso y ahora deambulaba indeciso entre las mesas, sin atreverse a tocarlas. Mientras, ellas elegían palmeritas y bombas de crema pastelera con la displicencia y voracidad simultánea que dan los años.

—Vengo siempre —dijo el veterano como si me hubiera oído pensar—. Es un ambiente estimulante.

—Lindas pendejas.

Hice sonar el sifón que bramó clásico, hizo bailar el cubito, subir la sucia espuma.

—A diferencia de lo que pasa en el Tortoni... —prosiguió él sin darse cuenta o por enterado de mi liviana ironía— ...estas viejas no escriben ni recitan.

Asentí, le di pista.

—No tiene asignaturas pendientes, vocaciones frustradas o delirios de actuación postergados como las otras.

—Ésa debe ser una raza temible.

—Muy peligrosa, Pirovano —e insinuaba una experiencia en el ramo que prefería no recordar siquiera—. Incluso el personal femenino habitué de Los 36 Billares, por ejemplo, es preferible. Con todo su deterioro y marginalidad, tiene una cierta belleza terrible.

—¿Y estas viejas? —y pinché un dadito de mortadela.

—Estas viejas están satisfechas, son generalmente viudas con una buena pensión y tiempo libre. No son abuelas chancleteras de barrio que se quedan bancando a los nietos. Estas viejas viven en Barrio Norte, van al cine en patota y cuentan chistes más o menos verdes...

—Las conoce bien.

—Años en el barrio, y años en el lomo.

Se empinó el fernet, dejó al vaso sobre el mantelito humedecido:

—¿Qué tal si empezamos y nos dejamos de divagar? No creo que venga ya.

—Probablemente estemos perdiendo el tiempo en boludeces —dije casi sin pensar—. Pero creo que es inevitable: una cuestión de alternancia de tensiones y remansos.

Etchenike se echó para atrás. Vigiló una vez más la puerta de Callao por la que esperaba ver llegar a su amigo.

—¿Leyó *El halcón maltés*? —dijo imprevistamente.

—No tantas veces como usted, seguramente. La película sí, varias veces.

—Se tiene que acordar de la escena en que Spade, en un tiempo muerto de la historia, mientras esperan a la policía, creo, le cuenta sin previo aviso una historia a Brigid.

—La de Mr. Flitcraft y la viga... —dije orgulloso, emocionado casi.

—Ésa.

—Huston no la incluyó en el guión.

—No era funcional para la historia —argumentó él—. No hacía avanzar la acción.

El veterano sacudió la cabeza sonriendo levemente:

—Y ahí está todo Hammett, ¿eh?

—Sí. Ahí está todo —asentí.

—Ahí está —reiteró.

Pero el que ahí estaba era su amigo.

Un morocho de leve renguera, no tan veterano como él pero más grandote y vestido fuera de estación con una polera gris y un bolsito en bandolera. Con todo el pelo crespo y gris, ancho y golpeado de cara, cuadrado y cargado de hombros, parecía Firpo y era sin duda un boxeador, un ex boxeador antediluviano.

—Mi amigo Sayago —dijo Etchenike.

—Pirovano —dije yo.

No fue necesario que me explicara nada. Lo recordaba, sabía quién era. El Negro Sayago había acompañado al veterano en varias de sus peripecias aventureras de años atrás y era ahora, en cierta medida, el responsable de que estuviéramos metidos en lo que andábamos.

—Él les dio mi nombre a los *Gigantes en la lona* —dijo Etchenike como introducción.

—Estaban asustados, necesitaban protección y yo pensé en Julio —confirmó el grandote.

Yo volví a sonreír como la primera vez. No se dieron cuenta o me perdonaron.

—Él ya sabe de qué se trata, Pirovano. Y sabe mucho más de lo anterior.

—A los del *Mr. Bolivia* los juno como si los hubiera parido —aseguró Sayago—. Hace tres años que estoy en el bar del gimnasio. Y antes hacía mantenimiento, me encargaba de la seguridad, de todo.

—Yo estuve ayer y no lo vi.

—Yo sí. Estaba con Roperito y los otros... —hizo una pausa—. Los que quedan, bah. Habrá que ver cuántos van hoy a entrenar.

■■

Y así, durante un rato, Sayago dijo lo suyo con la soberbia autoridad que da la indiferencia. O la aparente indiferencia.

Sobre el mantelito de la mesa de El Molino, en un contexto cuanto menos atípico para un personaje como él, y alentado por Etchenike —que parecía su manager estimulándolo desde el rincón—, el ex peso pesado fue desparramando información a lo largo de dos cortados con masas secas.

—Ese gimnasio es trucho —arrancó como para crear clima—. No da guita como para cubrir los gastos siquiera y se sabe ya que lo van a cerrar. Es que hace tiempo que ponen plata y plata, y nadie se queja. Así que el negocio tiene que ser otro.

—Es una tapadera —lo induje.

El Negro buscó traducción en Etchenike:

—Lo que vos decís: una fachada para cubrir otras actividades —redundó el veterano.

—Eso. Y para mí es un asunto de prostitución. Muchas de las minas que van a mover el culo ahí sólo hacen gimnasia en la cama.

—¿Está seguro?

Un traguito al cortado y adelante:

—Lo sé porque he oído cosas, he visto cosas —afirmó *ex cathedra*, casi impaciente—. Lo de *Mr. Bolivia*, por ejemplo, es una joda. Lo hicieron como imitación de Mr. Chile, que sí existe y tiene varios gimnasios y es un tipo serio. Éstos, no. El único bolita que hay, y que ya era uno que estaba al principio, es uno que hace de gerente. Pero se lo pasa viajando, no aparece nunca por Cachimayo. Está desde poco antes de que viniera Aguirre.

—¿Qué Aguirre? ¿Roperito?

En lugar de contestarme, Sayago hizo un gesto de desaliento hacia el veterano como para expresar su decepción por mi ignorancia.

—Roperito Aguirre es el director deportivo del gimnasio, viejo.

—¿El dueño?

—Director deportivo, un empleado. Le tiraron ese hueso después de lo que le pasó. Pero no tiene nada que ver con lo que yo le digo —aclaró bruscamente.

—¿Y los dueños quiénes son?

—Es una sociedad anónima pero nunca ves a nadie de ésos. Está la secretaria que cobra las cuotas y paga los servicios; estoy yo, un par de profesores truchos, el bolita que viene a echarle una mirada a los números cada tanto y pare de contar.

Decidí cambiar de frente.

Metí la mano en el bolsillo interior del saco y puse sobre la mesa el documento que le había sacado al cadáver de Bowie. La foto era reciente, cuadruplicado de cédula. Le tapé el nombre.

—¿Lo conoce, Sayago?

Le echó menos que una mirada y nuevamente se volvió con aire perdonavidas al veterano buscando complicidad. Etchenike lo instó a contestar como quien convence a un niño para que abra la boca en el dentista.

—Es el *Milagro*.

—¿Cómo?

—El *Milagro* Narvaja, el amigo de Roperito que se salvó en el accidente.

Ése era precisamente, Alberto Narvaja, el nombre que yo había tapado con el dedo, pero eso no era lo que me asombraba.

Sayago me habrá visto la cara de desconcierto porque de inmediato me explicó el resto:

—Eran tres: uno murió, Roperito quedó así y éste —lo señaló con una uña gruesa que tapó casi toda la foto— se salvó de milagro. Le quedó "Milagro" por eso.

—Ah, claro —dije, tan tonto.

Y recordé entonces, junto con ellos, los detalles del espanto.

En un helicóptero de Prefectura usado para patrullaje costero de larga distancia de Mar del Plata al sur iban, ese atardecer de marzo, el piloto habitual y el equipo elemental de rescate formado por dos personas: Roperito Aguirre, que era guardavidas en Punta Mogotes esa temporada y hacía turnos en el helicóptero, y un ayudante, su amigo Narvaja, que era o había sido el presentador del grupo de luchadores.

En una zona desolada, poco más allá de Mar del Sur, y antes de dar la vuelta, el helicóptero había recibido un pedido de ayuda de un crucero deportivo varado a pocos cientos de metros de la costa. Arrimaron, descendieron sobre el mar tranquilo y en lugar de rescatar a nadie, parece que ayudaron a reparar un pequeño desperfecto. Al rato el crucero siguió viaje pero el helicóptero, al levantar vuelo, fue llevado por una ráfaga violenta hacia la costa, no pudo enderezar y se estrelló, a poca velocidad y a baja altura, en una barranca sobre la playa, que es muy angosta ahí. No se incendió.

Al parecer, aunque no hubo testigos, el accidente se podía haber producido por una mala maniobra del piloto que había bebido —se encontró una botella de whisky por la mitad, su ropa impregnada— y murió en el acto. También, por las pericias posteriores, se supuso que había habido un desprendimiento parcial de uno de los flotadores. Las declaraciones de Roperito y de Narvaja, que quedaron desmayados sin recibir auxilio durante casi una hora, no ayudaron demasiado, aunque confirmaron lo de la bebida.

Pero lo más extraño del caso había sido el trámite moroso del rescate. El helicóptero no usó la radio, que aparentemente se inutilizó en el momento del accidente, y la policía sólo llegó dos horas después, en plena noche, cuando civiles espontáneos ya habían hecho todo el trabajo. Repuesto del desmayo, buscando auxilio, Narvaja había llegado hasta el camino costero y parado un auto con gente que venía de Mar del Plata, que fue la que avisó a la policía, le hizo los primeros auxilios a Roperito y lo llevó al hospital de Miramar.

—Quedó lisiado por ignorancia, por desidia y por negligencia —dijo Etchenike como quien recita una letanía mientras reparte cartas, culpas, horrores.

—Pobre pibe, primero lo dejaron ahí tirado, adentro del helicóptero más de una hora, desangrándose, y después lo movieron... —concluyó Sayago con un gesto abrupto, terrible, como quien separa una parte del todo, despega un enchufe.

—Pero se salvó por éste, por Narvaja, que fue a buscar ayuda y la trajo —traté de redondear.

—Sí, por Milagro —confirmó Sayago no demasiado convencido.

Es que habían quedado zonas muy oscuras en el accidente. Nunca apareció el crucero causante indirecto de la tragedia. Nunca se explicó —o no pudo explicar Narvaja— por qué buscó auxilio en el camino, a dos kilómetros de la costa, y no fue a una casa que estaba a quinientos metros.

—"Yo no fui" —repetí en vos alta, recordé en voz alta una vez más.

—Algo habrá hecho —dijo Etchenike.

La información de Sayago era tan completa y original como perturbadora. No había razones para desconfiar, sin embargo. Estaban de por medio la amistad y el vínculo añejo con Etchenike, el desinterés personal y el fervor simultáneo en recuperar detalles, precisiones. Acaso demasiados para mi gusto y mi apuro.

El veterano, por su parte, estaba orgulloso como quien muestra el funcionamiento de una máquina nueva que acaba de comprar o —mejor— de una vieja que todavía milagrosamente funciona. Apretaba los botones precisos y esperaba deslumbrarme con el resultado.

Decía, por ejemplo:

—Sayago, ¿desde cuándo estás ahí, en el edificio de Cachimayo?

—Yo ya estaba antes de que pusieran el gimnasio, jefe —contestaba él pero dirigiéndose a mí—. Así que sé muy bien cómo vino la mano.

—¿Qué funcionaba ahí entonces? —y el veterano arreaba las revelaciones como caballos dispersos al corral.

—Una fundación... Bah, no sé qué carajo es eso, pero la telefonista levantaba el tubo y decía: "Fundación, buenos días". Estaba muy fuerte, la telefonista... —insistió Sayago.

—¿Cómo se llamaba la fundación? —lo persiguió Etchenike.

—¿Qué tiene que ver? —dije apurado.

—Tiene —me acalló el veterano.

—La Inversora...

El ex boxeador buscó en la memoria mientras indagaba también entre las masitas secas del segundo cortado. Hasta que encontró:

—La Inversora en Bienes Humanos... Eso, así se llamaba. Unos chantas.

—Inversora en Bienes Humanos... —repitió Etchenike mirándome fijo a los ojos.

Era como si estuviera revelándome algo tan obvio e importante que bastaba su golpe de cejas para iluminarme. Ante mi falta de respuesta recitó lentamente:

—Inversiones... Bienes... Humanos... —Después se volvió desalentado hacia su compañero—. ¿Y qué hacían esos chantas?

—Cursos, conferencias, boludeces... —noté que Sayago los daba como sinónimos—. Traían a tipos de afuera, de toda Latinoamérica, organizaban simposios, coloquios, encuentros para hablar del agua potable, de los bosques tropicales o del guanaco. Pero teniendo en cuenta toda la tela que entraba a la Fundación, a mí me parece que no hacían un carajo, no más que un cursito de ésos por mes. Alguien se quedaba con la guita.

—¿Mucha guita entraba? —y ahí fui yo—. ¿De los cursos sobre el guanaco?

—Un soto de los cursos... Tampoco hacían campañas de manga. Ellos recibían donaciones. Con el verso de la entidad de bien público sin fines de lucro y todo eso.

—Una tapadera —insistí.

—Eso —confirmó esta vez él mismo, ya familiarizado con el léxico.

—Todo cierra, Pirovano —interrumpió Etchenike.

Y a continuación suspendió la exposición entrecortada y tendenciosa de Sayago para resumir la zona que más le interesaba en ese momento:

—Lo notable es que los de la Fundación y los del gimnasio son los mismos tipos, Pirovano —se explicó, casi íntimo—. En un momento dado la Fundación cierra y la misma gente a los dos meses abre un gimnasio.

—¿Quiénes eran?

—Jetones, fantasmas, chantas... —trató de definirlos Sayago—. El presidente de la Fundación era un doctor Rodríguez Pandolfi, y en ésa el bolita era el encargado de Relaciones Externas o algo así.

—Rodríguez Pandolfi, eh... —redundó Etchenike buscando aprobación, enfatizando el segundo apellido—. Éste no es abogado sino médico. Y de Mar del Plata.

—Y está en la nueva sociedad anónima, claro.

Sentí que en algún lugar una pieza se ajustaba, entendí por qué el veterano me había pedido que no me apurara en atar cabos sueltos que serían complicados de desatar; era más razonable trabajar con todas las puntas libres.

—¿Otro fernet, maestro? —dije como disculpándome.

—Otro —asintió complacido.

Esta vez Sayago se sumó, renegó de los cortados.

—Cuando pusieron el gimnasio —me informó el boxeador—, había un boga que arreglaba a la cana cada vez que venían a romper con las autorizaciones, los juicios, la habilitación del local y todo eso.

—¿Se borró, ya no es más?

—Desapareció cuando empezó todo este quilombo... Bah, un poco antes.

Me volví hacia el veterano:

—¿Y a ese abogado ya lo tiene, Etchenike?

—No.

Levanté las cejas. Tuve una intuición: saqué las fotos y le mostré la de los tres brindando:

—Si acá lo tienen al tipo... —dijo Sayago con seguridad—. Éste es el boga que arreglaba a la cana.

Y señaló al de traje claro con vaso de cerveza.

—¿Cómo se llama?

Sayago no sabía.

—¿Los otros?

Sayago negó otra vez con la cabeza y lo paré justo al veterano cuando se iba de boca. Uno de tres era negocio.

—¿Y qué tal...? —Etchenike miró el reloj—. Ahora creo que le conviene apurarse para llegar a tiempo a encontrarse con esa gente. Podemos llevarlo a Sayago con nosotros, pero dejarlo en el camino.

El otro asintió y el veterano le puso la mano en el hombro mientras se levantaba:

—No es bueno que a Sayago lo vinculen con usted, pibe —dijo—. Teniendo en cuenta lo que le pasó a El Troglodita...

—Además hay un clima raro en el gimnasio —dijo el ex boxeador—. Hoy nos dieron franco a la tarde. No van a abrir. No sé... Por eso yo preferiría que no nos vieran juntos.

Asentí con la resignación de un apestado. Sé cuándo me toca escuchar y obedecer.

También sé cuándo me toca pagar: cinco fernets con ingredientes, dos cortados con masitas secas y, por lo que me cobraron, deben haberme sumado un par de mesas de las viejitas más consumidoras.

Fuimos en el taxi del adusto jubilado compañero de Etchenike, un Di Tella fuera de todo control y registro que funcionaba pese a todo.

En camino, Sayago dejó las últimas precisiones.

Roperito se había incorporado al gimnasio después del accidente y el Milagro Narvaja había influido para que le dieran ese puesto. Según lo que le había contado el mismo Aguirre, eran amigos de antes, más allá y más atrás de lo de *Gigantes en el Ring*. Después de lo de Uruguaiana —"cuando Paredón los cagó"— los dos se habían quedado sin trabajo y fue entonces que se fueron a Mar del Plata y pasó lo del helicóptero. Así que cargado de culpas —suponía Sayago— el Milagro se había ocupado en conseguirle trabajo con sus amigos del gimnasio. Roperito era un tipo muy querido y lo habían recibido bien.

—Pero el pibe no es de ese ambiente —concluyó el ex boxeador antes de bajarse en el Abasto—. Por eso me da miedo. Por él.

—No te preocupes —dijo Etchenike—. Empezamos a cuidarlo hoy, a partir del ensayo general.

Y hablaba como si pudiera garantizar algo.

■

—El Negro sabe más de lo que dice, pero no sabe que sabe
—dijo el veterano ni bien dejamos a Sayago en Carlos Gardel y
Anchorena—. Mejor así.

No dije nada. Miramos en silencio cómo el ex boxeador
cruzaba el empedrado y nos saludaba con la mano antes de entrar al bar contiguo al conventillo que lo albergaba.

—Ahora estamos mal. Pero vamos bien —concluyó el veterano con un clásico de los noventa. Y ya no citaba a Chandler,
precisamente.

—Áteme los cabos, maestro —le pedí mientras el penoso
Di Tella reemprendía la marcha contrarreloj hacia Caballito.

—Se lo dije hace dos noches en La Academia, Pirovano:
Ibrahim, ésa es la clave.

—No entiendo —dije con más paciencia que curiosidad.

—¿Usted sabe quién es Ibrahim, pibe?

Se lo dije con precisión de lector informado de *Página/12*,
tanto para no ofenderlo ni defraudarlo como para que no se
agrandara aun más, no me agobiara. Le di todos los detalles conocidos del escándalo que en su momento y para siempre había
salpicado las cercanías más íntimas del poder con una turbia historia de lavado de dinero del narcotráfico y la venta de armas; le
caractericé —como quien intenta describir una experiencia de

163

contacto del tercer tipo con un fantasma— al personaje que había saltado desde su puesto en la Aduana hacia la nada dejando un vacío de sospechas e incógnitas tras de sí y a su comprometido alrededor.

—Está bien. Nuestro Ibrahim Al Ibrahim tristemente célebre es ese fantasma, ese forro, casi me animo a decir —me concedió—. Pero Ibrahim es mucho más que eso. Agarrate, Pirovano, por lo que te voy a decir...

Me agarré. El taxi pasaba a los tumbos por el puente de fierro sobre el Ferrocarril Sarmiento y nada nos aseguraba que llegaríamos muy lejos. Por las dudas era necesario sujetarse.

El veterano me tomó por el codo y arrimó su cara a la mía:

—"Ibrahim" no sólo es un nombre o un apellido, pibe... —y por un momento pensé que podía estar realmente loco—. Ibrahim es una clave.

Se quedó callado esperando el efecto de sus palabras.

—¿Una clave?

Tal vez no me asombré lo suficiente para sus expectativas.

—Ibrahim es como García, en sirio... —formuló sintéticamente—. Allá dos de cada tres tipos se llaman Ibrahim, ¿entiende, pibe?

Me pareció excesivo pero asentí por la manera gráfica de decirlo, sin duda más seductora que espontánea. El veterano tenía todo un discurso, una teoría que arrancaba allí.

—El chorro de la Aduana era dos veces Ibrahim pero hay tipos que son hasta tres o más veces Ibrahim...

Eso sonaba a joda pero lo dejé correr.

—Pasamos muchas horas al pedo en la residencia de Pichincha —retomó como quien picotea ideas, abre el diccionario en cualquier parte y comenta—. Y una de las actividades más productivas es leer los diarios. Yo, por hábito profesional, leo y archivo. Son años. Después comparo, deduzco, saco conclusiones por mi cuenta. Éste es un caso: la recurrencia de Ibrahim en ciertas situaciones me demostró que es una clave siria de una red... de narcos.

—¿Narcos? —y el Di Tella me acompañó en la sorpresa al dar un respingo que nos hizo golpear con la cabeza en el techo—. Sayago supone que si hay algo es prostitución...

—Es que lo único que mira son las minas y para él son todas putas. Es su problema.

—Eso es una boludez, maestro —me enojé livianamente—. Y en cuanto a lo otro, si Ibrahim es un nombre muy común, no es raro sino lógico, siguiendo su razonamiento, que cada vez que aparezca un sirio vinculado al narcotráfico se llame Ibrahim.

—Es que la clave tiene formas sintéticas —argumentó contenido, como si orejeara cartas sólo para mí, que miraba sobre su hombro—. Hay modos de identificación que sólo son evidentes, accesibles, para el iniciado, el miembro de la organización.

—Explíqueme en este caso —dije dócil, casi con pena de tener que rebatir tanta investigación, tanta teoría disparatada.

—Fíjese, Pirovano: como yo estoy muy atento a toda esta cuestión, ni bien Roperito y El Troglodita mencionaron el suceso de Uruguaiana les pedí la fecha y lo asocié enseguida con Ibrahim y el escándalo oficial. No es coincidencia que la desbandada de los luchadores fuera en la misma semana que saltó lo del lavado de dólares y toda la bola... —y ahí me miró buscando evidencias de mi asentimiento—. No es gratuita la coincidencia ni es el único caso en esos días, pibe. Hubo alarma general en la organización. Se borraron todos.

El veterano quemaba etapas y yo me caía por los agujeros negros que dejaba entre afirmación y afirmación:

—¿Parte de la idea de que Paredón es o era narco? —sinteticé.

—Claro. Por antecedentes y por el tipo de movimientos que realiza por toda Latinoamérica. Acuérdese de lo que dijo El Troglodita... —y repitió el gesto descriptivo de las dos giras continentales, en un sentido y en el otro—. Usaban las actividades de la troupe como...

—Tapadera —lo auxilié.

—Como tapadera de la distribución y el traslado de la merca —completó entusiasmado—. Recuerde lo que dijeron los Gigantes: nunca habían ganado tanta guita ni les habían pagado mejor. Y no creo que recaudaran demasiado en Bolivia, en Venezuela, en Colombia... La Fundación, ya sin Paredón pero con estos Pandolfi, es lo mismo.

—¿Y la clave de Ibrahim dónde aparece? —me ensañé.

Me miró sobrador, señaló mi bolsillo interior:

—Usted me dijo que hoy se había conseguido una tarjeta. O que se la había afanado, bah...

Saqué la billetera y encontré el cartoncito amarillo con el perfil ampuloso de Arnold y el logo de la elegante casa de fierros amoquetada de azul y con cristales ahora destrozados.

—Arnold Body Building —leí aplicadamente.

—Pero fíjese abajo —me indicó como quien enseña a un niño—. Es sólo una filial de una supuesta empresa yanqui, la Integral Body House: I.B.H.

—¿I.B.H.?

—I-Bra-Him —me deletreó—. Es la forma sintética. Vio que los árabes no escriben las vocales...

—Nooo... —dije fastidiado—. Déjeme de joder. Además, no son los árabes. Son los judíos los que no escriben las...

—¿Y la Fundación?

—¿Ahora también la Fundación?

—¿Cómo se llamaba?

No me dio tiempo a contestar:

—Inversiones en Bienes Humanos.

—I.B.H. —admití.

Levantó las cejas, triunfal.

—Llegamos —dijo el taxista.

Estaba todo oscuro.

35. La lona

Todo negro. No necesitábamos acercarnos demasiado para comprender que algo pasaba en el gimnasio en el que no pasaba nada. Sin necesidad de acordarlo dejamos que el Di Tella se arrimara para estacionar junto a la bocacalle, lejos de la entrada.

—Quédese acá. Voy a ver qué pasa —dije dispuesto a bajar.

El veterano me retuvo:

—La última, con respecto a lo que estábamos hablando... —insistió empecinado, inoportuno y consciente de serlo: estaba en su naturaleza— ...en el caso del gimnasio también. La propietaria del *Mr. Bolivia Gym* es, según el recibo de sueldos que le dan a Sayago, una empresa que da risa: Integral Bolivian Health.

Bajé sin contestarle, sin preguntarle lo que esperaba. Anduve algunos pasos y me volví:

—I... B... H... —y le dediqué una reverencia.

—Eso es.

Habían sucedido tantas cosas en pocas horas que era normal lo imprevisible; las coincidencias caían como rayos regulares, pasaban los cometas a cada rato.

—Cuídese, pibe —me despidió el veterano.

Fui caminando y me sorprendí en el gesto de tantear el 38 en su lugar. De repente, ese tramo de la calle Cachimayo me pareció no sólo sombrío sino siniestro. Y eran apenas las diez de una apacible noche de primavera en Caballito.

Había un cartel pegado en el cristal de la puerta: "Suspendidas las actividades. Cerrado por problemas en el suministro de agua y energía. Sepan disculpar". Firmaba "La Gerencia". Todo muy prolijo, tal como había dicho Sayago.

Había alguna luz, sin embargo. Al extremo del pasillo desierto que desembocaba en la entrada, débiles reflejos indicaban que acaso ciertos músculos se movían todavía en el interior del edificio.

Golpeé.

Golpeé otra vez.

Golpeé más fuerte.

No salió nadie. Sin embargo, alguien a mis espaldas tomó nota de mi inquietud.

—Es al pedo. No le van a abrir.

Me volví. Roperito Aguirre y Rudzky meneaban la cabeza con la tácita experiencia de haberlo intentado antes.

—¿Qué pasó? ¿No hay agua ni luz? —me hice el tonto.

—Parece —se hicieron ellos.

El Rusito me tomó del brazo:

—Estamos en el bar de la esquina desde temprano. Lo vimos pasar y salimos a buscarlo antes de que se fuera. Venga.

—Avisé que iba a llegar tarde —insinué.

—Venga.

Fuimos.

Tenía la impresión de haber dejado a mis espaldas, sin abrir siquiera, un siniestro cajón lleno de secretos.

Por la estrecha vereda, Rudzky y Roperito me precedían haciendo ruido con la silla de ruedas. Al llegar a la esquina, antes de cruzar, despedí a Etchenike y al jubilado del Di Tella con un gesto discreto.

Discreto para mí:

—Dígales que vengan —dijo Aguirre sin volverse siquiera.

—Están fuera de estado —me disculpé con el mismo tono distante.

El bar estaba a punto de cerrar. Ya había mesas con las sillas encaramadas y un mozo pasaba el trapo bajo los crudos fluorescentes.

En la mesa del fondo estaba Bedoya junto al dueño del bar. Las cabezas juntas, examinaban un afiche colorido desplegado entre los pocillos: "Gigantes en la lona. El regreso". El dibujo era la versión de una antigua fotografía del grupo en actitud de combate colectivo en un ring superpoblado. Lo vi en el afiche y no pude evitarlo:

—¿Y El Troglodita? —dije mientras me ubicaba en un extremo de la mesa.

—No sabemos nada de él, desde anoche —y Roperito tenía una extraña expresión—. Estoy preocupado: le dejé varios mensajes a usted, no sé si se los pasaron. ¿Zolezzi no iba a ir a dormir a su casa?

—No vino. No me avisó tampoco —dije rápidamente.

Se produjo un silencio espeso, inesperado. Al menos para mí.

—Yo lo dejé en la pensión anoche —dijo Rudzky como un delantero novato que se desprende rápidamente de la pelota para no cometer errores—. Me dijo que juntaba un par de cosas y se iba para San Telmo.

—Pero no vino —repetí.

De pronto me sentí observado, indagado, examinado por los cuatro Gigantes —repentinamente había aparecido también Larrañaga, el más alto de todos y quién sabe de dónde— que con su sola mirada me inclinaban, me ponían de espaldas sobre la lona.

—La función debe continuar —dije al borde de la estupidez.

—Sí, pese a todo debe continuar —gruñó Aguirre mirándome fijamente—. Haremos el ensayo general los que estemos. Y si no podemos acá, porque no sé qué mierda pasa con estos hijos de puta...

—¿Cómo es que usted no sabe, Aguirre? Como director deportivo no le avisaron que...

—No se meta.

—Tranquilo, Roperito —lo contuvo Bedoya con su mano pesada y cálida.

—Estoy tranquilo, carajo —se revolvió Aguirre en llamas—. Iremos al Salón Verdi directamente. El ring ya está preparado para el sábado, así que ensayaremos mejor, inclusive. Nos prestan la sala hasta medianoche, con luces y todo.

Sentí que en esa obstinación había algo más que lealtad a las nunca escritas leyes del espectáculo. Había cierta inconsciencia suicida:

—¿Por qué no hablamos primero de lo que pasa? —dije de pronto.

—¿Y qué es lo que pasa? —me apuró Rudzky.

Me di cuenta de que había quedado enfrentado con el grupo, que, por alguna razón no muy difícil de deducir, yo para ese cuarteto era un sospechoso nato: mi espalda estaba ya plenamente apoyada en la lona y sólo faltaba que contaran hasta tres.

—Queremos escucharlo —dijo Roperito, un repentino desconocido.

—Mejor que hable —dijo el hasta entonces calladísimo Larrañaga, y se paró.

Era muy grande.

36. Algo de Verdi

De pronto, el clima había cambiado. El clima y la posición de los actores en escena. Me sentí un turista en la isla de Pascua que percibe cómo los gigantes de piedra se vuelven lentamente contra él, comienzan a cercarlo; y sabe que se viene lo peor.

—Esperen —intenté tardíamente—. Hay que ver cómo es.

Larrañaga y Bedoya se dispusieron a ambos lados de mi silla como dos groseras cariátides amenazantes. Roperito y Rudzky empujaron imperceptiblemente la mesa contra mi estómago.

—¿Cómo es? —apretaron a coro.

—Es complicado —dije, admití—. Pero no por mi culpa.

—¿Dónde está Zolezzi?

—Nunca vino a casa.

—Claro que no: él no fue solo, lo llevaste —dijo el Rusito—. Anoche, cuando nos separamos en Vélez, te despediste diciéndole "hasta luego".

—Pero no quedé en ir a buscarlo. Ni siquiera sé la dirección.

—Te vieron.

Ése fue Aguirre y ésa no me la esperaba.

—Fue una noche agitada —y me acordé de Vicky, de Bárbara, del descontrol—. Anduve mucho, me vieron mucho...

La secuencia del veterano Etchenike tras mis pasos en el Di

Tella antediluviano con el chofer ídem se desarrolló ante mis ojos como una adecuada película muda pasada en alta velocidad: todo el día hasta la madrugada.

—Me vieron mucho... —repetí—. Pero no con El Troglodita.

—Te vieron —insistió Roperito.

Era evidente que había un equívoco descomunal. Por alguna razón me había convertido en principal sospechoso de todo.

—¿Adónde lo metiste, Pirovano? —dijo Bedoya sobre mi oreja izquierda.

—No sé de qué me hablan.

Roperito meneó la cabeza con desaliento; transpiraba, se agitaba en su silla de ruedas como un oso en la jaula. Me daba una profunda pena y al mismo tiempo me pasaba algo peor: le tenía miedo.

—A las tres de la mañana subió a tu auto en la puerta de su casa —dijo mirándome a los ojos—. Hay testigos.

—Y hay muchos Escarabajos...

—¿El tuyo dónde está?

Era una buena pregunta que yo no me había formulado. Al regresar por la noche lo había dejado en la calle, sobre Defensa más allá de Belgrano, frente al paredón de la iglesia de Santo Domingo. Después me había encontrado con Bárbara y regresado a casa a pie. A la mañana salí a correr, encontré a El Troglodita muerto, y después de arreglar todo con Lacana & Cía había ido a la oficina en taxi. El auto... No sabía dónde estaba el auto:

—Supongo que en Defensa y Belgrano, si no me lo robaron...

—¿No lo usaste en todo el día?

—No.

Eso no les gustó. Amagué levantarme pero dos manos poderosas me bajaron los hombros como si quisieran imprimir mi culo en la silla de madera.

Ahí comprendí, definitivamente, que todo era demasiado en serio.

—¿Qué hiciste en todo el día, Pirovano? —y ahí tuve que aceptar que, con Catcher de por medio, tampoco podía contestar a eso.

—Yo te voy a decir algo —se anticipó Roperito—. Fuiste a correr, como siempre, pero fuiste solo, sin El Troglodita.

—No sabía que era tan observado.

No me hizo caso:

—Tenía que hablar con él y lo llamé a media mañana a la parrilla. Ahí me dijeron que no había ido a trabajar... —la voz le temblaba ligeramente.

Estuve a punto de replicarle pero me detuve al borde de la tontería.

—Entonces llamé a tu casa, Pirovano, y como no contestabas te busqué en la oficina y me dijeron que no ibas a estar en todo el día y que no sabían por dónde andabas y que sólo podían recibir mensajes.

Asentí sin conceder, como dejando constancia de hechos pero separando las interpretaciones como maleza.

—Ahí fue que Roperito me llamó y fuimos a Ramos Mejía, a la pensión de El Troglodita —continuó ahora Bedoya—. Nos dijeron que habían venido a buscarlo en un Volkswagen, de madrugada; que lo habían llamado a los gritos, que se había bajado con sus cosas y se había ido...

—Lo cual no prueba que... —insinué.

—Lo llamé a la parrilla otra vez —me cortó Aguirre, implacable—. Por si había ido más tarde, pero no. Entonces se me ocurrió preguntar por vos y me confirmaron que sí. Te conocen de verte todas las mañanas y ya te habían visto el día anterior con Zolezzi.

—Es cierto. Incluso estuve ayer hablando con ellos.

—¿Y hoy? Si no sabías dónde estaba El Troglodita, ¿por qué no preguntaste por él en la parrilla? ¿No se te ocurrió que podría haberle pasado algo, con todas las amenazas que había?

—Podría haber preguntado al menos para disimular —gruñó Larrañaga—. ¿Dónde está, hijo de puta?

Y ahí me clavaron la mesa bajo las costillas.

—Hablá, porque no salís vivo —corearon.

Ni vivo ni muerto.

Porque en ese momento el apriete pareció llegar al clímax como en una ópera de Verdi, con los gritos mayores y el ruido fúnebre de la cortina del bar que bajaba.

Imperturbable, el mozo cerraba el boliche, me dejaba a merced de los justicieros que seguirían de ahí en más con su tarea de acoso y probable destrucción meticulosa sin el riesgo de curiosos molestos o de simples testigos.

Pero no. Hubo primero un pie que se interpuso, y después una voz exterior que le dio sentido:

—Muchachos... ¡Muchachos!... dejen de discutir y vengan —y a los gritos seguían golpes nerviosos.

Reconocí la voz cascada, reconocí el zapato negro y gastado con medias verdes, finitas y oscuras:

—Etchenike... —dije como en un rezo.

—Se está incendiando el gimnasio, che —anunció el veterano.

■

El mozo eligió la novedad, lo insólito de la noticia, y detuvo la cortina a medio metro del piso y del pie del veterano:

—¡Pirovano! ¡Roperito!... —nos convocaba Etchenike, disolvía el conflicto que me tenía entre la mesa y la pared muscular de dos por dos.

—Ahí vamos, viejo —dije ilusionado, y levanté los brazos.

Larrañaga y el adusto Bedoya separaron apenas sus pesadas manos de mis hombros y por un momento zafé. Sin embargo, el correntino hizo una pinza con el pulgar y el índice y me sujetó el cuello como si pretendiera meter mi cabeza en uno de los intactos pocillos.

—Soltalo, Itatí —dijo Aguirre con novedosa autoridad—. No se va a ir.

Ahora no me gustó a mí.

Por lo general, en circunstancias así prefiero soltarme solo.

—Gracias —dije sobándome el cuello.

Di un medio giro y le metí un derechazo en cross al correntino con nombre de virgencita, justo entre la boca y la nariz, en el ralo y estúpido bigote del lado izquierdo. Lo desparramé.

Larrañaga saltó y me abrazó de atrás, trenzando los brazos bajo mis costillas y levantándome en vilo. La rutina indica que uno que venga de frente debe reventarme los huevos indefensos de un patadón. Pero el Rusito se demoró o no estaba convencido o había entrenado poco.

Así que elevé mis piernas y volví con ellas los tacos alevosos contra las canillas de Larrañaga. Aflojó apenas, pero fue suficiente; entonces levanté el codo y golpeé hacia atrás. Le di en el cuello, debajo de la oreja, y ahí sí me soltó del todo.

Giré y repetí el cross un poquito ascendente —casi un hook en realidad— y lo puse entre el labio inferior y el mentón. También lo desparramé.

No quise mirar a Roperito. Prefería hacerle un gesto al mozo pero no fue necesario: ya levantaba la persiana como quien iza una apresurada bandera de rendición.

—¿Qué pasó? —dijo Etchenike al entrar.

—Entrenamos acá —dije yo—. Todavía nos falta bastante.

No me contradijeron.

Salimos, rápidos y con todo pendiente.

El veterano me explicó al trote cansino que había optado por quedarse a vigilar cuando vio movimiento, gente que entraba al gimnasio aparentemente cerrado minutos después de que yo golpeara.

—¿Qué pasó en el bar? —dijo finalmente, deteniéndose agitado.

—Algo muy raro: alguien les ha hecho creer que yo maté a El Troglodita.

—¿Pero ya saben que está muerto?

—No —dije rápidamente.

—Y entonces...

—Bah, no sé si saben —dudé—. Tampoco sé dónde está mi auto, pero me temo lo peor.

—¿Por qué?

—Es largo. Y vamos, antes de que no quede nada.

Lo tomé del brazo y seguimos andando. De reojo vi cómo Rudzky empujaba la silla de Roperito detrás de nosotros.

El Di Tella estaba en la puerta y todavía no se habían juntado ni vecinos ni curiosos. Tampoco se veían llamas desde el exterior pero había un resplandor intermitente al final del pasillo enturbiado por el humo que se deslizaba por debajo del cristal de la puerta de entrada.

Golpeamos. Nada.

Tomé carrera y me tiré con todo el peso tratando de hacer saltar la cerradura, pero no pude. Le pegué una patada pero no se movió. Tampoco podía hacer ostentación del 38 y dispararle al cerrojo, así que opté por subirme al Di Tella, desplazar al jubilado del volante y enderezar contra la puerta.

Aceleré y le di.

Se desplomó como una catarata de hielo.

Entramos aplastando vidrios rotos, y la silla de Roperito hizo crujir el piso detrás de nosotros.

—Es en la secretaría —dijo Aguirre, muy seguro.

Me volví hacia él.

—Ustedes se quedan acá —les advertí—. Y llamen a los bomberos.

—Cuidado —dijo Aguirre.

Sentí que se refería muy genéricamente al porvenir de nuestra salud, mucho más allá de las consecuencias inmediatas de las llamas.

—Cuidado ustedes —dije yo y nos mandamos con el veterano.

Se quedaron intercambiando gruñidos, impacientes y a la espera, como los perros que consiguieron acorralar al zorro en un matorral, al conejo en una cueva.

Nos guiamos por la densidad del humo y era en la secretaría, claro. La oficina pequeña con puerta y ventana al pasillo donde además de la caja fuerte empotrada estaban todos los papeles. Sin embargo, por si no resultaban suficiente alimento para las olorosas llamas, alguien se había tomado el forzoso trabajo de acarrear y colocar entre los archivos y los armarios repletos un par de blandas y combustibles colchonetas del gimnasio.

Me desentendí de la idea de apagar el fuego, que en un par de minutos se comería todo, incluidos a nosotros mismos, y entré gateando, ya semiahogado, a rescatar lo que pudiera, lo que otro había querido destruir. La diferencia era que él sabía qué y yo no.

No llegué muy lejos.

Apenas pude abrir con la zurda enguantada uno de los cajones del escritorio de metal y arrojar hacia afuera todos los papeles que encontré. Me aparté y volví al pasillo. Un minuto de bombero y no daba para más.

—Salgamos por atrás —dije.

—¿Por atrás?

Etchenike me ayudaba a recoger los papeles salvados de las llamas y dudó acompañado con tos de la tercera edad.

—Yo, por lo menos —lo apuré.

—¿Y si no hay?

—El que entró tenía previsto escapar por algún lado y no salió por la puerta. Además, el incendio se propaga hacia el frente.

Asintió entre más toses.

Corrí y Etchenike me siguió lo más rápido que pudo. Y no es fácil aceptar que es mejor entrar que salir de una casa en llamas.

Tuvimos suerte. Atravesamos a oscuras el amplio gimnasio iluminado intermitentemente por las llamas y salimos a un pequeño patio interior donde estaba el depósito de implementos y un baño de servicio.

El patio tenía una puertita. La puertita estaba abierta y daba a un pasillo estrecho. El pasillo era una salida a la calle lateral.

—Grande, Pirovano —dijo el veterano al aire libre—. ¿Cómo supo?

—Ya le dije: deducción pura.

—¿Y lo de que los incendios se propagan hacia adelante?

—Eso no: lo acabo de inventar.

Me miró y se volvió andando sin contestarme.

—¿Adónde va?

—A buscar el Di Tella.

—Que se quede —dije poniéndome en camino en el sentido contrario—. Alguien tiene que recibir a los bomberos y a la policía. Y nosotros no tenemos tiempo que perder ni Gigantes que soportar.

Me miró feo.

Pensé en los perros gruñendo al pedo en la boca de la cueva.

—¿Conmigo o sinmigo? —lo apuré.

—Vamos.

Entonces, camino de Primera Junta, le expliqué todo.

■

Tomamos el último subte.

Etchenike a esa altura estaba fuera de horario y de training pero no parecía dispuesto a renunciar a su lugar en la pelea. Sobre todo cuando en mi relato del episodio del bar mencioné el papel cumplido por el vigoroso Larrañaga y el rudo Itatí Bedoya.

—Los correntinos son cuchilleros naturales... —acotó de improviso.

No tenía ese detalle.

—Para aclarar ciertas cosas sólo me queda esta noche —dije involuntariamente abolerado—. No me sume cuestiones, veterano. Simplemente, sígame.

—¿Hasta dónde?

—Mejor diga hasta cuándo: el sábado. Mi idea es trabajar toda la semana y el domingo descansar.

—¿Qué hay que hacer?

Había algo desafiante en la oferta. Me medía, recortaba su disponibilidad.

—Porque yo sólo pienso moverme contra Ibrahim, que ya pegó dos veces. Y eso no es joda. Todo el laburo que me tomé de explicarle en El Molino...

No fue fácil acordar con el veterano. Caminando por las piedras de la información, a la altura de la estación Loria conse-

180

guí que aceptara mi estrategia de no revelar el crimen de El Troglodita hasta no realizar ciertas averiguaciones. No tenía por qué saber de mi contacto con Lacana & Cía.

—Está bien, pibe —me concedió—. Pero ahora el objetivo, para lo que me buscaban esos desgraciados, para lo que se comunicaron con Sayago, tiene que ser garantizarles seguridad: hay que proteger a Roperito y a los que quedan... —fue su única conclusión—. Incluso defenderlos de su propia tontería... Lo demás es secundario.

Y había un cierto tono de reproche en lo que me decía. Supongo que para Etchenike yo parecía más preocupado por mi situación personal que por el riesgo que corrían los devastados Gigantes. Y algo de eso había, aunque el significado de mi actitud era otro:

—¿Hay algo importante ahí? —y señalé las carpetas chamuscadas que aún conservaba bajo el brazo.

—No tengo los anteojos —confesó.

Me hice cargo de los papeles. Los examiné durante algunos minutos mientras la gente bajaba y subía en Plaza Once. Fue suficiente para quedarme con algunos. Los doblé en cuatro y me los puse en el bolsillo.

—Hay que bajarse ya —dije.

—¿Para qué?

—Para irse a dormir a Pichincha.

No le gustó nada. Yo era consciente de que había sido agresivo, pero no era al pedo.

—Para lo que se viene hay que tener menos de ochenta y ver algo, no andar buscando los lentes —simplifiqué, sonriendo pero alevosamente.

—Está equivocado, pibe —fue toda su rebeldía—. Y habíamos quedado hasta el sábado.

—Eso está en pie. Sólo que hay que laburar de topo...

—Lo único de topo que yo le veo es la ceguera, discúlpeme —y me devolvía atenciones.

—Puede ser —admití—. Pero ahora mejor se va, veterano.

Y no me siga, como ayer... A propósito: ¿ese laburo lo hizo solo o acompañado?

—Solo, claro. Con el viejo del Di Tella, como le dije —se defendió.

—Ah.

Al llegar a la estación Alberti casi lo empujo hacia el andén. Él protestaba por lo bajo y la gente nos miraba.

—No pierda el eje, Pirovano... —me aconsejó desde abajo—. ¿Sabe cuál es el otro apellido de Itatí Bedoya?

No esperó que reconociera mi ignorancia:

—Herrera, pibe... —y me completó triunfal—: I.B.H.

Bajé en la estación Sáenz Peña, fui hasta el extremo del andén norte y cuando llegó el tren siguiente por el otro andén aproveché para bajar a las vías y perderme en la oscuridad. La entrada de Emergencia estaba a veinte metros. Tanteé la gama, conecté el terminal y entré en el circuito subterráneo. Tres minutos después estaba en la cúpula.

Encendí las pantallas. Antes de entregar a la red todas las novedades recogí un mensaje de Lacana & Cía: "Infofierros OK/ Infocuerpo OK".

Tenía que apurarme.

En diez minutos tecleé todos los datos reunidos en las densísimas dos horas últimas, las informaciones de Sayago y Etchenike, mi debut como primer sospechoso de la muerte de El Troglodita y la novedosa documentación rescatada del fuego en Caballito: nada importante, pero había un par de firmas que podían significar algo. Las palabras fueron calando en blanco las nueve pantallas de distintos colores, como si nevara sucesivamente sobre diferentes canteros. Cuando terminé, el texto se distribuyó exactamente en la totalidad de la superficie disponible, sin resquicios. Después, repentinamente, se apagó y fundió todo en negro.

Al momento, un resplandor atrasado con su levísima estrellita estalló sordamente en el fondo como dicen que pasa a cada segundo en el Universo. Fue un *psst,* apenas eso.

Y la voz sin voz:

—Probablemente hables y oigas más de lo que veas, y veas mucho más de lo que mires —me dijo o hizo ver Subjuntivo—. Acaso convenga que mires bien.

Después, sin otro dato inicial que un puntito muy lejano creciente como un ovillo que rodase hacia mí, fue definiendo imágenes, me devolvió regularizadas algunas de las que yo le había tirado a puñados desordenados.

Primero llegó, desguazada en segmentos menores, como si la hubiera descompuesto Leonardo con un buril afiladísimo, la imagen pobre y prontuarial de Paredón, Juan N. Paredes, pero sacada de sus chatas dos dimensiones de frente y de perfil: ahora era una cabeza perfecta, desarmada en partes voluminosas, que se ensamblaban para soltarse. Calzaban y se descalzaban como un módulo lunar. Y enseguida, detrás y sobre ella llegó, igualmente proyectada en las cuatro dimensiones, la cabeza desarticulada de Norberto Pandolfi, con pelo-peluca y anteojos de quita y pon. Después, parte a parte, por orden y sucesión más o menos arbitraria, los fragmentos de Paredón y de Pandolfi se mezclaron en pantalla y el juego aleatorio fue armar rostros con esos elementos: probé cinco, seis... Al séptimo entendí:

—Qué boludo soy: *Paredón Paredes* es Pandolfi.

—Con estos datos, supongamos que así sea —casi se excusó Subjuntivo.

—¿Fue *Paredón* y es Pandolfi?

—Puede que lo haya sido, y siga siéndolo, alternativa, simultáneamente.

Tecleé buscando algo más en ese sentido, di detalles y los requerí. En poco más de un minuto saturé mi espacio de consulta.

Pero la máquina no se apuró, como si tras la revelación estuviera en otra cosa. Primero asimiló mis palabras hasta dejarlas en sutil relieve, como cristalizadas. Después, muy lentamente, un viento de escamas plateadas fue borrando de derecha a izquierda mi populosa escritura, arrastrando como arena seca la mayoría del texto, como quien limpia de tierra y hojarasca una lápida hasta dejar sólo la inscripción básica: ahí estaba lo fundamental.

Pero ese mensaje sintético era y no era la voz de Subjuntivo, cinco centímetros detrás de mi nariz.

—*No vuelvas sin ella* —decía sin decir.

Tecleé por precisiones, me quejé del cambio de rumbo y las preguntas en el aire; incluso ironicé por las similitudes con el título de una película de la insoportable Sally Field, pero la respuesta se reiteró, explícita y abierta a la vez, inconfundible:

—*No vuelvas sin ella* —decía.

Y persistió en pantalla.

Y el teclado no me respondía.

Y la conexión se desvaneció.

Sabía lo que eso significaba: el próximo contacto ya no dependería de mí. Tenía una indicación, un mandato que debería cumplir primero.

—*No vuelvas sin ella.*

Siempre me reventaron esas consignas.

Pero me faltaban cosas, no sólo ánimo. Antes de seguir adelante, antes de volver con o sin ella —quienquiera que fuese— no podía postergar más el metódico acceso a Lacana. Así que tras pasar por la oficina desolada, sin Mupi, sin mensajes y en penumbras, bajé y tomé un taxi a Paseo Colón e Independencia.

La clásica Facultad de Ingeniería que alguna vez había sido Fundación Eva Perón ya estaba cerrada. No necesitaba entrar, sin embargo. A un costado y por debajo de la amplia escalinata, entre las plantas, hay una estrecha puerta de hierro. Es el cuarto donde se guardan las herramientas, las cosas de la limpieza. Entré por allí y encendí la luz mezquina de 25 watios. En un ángulo del cuartito hay una tapa con una argolla de hierro que da a un pequeño sótano. Bajé y tanteé la gama en la pared del fondo hasta que se reveló la E luminosa. La oprimí y el panel se corrió. El frío húmedo contenido en un largo túnel poco frecuentado me recibió.

Eché a andar.

39. El informe Lacana

—

Anduve doscientos metros por humedades y estrecheces descendentes hacia el río hasta la Emergencia final, una especie de arcada de impecable acero vidriado sin otra mácula que un limpio orificio en el centro. Ahí coloqué otra vez el terminal.

Hubo un destello y la puerta se esfumó en el aire. Estaba en los dominios de Lacana, en el Espacio Lacana, aunque todavía faltaba. Para acceder a ese desaforado búnker laberíntico debía bajar nuevas escaleras —mecánicas, silenciosas— que me llevaban a un nivel todavía más profundo. En su momento ya había calculado que la amplísima superficie de cemento, un descomunal complejo subterráneo a prueba de explosiones y de curiosos, se extendía por debajo del segundo subsuelo del último edificio moderno de Puerto Madero, la construcción de gastados ladrillos rojos, aún parcialmente reciclada en superficie, que ocupa el extremo sur, frente al Dique 1.

Como en el caso de la cúpula, el trabajo de acondicionamiento del Espacio Lacana fue anterior a mi incorporación a Magia, de modo que la estructura y la función del complejo de apoyo me eran sólo parcialmente conocidas. Apenas sabía que podía y debía recurrir a él, y que Lacana respondía siempre.

El esquema operativo está perfectamente compartimentado. Mientras Lacana de superficie (una empresa de camiones y transportes, un servicio de ambulancias, un auxilio mecánico, una empresa de buses de larga distancia, una de pompas fúnebres y muchas más) tiene contacto conmigo o con Catcher, siempre a través de contestadores y mensajes, al Espacio sólo accedo yo. Pero el que se va puede ser cualquiera de los dos.

Es imposible orientarse en el Espacio de memoria o sin ayuda. Carece de divisiones fijas y es cada vez otro. Sólo me cabe entregarme a un itinerario marcado por flechas sobre sucesivas posibilidades virtuales que se abren como en un videogame a medida que avanzo y se cierran a mis espaldas dejando como estelas en el mar. Sólo tengo que ir. Y fui, una vez más.

Dos cuestiones recortaban mi necesidad: el cadáver de El Troglodita abandonado en la Reserva Ecológica la madrugada anterior y el contenido del Volvo —los fierros, el intruso del baúl— con que Catcher se había movido por Recoleta hasta dejarlo en Villa Luro. Lacana, recolectora de lujo, reducidora y decodificadora de datos e información, se hace cargo con discreción y eficacia de hechos, personas o cosas en bruto, y los devuelve analizados en todos sus aspectos.

Así, esa noche anduve veloz y preciso como un perro guiado hacia adelante a tirones del hocico, empujado por el laberinto virtual hasta llegar por fin a la puerta verde. Detrás de la puerta —lo sabía, era mi interlocutor desde siempre— me esperaba el disfrazado, incalificable Cucciufo.

Oprimí el segmento más oscuro del marco y esperé que el ambiente se configurara. Cada vez era diferente. En este caso, toda la neutralidad tecnológica del entorno dejó paso a la adjetivación estilística más burda. Me encontré de pronto en una oficina alevosamente diseñada con todos los estereotipos de la serie negra como marco y escenografía para el poderoso gordo de impermeable que, derramado en su sillón tras el escritorio de tapa de vidrio, me alcanzaba ya, de salida, un sobre expeditivo:

—Está todo listo, Pirovano: el cadáver y el otro. ¿Catcher se los va a llevar?

Asentí pero le hice un gesto para que me esperara mientras consultaba los informes. Eran dos. El del prisionero, dos hojas y tres vistosas tarjetas, sólo eso; y estaba todo allí. No dejaba de ser impresionante. De un modo oscuro sentí que era una suerte que existiera Catcher para hacerse cargo de lo que vendría.

—¿El bolita está dispuesto a colaborar? —dije refiriéndome al prisionero del baúl—. ¿Está dispuesto a ampliar lo que se desprende de esto?

Puse sobre el escritorio las tres tarjetas que, a falta de otros documentos, habían aparecido en su poder. Una, a nombre de Antonio Melgar Zapico, gerente de la Integral Bolivian Health, con dirección en el chamuscado edificio de la calle Cachimayo, y las otras —más interesantes tal vez— con el mismo nombre, pero como gerente de ventas de la sección argentina de International Body Health, la dueña de Arnold Body Building, y como coordinador de internos del Instituto de la Buena Hierba, con sede en Mar del Plata.

—Avanzamos también sobre esta última —dijo Cucciufo—. Está en el barrio El Grosellar y es un centro de recuperación para drogadictos a través de la vida natural, cultivo de la huerta y todo eso. No sé, supongo que pretenden que los pendejos pasen de la marihuana y la coca a la acelga y al berro... —simplificó.

—¿Y el responsable de ese instituto?

Cucciufo consultó sus propios registros.

—Un médico: el doctor Rodríguez Pandolfi.

—Que es hermano del otro Pandolfi, que es el mismo Paredón...

—Eso es. No hay que buscar a dos sino a uno.

Cucciufo golpeó dos veces con firmeza el borde del escritorio, entre el aplauso celebratorio y la búsqueda de impulso para ponerse de pie:

—¿Se llevan al bolita?

—Me llevaré al bolita —dije como si se lo comprara.

El gordo apretó un par de botones en el complejo conmutador que tenía a su derecha y dio una orden:

—Prepárenlo.

Le retuve la mano:

—No todavía.

Se volvió:

—¿Cuándo?

—Hoy quiero verlo, pero se queda. Mañana, mañana a la noche, probablemente, me lo lleve.

Cucciufo aprobó.

—Hay otro dato —dijo diligente, más allá de su asesoría—. Hay un listado de artículos que le encontramos encima a este "gerente de ventas": no se corresponde, por los códigos de descripción, con los usados habitualmente para los fierros importados del tipo de los recogidos en Arnold Body Building.

—¿Y eso?

—Melgar Zapico ofrece otros fierros mucho más peligrosos, otra mercadería, Pirovano. Pero eso es difícil de probar. Habría que echar una mirada, encontrar el depósito.

—Ya. Esta misma noche, Cucciufo —dije al pensar en la descomunal parabólica sobre el edificio de enfrente a la Biblioteca Nacional—. ¿Hay equipo como para intentarlo hoy?

El gordo vaciló.

—Mañana, y con Catcher —propuso rápido, sin necesidad de consultas ni tecleo.

—Está bien. Yo conseguí esto hace un rato —y saqué los chamuscados papeles que habían recorrido media ciudad—. Acá hay información que, tal vez, contrastada con esa lista y con el resto de los datos, pueda servir por lo menos para atar dos cabos sueltos: la merca y los fierros, la droga y las armas.

Dejé el material sobre el escritorio y Cucciufo lo recogió con zarpazo veloz, lo guardó sin mirar en la misma abultada carpeta y cerró la cuestión del bolita. Pero quedaba la otra.

—¿Qué hay de Zolezzi?

Me alcanzó los papeles. Eso fue más rápido. Al terminar la escueta, densa hoja y media pregunté:

—¿Cómo lo trajeron?

—Por el río. Era lo más fácil y operativo, tratándose de la Reserva Ecológica.

Yo sabía que el Espacio tenía accesos múltiples al exterior y siempre había supuesto que uno de ellos daría al río, tan cercano; sobre todo teniendo en cuenta que el búnker estaba construido por debajo del nivel del agua.

Pero había otra cosa que me tenía mal. Saqué del bolsillo la navaja que le quitara al cadáver del Milagro Narvaja y la puse frente a Cucciufo.

—¿Ésta es el arma que mató a El Troglodita?

—No —dijo el gordo sin acercarse siquiera—. Es otra, tal vez ocasional, pero más larga y ancha. Y no probaremos nada sin ella.

—No puedo volver sin ella —recité como si me dictaran.

—¿Qué dice?

—Nada, boludeces.

Acordé con Cucciufo un contacto inmediato con el bolita, una salida expeditiva, detalles de apoyo logístico incluida la construcción de un preciso artefacto portátil y cobertura para las operaciones que sobrevendrían.

Después esperé a que la oficina y el gordo mismo —fantasmas de serie negra— se difuminaran y seguí las últimas flechas hasta la E de la transición final. Dispuse lo necesario, coloqué el terminal y salí como quien se zambulle en una piscina helada.

40. Dos congelados

■

Catcher entró a un pasillo gris que desembocaba en una puerta metálica con un vidrio rectangular. Se acercó a esa ventana y observó por un instante al hombre que estaba dentro de la habitación y que no lo veía, no podía verlo. Reconoció al sujeto aterrorizado que había terminado dentro del baúl del Volvo. El ámbito cerrado en el que estaba ahora esperando lo que sólo podían ser malas noticias era un poco mayor, no demasiado: una caja metálica apenas más grande que un ascensor acostado.

El tipo entró y Melgar Zapico vio cómo se renovaba una pesadilla. En ese lugar —no sabía dónde estaba ni desde cuándo ni nunca lo sabría— había soñado con ese loco veloz y desaforado, y ahora lo tenía ahí. Se retrajo contra la pared.

—Hablemos —dijo el tipo desde lejos, invitándolo con elásticos y lentos dedos enguantados—. Venga, Melgar...

Melgar asintió y fue.

Estuvieron diez minutos. Preguntas directas y respuestas entrecortadas. Cuando el prisionero respondió los seis o siete interrogantes fundamentales sin necesidad de presión adicional, el tipo sintió que la madeja se desenredaba bastante bien, que sólo quedaban unos pocos nudos definitivos, de esos que sólo cabe cortar. Las piezas del rompecabezas encajaban sin rechinar. Y el hombre del baúl tampoco rechinaba. Mejor para él.

—*Va a venir conmigo* —*le dijo al final.*

El otro vaciló.

—*No ahora, Melgar. Seguirá acá, meditando un tiempo más. Pero cuando llegue el momento vendrá conmigo.*

El otro no contestó; sólo abrió ojos inmensos.

—*¿Sí?*

Melgar apenas parpadeó.

Sin transición, el tipo sacó el 38, apuntó cuatro dedos por encima de su cabeza y disparó una sola vez. El estruendo del balazo en ese ámbito pequeño y cerrado fue tan elocuente como el agujero en la pared metálica, apenas a centímetros arriba del rebelde remolino negro de pelo boliviano.

—*Y va a hacerme caso, Melgar.*

—*Sí.*

Catcher le puso ambas manos enguantadas sobre las mejillas; le dio dos toquecitos casi cariñosos y salió.

En una habitación contigua y similar, blanca pura y subrayada por un frío seco y curiosamente acogedor, sobre una mesa metálica estaba tendido el Toto Zolezzi. El Troglodita estaba menos desparramado que antes pero tan muerto como entonces. Cuidado como un trágico bebé, el cadáver mentía una lozanía que ocultaba las horas de otra vida. El tipo verificó una vez más el detallado informe en que Lacana & Cía rendía cuenta de muelas, contenido de bolsillos, ángulo de puñalada, horas y minutos de deceso, composición de la tierra en los zapatos y de los restos bajo las uñas crecidas. Después permaneció unos minutos en absorta concentración, tan quieto como el tendido Zolezzi. Sólo los ojos se movían, derivaban sin mirar.

Finalmente entró en acción. Pero no para moverse de allí sino para fijar, disponer lo que había antes de partir. El tipo obró como un escenógrafo que ultima los decorados para una representación, como el chef que prepara los ingredientes, como el vidrierista que acondiciona los materiales antes de levantar la persiana. Cuando terminó, llevado por una urgencia manifiesta y sin testigos, como si

obedeciera a un impulso mayor al que debiera rendir cuentas, respon-
der ineludiblemente, salió del lugar, atravesó el primer pasillo vir-
tual que se abría al fondo en un caleidoscopio de posibilidades y se
dejó inundar en el amarillo más intenso.

Regresé compulsivamente al túnel y corrí por él.

No estaba accesible la Emergencia de la Facultad de Ingeniería y debí seguir hacia el oeste. Recién pude emerger cerca de
la 9 de Julio y por las cloacas, con todo el riesgo de salir a la
superficie levantando una tapa en medio de la calle Chile.

Miré el reloj y eran las once menos cuarto. Tomé un taxi a
Defensa y Belgrano para verificar lo que más sospechaba: el Escarabajo no estaba allí. Y quién sabe desde cuándo. Seguí hasta
casa.

La rutina de la seguridad y una creciente paranoia me hicieron elegir la escalera para llegar al quinto piso y el paso liviano,
silencioso, en el pasillo. Y no necesité llegar junto a la puerta
para oír las voces.

Voces de mujer.

Dos voces de mujer.

41. A DOS VOCES

Saqué el 38, me pegué a la puerta y escuché. Una voz de mujer sonaba confusa, monologaba mediata en la oscuridad, en el vacío del loft. De pronto terminó de hablar, hubo una pausa y en seguida tres pitidos breves. Era el contestador que acababa de recibir un mensaje o alguien que acababa de escuchar un mensaje en el contestador. Eso era lo que había oído, eso había sido: una voz de mujer en el teléfono dejando un mensaje. Pero había algo más. Seguí pegado a la puerta y había otra voz, ahora lejana, que hablaba con alguien. No, hablaba sola. Sola no, hablaba por teléfono. No por el teléfono del loft. Por un celular. Eso era, una mujer hablaba por un celular. Esa voz: Renata. Bárbara. Renata tenía llave y no tenía celular; Bárbara tenía celular pero no tenía llave.

Hubo un silencio de un minuto largo. Ni voces ni pasos.

Puse la llave en la cerradura pero no giré el picaporte.

En ese preciso momento sonó el teléfono.

Una, dos, tres veces.

Los pasos se aproximaron, cautelosos. Mientras oía mi propia voz en el mensaje del contestador pude imaginar perfectamente a la autora de esos pasos de pie, frente al teléfono y la lámpara, única luz del loft, de espaldas a la puerta. Esperaba, como yo.

Levanté el 38 mientras giraba el picaporte muy lentamente. Cuando el Tano Nápoli dijo *Hola Pedro, ¿estás ahí...?*, yo ya estaba adentro.

—...*tengo el contrato con los tipos del local de Corrientes y Junín para la escuela...*

Ni Renata ni Bárbara. La mujer estaba de espaldas, recortada por la luz de la lámpara, y no me había oído.

—Quieta. Dése vuelta —dije como si disparara.

Giró sin apuro:

—Sos un boludo, vos...

—Vicky...

Y bajé el arma mientras el Tano Nápoli seguía en lo suyo:

—*...lo podemos sacar con contrato por cinco años a un precio que...*

Lo apagué y me volví:

—¿Qué hacés acá?

—¿Dónde está Renata?

—No sé. Tendría que estar con vos, a las siete de la tarde estaba en tu casa... —y me sentí mal, espantado—. Ahora viniste a buscarla y te metés sin llamar...

—¡No hay cómo encontrarte, idiota! —y de pronto sollozó—. No contestás llamados, te hacés el misterioso y Mupi parece una mogólica incapaz de decir nada...

—¿Qué pasó con Renata? Yo no sé nada. Hablá.

Vicky no me hizo caso. Sólo se acercó al contestador y apretó *play*.

—¿Qué vas a hacer?

Ni me contestó.

Me dejé caer en el sillón pero Vicky permaneció de pie, como de guardia junto al teléfono. Mientras las llamadas y las voces comenzaban a acumularse, sucesivas, una especie de vergüenza generalizada y sin objeto aparente me subió hasta el cuello.

Ella apenas escuchaba unos segundos de cada mensaje y saltaba al siguiente, hasta que se detuvo en uno:

—*Pirovano... Oíme, Pirovano... Es para avisarte que te quedes en el molde, que te dejes de joder... Sabemos que estás ahí... Lo que vos no sabés es dónde está la pendeja.... Y te la vamos a coger... Somos varios... Le vamos a romper...*

—¡Sacá eso! —grité.

Vicky no se movió.

—... *ya sabés lo que tenés que hacer si no querés que...*

Salté hacia el aparato y lo apagué.

Ella quiso meter otra vez la mano y la empujé. Cayó sentada en el suelo.

—¡Hijo de puta!

—¡No es Renata...! ¡No es Renata, idiota...! —grité.

—Sí que es —dijo con terrible calma.

—No es —la traté de persuadir—. Recibí varios de ésos... Son simples amenazas, nada real, por ahora. Y no es a Renata a la que se refieren.

Ella se levantó, volvió al teléfono y apretó otra vez *play*. Esta vez no hice nada.

Los mensajes corrieron ahora mucho más aceleradamente hasta casi agotar la cinta y detenerse en medio de una voz ahogada:

—*...Papá... Papá... ¿Estás ahí? Habla Renata. Tuve un problema... Vení a buscarme a la comisaría 24, la de la Boca, pa. No es grave pero quieren que vengas vos...*

El mensaje se cortó con los tres pitidos. Era el que sonaba cuando yo estaba detrás de la puerta. Vicky quedó con la mirada fija en mí:

—Así que no era Renata...

—Sí, ésa es ella. Fijate la hora.

Vicky verificó:

—22.31. Hace media hora.

—Era el que estabas escuchando cuando yo iba a entrar...

—Supongo. Todos los escuché, el otro también. Enseguida llamé a la 24.

Recién ahí entendí lo que había pasado.

—¿Qué te dijeron?

—Nada —sollozó otra vez—. Ahí no está... Pedro...

—Tranquila.

Rebobiné, escuchamos de nuevo el mensaje de Renata:

—Es desde un celular... No tengo identificador de llamadas pero es desde un celular. Y en movimiento...

—¿Y entonces?

—Puede ser desde un patrullero —dije con menos convicción de la que aparenté—. La agarraron sin documentos o fumando porro o algo así, iban a la comisaría y le prestaron el celular para avisar...

—¿Y el otro llamado?

—Olvidate de eso... Mirá la hora —rebobiné hasta encontrarlo—. 20.54.

—*Pirovano... Oíme, Pirovano... Sé que estás ahí... Es para avisarte que te quedes en el molde... Lo que vos no sabés es dónde está la pendeja... Somos varios y te la vamos a coger... Le vamos a romper el culo... Ya sabés lo que tenés que hacer si no querés que te la reventemos... Nos vamos a hacer chupar la...*

Corté ahí.

Vicky me miró sin decir nada.

—¿Ves que no es sobre Renata? —dije yo—. Es anterior, es otra cosa. Pero no tienen nada, sólo tratan de asustarme.

—¿Quién es la pendeja que dicen?

—No te importa.

—No creas. ¿Es esa Bárbara?

—No te metas.

—Ya estoy metida, idiota. Vos sos el que mezcla todo. La involucraste a Renata.

—Traté de dejarla al margen.

—Pero sabe.

Lo dijo de tal modo que significaba eso, además "yo sé" y quién sabe quién más sabe también.

—Estuvo anoche temprano acá y no sé cómo pero algo oyó. Ya bastantes secretos querés mantener vos para sumarle una vida sexual complicada. Por mí hacé lo que quieras pero la nena cree o creía que eras un tipo derecho...

—¿Qué querés decir?

—Esa Bárbara... Es una trampa...

Una palabra de mierda en un contexto extrañamente nuevo. No quise, no supe, no pude contestar a eso:

—Te voy a bajar los dientes —me oí decir.

No quedaba mucho por agregar después de eso.

—Es una trampa —ratificó ella—. Y Renata se dio cuenta.

Y sin necesidad de taparme la boca ni alzar la guardia y la voz, la madre de mi hija me contó cómo anoche habían discutido el tema de a dos y de a tres sobre mí, antes y después del paseo con el perro.

—Y hoy cuando volví no estaba, Pedro.

—¿Qué tengo que ver yo? A las siete de la tarde estaba en tu casa, habló conmigo. ¿Qué pasó después?

—Cuando yo llegué no estaba, te digo.

—¿Y te viniste acá por eso?

Asintió.

—¿Por qué?

No me contestó.

—Alguien te está calentando la cabeza contra mí...

Volvió a negarse.

Me levanté para salir.

—¿Adónde vas?

—A buscarla.

—¿A cuál de las dos?

Eso me sacó.

La cachetada la tiró de costado, casi la manda al suelo.

Di media vuelta y salí.

Cuando ya estaba en la escalera sentí el portazo y sus pasos apurados. Me alcanzó, me agarró del brazo. Bajamos en silencio, apurados, escuchando la respiración agitada del otro.

—¿Andás en el auto?

Asintió con la cabeza.

—Préstamelo.

Negó con la cabeza:

—Voy con vos.

Y me devolvió la cachetada con un puntín en la canilla.

Al salir a la calle tuve la misma, inequívoca sensación de estampida de cucarachas que provocaba encender una luz en una sucia cocina a oscuras. Pero fue un instante nada más. Trepamos al coche por puertas separadas y partimos sin que nada excepto nosotros se moviera.

Camino de la 24 la madre de mi hija me contó mientras metía carrasposos cambios cómo había terminado yendo a mi casa, usando una llave que yo —y acaso ella— creía perdida u olvidada, metiéndose en mi contestador y en mis intimidades:

—Hiciste bien —dije al final.

—¿Qué cosa?

Me miró. Yo seguí con la mirada en el camino. Íbamos por el Bajo.

—Hiciste bien en venir. ¿De qué discutieron, además de ese puterío de Bárbara?

—Sólo de eso.

—Ah.

Hubo un tiempo, años, en que el tema era la culpa: quién tuvo la culpa. Unos años había sido yo, últimamente le tocaba a Vicky.

—Ya se le pasó —dijo la madre de mi hija que me conocía porque me había conocido—. Ya no pregunta qué nos pasó.

Y también las calles pasaban como habían pasado y seguían pasando los años. Vicky no pudo evitarlo, era casi una cuestión de simetría:

—Esa chica, Bárbara... puede ser que yo...

—No voy a hablar de eso —dije.

En realidad no podía ni pensar en Bárbara.

—Prendé la radio, por favor.

Vicky lo hizo automáticamente. Saltó la música. Bajé el volumen y la puse en AM. Busqué hacia el extremo del dial hasta que encontré las voces altas, el rumor de cancha, el tono un poco más desaforado de los minutos finales.

—Cómo podés escuchar el partido...

—Callate.

En la Bombonera, el partido de Boca contra ignotos ecuatorianos de cuyo nombre no quiero acordarme por cuartos de final de la Copa Libertadores terminaba con exceso de goles y de gritos mientras Vicky murmuraba certezas sobre mi real condición:

—Qué mal que estás.

—Es importante —dije.

Y lo era.

—Estás muy enfermo —dijo.

Y lo creía.

Doblamos por Almirante Brown hacia la Boca. Hicimos varias cuadras. Estaba lleno de autos, no había lugar para estacionar. La Bombonera iluminada en la noche parecía una olla repleta de caldo fosforescente.

—Ésta es la calle de la comisaría; es contramano. Seguí una más —dije cuando cruzamos Villafañe—. Pará en la esquina, aunque sea en la ochava. No hay problema.

Vicky arrimó el auto al cordón, se detuvo:

—Voy con vos.

—Te quedás acá. Igual, todavía no voy a ir... Esperemos un poco.

Levanté el volumen, estaban reporteando al múltiple goleador. Miré el reloj.

—Vos estás loco —dijo ella ya resignada.

Asentí.

Cuando comenzaron a aparecer por la avenida los primeros hinchas que venían de la cancha apagué la radio, me ajusté bien el guante, le di un beso en la mejilla a Vicky y me bajé.

Le expliqué apoyado en la ventanilla:

—Ya vuelvo con la nena. Dejá el auto en marcha pero cerralo y levantá los vidrios. Cualquiera que se te acerque, te vas. Me oíste: te vas.

Me contestó con un rugido de motor.

La había traído tranquila. Con la advertencia sólo conseguí asustarla más.

━━

La cuestión era llegar a donde se suponía que me esperaban, distinto de cómo se supone que llegaría: por el lado opuesto y no solo sino acompañado. Así que en lugar de subir derecho por Villafañe hacia la comisaría tomé la siguiente paralela mientras me cruzaba con la hinchada de Boca que volvía a los gritos de la cancha. Busqué un vendedor de los tantos que aguantaban de frente la ola de ganadores y me compré una bandera, un gorro y una corneta. Me uniformé —la gorra hasta las cejas, la bandera atada sobre los hombros como una capa— y sumado al resto me entreveré con los que venían cantando.

—*Y dale Booo... y dale Booo...*

Doblé una cuadra y llegué a la esquina opuesta de la comisaría, único edificio visible de una oscura calle de barrio invadida por el alboroto fuera de programa de un partido nocturno. Había dos patrulleros en la puerta, un cerco de vallas y un par de agentes de guardia. Un camión celular desagotaba en ese momento su carga de detenidos mientras decenas de hinchas bajaban por Villafañe desbordando las veredas y la calle, saltando entre los autos que circulaban a paso de hombre hacia la avenida.

—*Y dale Booo... y dale Booo...*

Hice sonar la corneta mientras caminaba rápido junto a los coches estacionados cerca —pero no demasiado— de la iluminada entrada de la comisaría. Tocaba la corneta y golpeba los baúles, el techo, buscaba la reacción mientras miraba el interior.

—*Y dale Booo... y dale Booo...*

Me contestaron con bocinazos solidarios de aprobación y puteadas en proporción equivalente. Recorrí toda la cuadra por la vereda de la comisaría revisando de soslayo el interior de los coches como quien prueba el contenido de envases sospechosos. Nada.

No es fácil buscar algo que no se sabe exactamente qué es. Tratar de verificar una hipótesis no formulada.

Pero en eso los reconocí sin conocerlos, si cabe.

Al tipo y al coche. Un hombre grande de campera oscura y una combi, una furgoneta clara sin inscripciones. Estaban en la vereda de enfrente, casi en la esquina, a pocos metros de la avenida.

El tipo, como tantos otros, había salido del auto y esperaba impaciente junto a la puerta. La diferencia con el resto de los que aguardaban a sus compañeros era que miraba para el otro lado: miraba hacia el centro, hacia la avenida, me daba la espalda. No esperaba a nadie que viniera de la cancha sino a alguien que fuera en dirección a la comisaría. Y algo en la estúpida cara expectante, en los hombros que le subían hacia las orejas ocupadas alternativamente por un celular, me indicó que ése al que esperaba —y no venía— era yo.

—*Y dale Booo... y dale Booo...*

Crucé la calle dando un rodeo y comprobé que el tipo no estaba solo. Había otro sentado al volante. Y tenía que haber algo más, cargado atrás.

—*Y dale Booo... y dale Booo...*

Aproveché un grupo más ruidoso que lo habitual que bajaba por esa vereda y me sumé para llegarle por detrás. La combi era de las que tienen una parrilla sobre el techo para cargar bultos y una escalerita de cuatro peldaños. El grandote estaba de espaldas, junto a la puerta delantera y seguía hablando por el celular. Sin dejar de gritar me detuve en el árbol más cercano y me puse a mear mientras controlaba el interior por las ventanitas de atrás. Alcancé a ver lo suficiente sin que me vieran.

—*Y dale Booo... y dale Booo...*

Entonces de un salto me trepé a los gritos en la escalerita, marcando el ritmo sobre el techo de la combi. Un segundo después estaba arriba del techo.

—*Y dale Booo... y dale Booo..*

El grandote se volvió, dio unos pasos hacia atrás:

—Qué hacés... Bajate de ahí...

Hice sonar la corneta frente a su cara.

—Bajate, la puta que te ... —y estiró la mano.

Sin abandonar la corneta revoleé el otro brazo y le di con la culata del 38 en medio de la frente.

Cayó seco para atrás.

—*Y dale Booo... y dale Booo...*

De un salto estuve abajo junto a él. Me agaché y le saqué el celular. En medio de la oscuridad y el alboroto, nadie se había dado cuenta de nada. Cuanto mucho sería un afano más de los habituales.

Me asomé por la puerta abierta e hice sonar la corneta.

—Vamos —dije y me senté.

El otro tipo vio de pronto el 38 a centímetros de su nariz y no entendía nada.

—Vamos, carajo.

Se resistió apenas.

Chiquito y cabezón, me miraba con estupor. Ninguna señal de reconocimiento. Mejor.

Arrancó sin volverse ni mirar, como si no supiera qué dejaba en la vereda o llevaba atrás o no le importara.

—Y dale Booo... y dale Booo... —grité por la ventanilla mientras golpeaba la puerta acompasadamente.

—Andá despacio y doblá a la derecha —dije sin mirarlo.

Si hubiera querido apurarse hubiera sido imposible por la gente y los coches.

—Dejame ir —dijo el petiso.

No le contesté. Le clavé un poco más el revólver en las costillas y saqué los papeles de la guantera y los documentos del bolsillo de la campera.

—Era un chiste. No tengo nada que ver —dijo.

—Doblá ahora.

Y volví a hacer sonar la corneta.

Por la avenida se podía circular con más soltura. Llegamos a la esquina.

Vicky no se había movido de su lugar.

—Pará al lado de aquel rojo —dije con el elocuente 38 mediante.

Cuando quedamos apareados y le golpeé la ventanilla con la corneta, Vicky se asustó.

Se disponía para una huida disciplinada pero volví a golpear y le sonreí.

Recién entonces me reconoció. Bajó el vidrio y le dije:

—Seguime —señalé con el pulgar a mis espaldas—. Ya está.

Y eché al aire un cornetazo largo y vacilante, como si fuera el veterano macho jefe de una manada de renos.

Hice que el petiso manejara hasta el río y doblara por Pedro de Mendoza hacia la Vuelta de Rocha. Vicky me seguía, cumplía órdenes.

Bordeamos el Riachuelo mientras el barrio se hacía más desolado y ya raleaban los hinchas. El petiso estaba asustado. No le concedí ni el equívoco respiro de interrogarlo. Sólo lo acosé livianamente con el 38 por debajo de la línea de flotación de las costillas. A cada apriete aceleraba un poquito.

Cuando las luces del coche de Vicky eran prácticamente únicas responsables de la escasa claridad que nos rodeaba lo hice detenerse a un costado de la calle junto al río.

—Bajate.

No bien pisó el pedregullo y vio el reflejo del Riachuelo el petiso temió lo peor.

—No —dijo—. No me mates. Era una joda.

—¿Quién te mandó?

—No sé. Era un chiste, me dijeron que era un chiste.

No me hizo reír. A él tampoco.

—Primero soltá a la piba.

Fuimos hacia la parte de atrás de la combi mientras Vicky también se bajaba, se doblaba los elegantes tobillos de taco alto al picar corto en el terreno irregular, desfilaba frente a las luces de su propio coche.

Abrimos. Vicky dio un grito.

Renata estaba reclinada sobre un asiento con los ojos cerrados. No parecía lastimada.

—Bajala.

El petiso se subió y lo hizo. Después, Renata no estaba en condiciones de moverse sola. Balbucía, se tambaleaba, no sabía. Entró como borracha al auto de Vicky.

—¿Qué mierda le dieron?

El petiso se encogió de hombros. Semiagazapado dentro de la combi parecía una rata en su cueva.

—Date vuelta.

Tardaba una eternidad.

—Date vuelta, carajo.

Cuando terminó de girar levanté el arma para golpearlo en la cabeza.

En ese momento Vicky dio un grito.

—¿Qué pasa? —me volví.

—Pedro, la nena no se mueve.

Dejé al petiso y corrí hacia ellas.

Renata había quedado tendida en el asiento trasero y Vicky la sacudía por los hombros. No reaccionaba.

—Dejame a mí.

Le di un par de cachetadas que ni James Cagney.

—Ay.

—Bestia.

Se alternaron, las chicas.

Renata parpadeó y su madre la abrazó. Ni me miraron.

Me volví hacia la combi sólo para comprobar que el petiso ya no estaba. Me lo imaginé corriendo en la oscuridad, a los saltos, a punto de caerse al Riachuelo a cada paso.

Revisé la combi y no encontré nada. Limpia. La chapa trucha era de Catamarca. La cerré prolijamente y volví hacia el auto de Vicky.

La sombra larga que proyectaban los focos del coche, con la capa de la bandera de Boca y el gorro en la cabeza, me daba un cierto perfil de superhéroe que ni se me ocurrió mencionar.

Subí.

—¿Te parece que está bien? —dijo Vicky volviéndose.

—Un poco atontada nomás —dije y me saqué el gorro—. Tal vez le dieron algo. Vamos.

Ella puso en marcha el auto, giró el volante y los faros le dieron una pincelada morosa de luz a la escena.

—¿Y el tipo?

—Se escapó.

—¿Quién era? ¿Lo conocías?

Negué con la cabeza.

—¿Y vos?

No me oyó.

Volvimos por el mismo camino. Vicky quiso hablar, necesitaba saber.

—No estaban en la comisaría. Era una trampa, una distracción, nada serio. No estaban armados —fue todo lo que le dije.

—Me mentiste, antes.

—Para tranquilizarte.

—Decime en qué andás.

Eso iba contra las reglas —tácitas pero vigentes— y ella lo sabía. Sabía que lo que sabía de mí era que había un agujero. Y que no debía asomarse a él. Además, Renata por momentos se despertaba y era mejor no complicarla más.

—Ya hablaremos —prometí sin embargo.

Pasamos frente al Hospital Argerich y le pedí que me dejara en Parque Lezama. Antes de bajar le eché una mirada a Renata, desparramada, con repentinos escalofríos o simples temblores.

—Llévatela y dejala dormir. No la acoses, no le cuentes, no vayas más allá de lo que sabe. No le des nada... —dije sabiendo que odiaba que le diera instrucciones—. Y, por favor, no hables con nadie de esto.

—Sí.

—¿Sí qué?

—Sí, Pedro.

Y nos reímos juntos por primera vez en la noche, por primera vez en años.

■

Me bajé en la esquina de Paseo Colón, entré al bar 24 horas de la estación de servicio y hablé con Lacana. Di las coordenadas de la nueva captura y para mi sorpresa obtuve acceso urgente. Me estaban esperando; que fuera ya.

—Ya voy —dije.

Claro que tampoco el vértigo.

Casi sin darme cuenta me encontré marcando el número de Sebastián Armendáriz; de Armendáriz y Bárbara. De Bárbara.

Atendió él. Se sorprendió pero no mucho.

—Disculpá la hora. ¿Cómo está todo? —dije como quien tira un mediomundo pero sólo después de haber pescado con anzuelo sin resultado.

—Bien, todo bien, todo en orden —Armendáriz parecía querer darme salida veloz—. ¿Alguna novedad?

Dije que no, que sí, que el viaje y el pase, que no sé, que cómo lo había tomado Bárbara.

—Bien —y ahora tampoco se sorprendió—. ¿Querés hablar con ella?

—¿Cómo? —me di y le di tiempo.

—Si querés hablar con Bárbara, explicarle vos.

—No. Pero me alegro.

—¿De qué?

—De que te acompañe en esto.

—¿Cómo?

—Las mujeres —dije— se suelen apegar mucho, les cuesta dejar lo que tienen, seguirte.

—No creas —y ahí la pausa la puso él—. ¿Para qué me llamaste, Pirovano?

—Por lo de la causa... —improvisé—. La causa por lesiones.

—Parece que voy a zafar —dijo Sebastián sin énfasis—. Siempre hay cómo, aunque por ahí cuesta.

—Qué bueno —dije por decir algo.

Nos quedamos en silencio.

—¿Hay algún problema? —supuso él.

—No. Qué va a haber.

Qué iba a haber.

El suspiro debe haber sido alevoso porque al colgar me miraron varios.

Me senté, pedí un café y de a sorbitos traté de relajarme. Entró un chico de la calle a mangar entre las mesas. Por su mirada encendida me di cuenta de que yo todavía andaba con el gorro y la corneta en la mano, la bandera de Boca puesta.

—Vení —le dije.

Vino. Le puse el gorro, le até la bandera. Salió haciendo sonar la corneta.

Ahora no un par sino todos me miraron y apuré el café.

Esperé un rato más. Aprovechando cierto movimiento de gente fui al baño y cerré la puerta. La trabé. Saqué la tapa del depósito de agua del inodoro y apareció la E. Enchufé el terminal, la pared se abrió hacia una escalera y entonces descendí mientras todo se normalizaba a mis espaldas.

Llegué a Lacana por la vía sudeste y atravesé los pasillos virtuales hasta la oficina del supremo gordo. El novedoso aguantadero de Cucciufo ya no era, sólo unas horas después de la visita anterior, una réplica enfática de la oficina de Philip Marlowe. Ahora parecía una dependencia menor de Disneyworld, digamos la sala donde se cambian las mascotas gigantes, los chicos que deambulan disfrazados de personaje entre los visitantes.

Me senté ante Cucciufo con las cejas levantadas.

—¿Sí?

—Sobre los fierros, Pirovano —dijo el reducidor de información jugando entre manos con una pareja de muñequitos de Chip & Dale—. Lo de mañana puede ser un trabajo complicado, porque hay algo raro en el edificio de Austria.

—¿Raro?

Asintió.

—Catcher tendrá facilitado un acceso a partir de las nueve de la noche por arriba —aclaró casi disculpándose—. Pero sin apoyo externo.

—Está bien, supongo que se las arreglará —dije por no llorar—. ¿Y del resto?

—Más de lo mismo —dijo escuetamente—. Pirovano, yo creo que...

—Espere —lo interrumpí—. Antes le paso lo nuevo.

Le di los datos más precisos sobre la combi que inmediatamente irían a recoger y le dejé sobre la mesa casi todo lo que abultaba mis bolsillos. Le pedí que me identificara el celular del que había quedado tirado en la vereda de la 24 pero quise conservarlo. Tomó nota y me lo devolvió.

—Estos tipos —y señalé los papeles que había recogido del bolsillo del petiso—. Estos tipos son de una torpeza exquisita: principiantes. Decían que era una joda. No se entiende qué hacían con Renata. Es otra gente, que no viene de ninguno de los lados que podíamos esperar.

—Son demasiados lados, tal vez —dijo Cucciufo, que a veces no sólo informa sino opina—. Pero la novedad es que apareció el coche.

—¿Qué coche?

—El Escarabajo. O ya se olvidó de que se lo estuvieron usando...

—¿Dónde está?

Cucciufo señaló con un golpe de cabeza a un costado y detrás de mi ceja izquierda:

—Brasil, en la bajada del Parque Lezama. Puede llevárselo, Pirovano.

—Me lo llevo.

—¿Y el resto?

En algún lugar del Espacio Lacana, el cadáver de Zolezzi y los despojos aterrorizados del bolita Melgar Zapico esperaban en depósito. Era como llevar las muestras y pasar a retirar los análisis:

—Eso mañana —dije—. ¿Qué había en el coche?

El hombre de Lacana me extendió el sobre:

—Todavía no terminamos, porque hay infinidad de huellas, de basura... —me miró como si ensuciar el interior del Escarabajo hubiese sido mi actividad predilecta durante los últimos años—. Pero ya hay algo: la tierra.

Entreabrí el sobre, espié su contenido: la tierra no estaba allí; sólo papeles, informes.

—¿Qué tierra?

—La de los zapatos de Zolezzi. Es la misma que aparece en todo el asiento trasero.

—¿No es la de la Reserva?

—También hay tierra de la Reserva. Pero la más fresca, la última, la que hay en el coche, es otra. Como un barro...

—Barro de barrio.

Cucciufo me miró con falsa, irónica sorpresa: ese tipo de definiciones poco académicas no eran de su especialidad.

—¿Cuántos barrios hay? —me desafió.

—Cien, decía Alberto Castillo... Sin contar el Gran Buenos Aires.

Me levanté. Tenía sueño y la idea de volver a casa en el Escarabajo no estaba mal:

—¿Dónde estaba?

Me señaló el sobre. El fuerte de Cucciufo eran el lenguaje gestual y la escritura.

—Me gusta que me lo cuenten primero, después lo leo —dije.

—Con una goma pinchada, frente a la vieja Ciudad Deportiva de Boca. Ahí nomás —me concedió.

—Podría haberlo visto.

Cucciufo asintió:

—No son más de tres cuadras más allá de la entrada a la Reserva. Pero no lo entraron ni se fueron por la puerta principal, que está cerrada a la noche, sino por el fondo, cerca de la usina —explicó con desgano; él también tenía sueño—. Lo mataron en otra parte, en uno de los cien barrios porteños que usted dice, Pirovano, lo llevaron en el Escarabajo, entraron a la Reserva por atrás, volvieron a salir por ahí y cuando se volvían se les quedó o lo abandonaron...

—Gracias.

—De todo.

Me fui, como quien se desata.

Sentarme en el Escarabajo resultó un gesto extraño. Aunque sólo hacía un día que no me subía, la sensación fue la de ponerme ropa en desuso, volver a andar con los zapatos de un muerto. Olí como un perro a mi alrededor, revisé la guantera, me incliné al asiento trasero imaginando el cuerpo de El Troglodita encajado, calzado, pesado y muerto. Lo recordé sentado a mi lado —*Tengo que contarle algo, después, Pirovano*—, saludando en Liniers, perdiéndose en el lejano Oeste.

Retomé el Bajo y cuando llegué a casa no había nadie esperándome en la calle, nadie en el pasillo, no sonaba el teléfono; no había mensajes, la cama estaba vacía y la heladera también.

Fue lo único que lamenté.

44. Teléfonos

■

Lo de Rugilo en Wembley es como la Vuelta de Obligado, para no mencionar a Cancha Rayada o Bonavena-Clay: una defensa acaso consecuente e incluso heroica pero —se olvida con intención— infructuosa. En todos los casos perdimos.

No es necesario haberse leído a Pepe Rosa o a los cebados liberales para saber que la flota anglofrancesa rompió finalmente las cadenas y pasó río Paraná arriba "no sin grandes pérdidas" —es cierto— pero pasó por la Vuelta de Obligado y "silenció las baterías" costeras. Nos cagaron a cañonazos, bah. Y en Cancha Rayada los españoles "nos sorprendieron dormidos" —estudiamos— aunque Las Heras salvó ordenadamente sus divisiones... Pero nos ganaron, claro que sí: los españoles nos derrotaron en Chile después de Chacabuco y antes de Maipú, pese a que pusimos todos los titulares, San Martín inclusive. Y es cierto que Bonavena le hizo pelea a Clay, le aguantó bastante, pero perdió por nocaut y nunca "lo tuvo": la piña del noveno —cada vez más exacta, más fuerte y peligrosa con los años— no lo puso groggy. Ringo nunca puso en peligro el triunfo de Alí... Y perdió, perdimos por nocaut. Y los ingleses nos ganaron en Wembley.

Todo porque soñé con Rugilo —atajé toda la noche con el buzo y los bigotes puestos— y desperté con Rugilo:

—Son las ocho, Pirovano. ¿Piensa venir?

213

De qué me hablaba.

—La presentación en el Congreso. Es viernes, Pirovano.

—¿A qué hora hay que estar?

—A las once exponemos y usted trae algo —me dijo—. Nos encontramos en El Molino media hora antes.

Recapitulé, miré el reloj.

—¿Por qué me despierta a las ocho?

—Pensé que no estaba.

Me costó seguirle el razonamiento.

—Pensé que habría salido a correr y como no puedo llamarlo más tarde, así lo tenía avisado para cuando volviera.

—Soberbio, Rugilo: un buen arquero o un buen diputado con nombre de arquero se adelanta a la jugada, hace simple lo difícil.

—Qué tal —se agrandó.

—A las diez y media.

Tenía tiempo para complicarme la vida un poco más antes de esa hora, así que después de dos sesiones con la pateadora (2-3 y 3-2 casi sin moverme) y mientras me intoxicaba con Coltrane —no recomendable precisamente para ordenarse las ideas— lo llamé al veterano.

—No me acosté —dijo.

—Cosa de viejos: no tienen sueño.

—No me dejaron.

—¿Quiénes?

—Los Gigantes. Tengo tres durmiendo acá.

No sé por qué me los imaginé amontonados en una sola cama de madera, como los Tres Chiflados o los enanitos de los cuentos, con gorros de dormir inclusive, nada serio.

—¿Qué pasó?

—Paredón.

—¿Qué hizo?

—Se pudrió todo: pasó de las amenazas a la acción directa. No sólo quemó el gimnasio sino que anoche le rociaron con nafta la puerta de la casa a Roperito, le pisaron los lentes y le quemaron el tejido a la vieja de Itatí, a la hermana de...

—¿Y por qué no me llamó?

Silencio en la mañana.

—¿Etchenike?

—No quiero que me escuche Aguirre —dijo bajito—. Sospecha de usted, Pirovano.

—Hace bien. ¿Se va a acostar?

—Ya no.

—Voy a estar en El Molino a las diez y media.

—¿Por abajo o por arriba?

—Bien arriba. No sabe cuánto.

—Voy.

—Pero no me traiga a nadie, plis.

Soslayé trotes y fui a la oficina en el Escarabajo, como un burócrata aplicado. Mupi se sorprendió al verme temprano y de saco y corbata.

—Me caso —expliqué.

—Y ésos deben ser los testigos —dijo ella—. Ya estaban cuando llegué, y se metieron.

Espié en mi despacho. Los árabes se habían occidentalizado. Abdul y Ahmed estaban uniformados de impecable traje, zapatos y anteojos negros. Pero no sólo eso estaba calculado. Dispuestos simétricamente frente a mi escritorio, no se habían sentado paralelos y en ángulo recto sino casi en los extremos, orientados 45 grados hacia adentro mientras sus miradas convergían en el asiento vacío, de modo que quien estuviera sentado frente a ellos —se suponía que yo— no pudiese mirarlos a ambos al mismo tiempo.

Entré, saludé caminando y cuando se levantaron para darme la mano y hacerme las morisquetas propias de sus usos y costumbres aproveché para sacarles las sillas de debajo del culo y ponerlos juntitos y alineados como en un banco escolar.

—Señores...

Se miraron. Hubo un levísimo golpe de mentón.

—Señor Pirovano... —dijo Abdul.

—Contrato en la mano —dijo Ahmed.

O viceversa.

Lo pusieron sobre el escritorio.

—Pasaje... —dijo Ahmed.

—Para el viaje —completé yo a coro con Abdul.

O viceversa.

Lo pusieron sobre el escritorio.

Junté los papeles —algo que solía hacer con frecuencia— y los orejeé fulleramente.

El contrato de tres páginas contenía cláusulas como para marearse y tantos artículos en cuerpo 14 como letra chiquitita al pie: como si cada hoja tuviese un espeso colchón de arena acumulada en la base.

Leí lo que interesaba, lo que estaba puesto para que viera de salida: 50 mil dólares a cobrar en Beirut.

Espié las fechas en el pasaje: partida de Ezeiza el domingo a la noche hora argentina, regreso el viernes a mediodía hora del camello.

Dije a todo que sí pero ni amagué con sacar la lapicera.

—Muy bien. De acuerdo. Los llamo hoy.

Eso los desconcertó.

Así como se habían quedado sin ángulo también estaban sin argumentos. Acostumbrados a regatear como buenos musulmanes, les costó asimilar mi repentina tendencia al acuerdo inmediato.

A mí también.

Cuando se iban tras acordar pormenores de traslado a Ezeiza y circunstancias de contacto en Siria, Abdul se sintió con necesidad de acotar:

—Letra chica.

—Todo se lo explica —completó Ahmed.

O viceversa.

Y partieron.

No sé si fue porque no tenía los anteojos a mano o porque

no tenía ganas de encontrarlos, dejé la edificante lectura de esa parva de hormiguitas para otro momento.

Tenía una cita Arriba y eran más de las nueve y media.

No me gusta subir empilchado. Los pasadizos no son precisamente una pasarela y están más cerca del túnel de la cancha de Nueva Chicago que de cualquier otra cosa. Sin embargo, llegué a la cúpula con un porcentaje de tierra incorporada no descalificador.

No tenía mucho tiempo pero de algún modo venía, si no dulce, bien predispuesto para el informe, y tras la conexión que me recorrió como un sobrio acorde bajo, leve temblor ni registrado por Mercalli, incorporé con soltura los pormenores aventureros de la noche inmediata. Me explayé en el rescate de la adormecida princesa heredera y antes de verter el resto de la información —la proliferación de pasajes, de invitaciones a Ezeiza, las precisiones y certezas respecto del difunto Troglodita— esperé el rebote, el fin de la interdicción que me había impedido el anterior contacto.

La pantalla terminó de digerir mi información con movimientos peristálticos y antiperistálticos que pasaron de pantalla delgada a pantalla gruesa con ruidos de gástrica avidez, y luego un amarillo bilioso cubrió la totalidad, hizo un solo telón para mi ansiedad. Contra ese fondo virado al azafrán, como para que no se me olvidara y entendiera de una vez, la máquina inexplicablemente puso:

—*No vuelvas sin ella*.

De qué me hablaba. Protesté reiterando el mensaje, golpeando las teclas con un martillito en cada dedo. Ratificó. La zamarreé. Como hacía mi viejo con la vieja radio, le di un par de golpecitos laterales: qué pasaba ahora...

—*No vuelvas sin ella*.

Expliqué entonces por qué los mensajes del teléfono eran alevosamente truchos, con su reiterado "quedate en el molde".

Era la misma voz que había amenazado por Renata el miércoles. Además, Bárbara estaba con Armendáriz.

Apreté *Escape* y tras el parpadeo volví a encender. El cartel no sólo estaba allí sino que Subjuntivo me alcanzó en algún lugar que ya bajaba en peligrosa diagonal de la nuca hacia los alrededores del esternón:

—*No vuelvas sin ella.*

Y se apagó sola, me dejó solo.

Por un instante llegué a pensar que algo andaba mal, se había roto, descompuesto. Pero no.

Llamé a Vicky. Atendió Renata:

—¿Qué pasa pa, tan temprano? Te iba a llamar.

—Nada, no pasa nada —y vacilé—. Creo que nada. Dame con tu madre.

—Ya se fueron a trabajar.

Estuve apenas ahí de hacer el peor comentario de mi vida. No lo hice.

—Está todo bien —dije en cambio—. Pero no te muevas de ahí, en serio.

—Tengo que contarte lo de anoche con la policía. Me acuerdo hasta cuando te llamé y te dejé el mensaje, después no sé nada de lo que pasó. Mamá no quiso decirme cómo volvimos. ¿Vos me lo vas a...?

—Sí. Pero ahora no. Además... —y sentí que me embalaba—. La que me tiene que contar sos vos: a las siete te llamé, estabas ahí y te pedí que te quedaras, pero cuando llegó tu madre ya no estabas...

—Pará.

—...a las once de la noche me llamás que te llevan a la policía, y a la medianoche...

—Pará: cuando vino mamá yo estaba en casa.

—¿Qué? Ella me dijo que no.

Se hizo una pausa, un hueco.

—Estaba pero ella no me vio, pa.

Iba a preguntar algo y no me animé.

—Está bien, después me explicarás. Quedate ahí y no te muevas. ¿Estás sola?

—Sí. Fabio también se fue.

—Hoy no salgas. Te llamo y voy.

—¿Acá?

—Sí.

Colgué y comencé a marcar el número de Bárbara, pero pensé que atendería Armendáriz y me detuve. Marqué el del celular.

Sonó en mi bolsillo.

Sonó en mi bolsillo.

Lo saqué. Era el que le había sacado al tipo grandote de la combi, el mismo que había quedado tirado frente a la comisaría 24.

Me atendí, me dije que Bárbara no estaba. Y corté.

TRES

———

Fui por abajo. La perspicacia del veterano lo había puesto al acecho en el mingitorio consabido. Encontrarnos en los subsuelos de El Molino iba camino a convertirse en un clásico. Pero lo sorprendí, mi aspecto lo sorprendió:

—¿Qué hace disfrazado?

Traje gris, camisa blanca, corbata azul, el guante negro de Yashin, una réplica, bah.

—Es lo de menos. La pinta es lo de menos, digo —dije mientras hurgaba por abajo en los recovecos del ambo—: lo voy a necesitar, no sabe cómo está todo.

Me acoplé, paralelo, en el menester.

—Y por casa... —agitó, sacudió la cabeza—. A estos muchachos ya no hay quién los pare. Y quiere que le diga una cosa, pibe...

No era una pregunta ni un pedido sino una introducción.

Terminó lo suyo, guardó y dijo:

—Esto va a terminar mal.

Y lo que siguió tuvo la entidad de una revelación o algo de eso:

—Anoche soñé con Roperito. Antes de que llegara. Era una situación rara. El pibe estaba metido en ese aparato que se hizo para el número, una especie de barco, una canoa...

—El acorazado.

—Eso es. Era él dentro del acorazado y venía no sé cómo cuesta abajo, embalado, y yo trataba de pararlo porque se acababa la calle y ahí estaba el río y él no podía parar, y se venía... y no había cómo: se venía barranca abajo. Al final, como un carrito con ruedas me pasaba raspando y se iba de cabeza al río, se hundía por el peso...

—Es inatajable —le ratifiqué—. Puesto en carrera, es inatajable. Algo de eso hay.

—Usted no estaba, pibe.

—¿Dónde?

—Atajando ahí, conmigo.

—Es que yo tenía otro partido, atajaba en mi sueño.

Y ahí le conté el de Rugilo.

El otro Rugilo, el diputado, nos esperaba en una mesa saturada, diputadísima. Legisladores de por lo menos cinco bloques irreconciliables se mostraban distendidos con manifiesta satisfacción de coincidir en una pelotudez. Estaban ansiosos; Rugilo sin duda ya había hecho la introducción al excéntrico personaje del guante permanente y las vocaciones entreveradas que le daría el toque —o el manotazo— de color a la presentación formal del anteproyecto en la Comisión de Deportes de la Cámara Baja.

Rugilo nos recibió y señaló con el gracioso dedo:

—Pirovano y...

—Soy el padre —dijo Etchenike—. Todo lo que no sabe lo aprendió conmigo.

Rieron los joviales legisladores.

A la tercera anécdota de Musimessi debí acallar al veterano.

—¿Ya vamos?

—Ya, pero le voy a pedir algo, Pirovano —dijo Rugilo—. Quiero que haga una breve introducción, algo así como los fundamentos sentimentales o existenciales del Día del Arquero. Para algunos puede resultar joda pero no lo es. La idea es que en el Día del Arquero se celebre más que eso; converjan de algún modo todas las celebraciones postergadas, infinitamente pospuestas para nunca... Que sea el día de los servidores ignorados.

Sentí que el enfervorizado diputado se iba al carajo, hablaba para la gilada oportunista que redondeaba la mesa.

—Yo le atajo, Rugilo: le atajo las puteadas y las risas, si quiere. Pero no me...

Precisamente, no me dejó:

—Usted está adentro y afuera del arco —dijo—. Bajo los palos y en el área, Pirovano. Los demás del oficio pueden fundamentar o agradecer la iniciativa pero no contar sino anécdotas, la experiencia de ser arquero se les escapa.

—Dan rebote.

—¿Qué?

Ahí aproveché.

—Quiero decir que yo le hago el verso del arquero pero no me pida que represente a todos los postergados. Porque ya lo oí —Rugilo tragó mientras asentía—. Que los cuidadores de faros, bomberos, paseadores de perros o bañeros se hagan cargo. El que quiera tener su día que se lo trabaje.

Los diputados sonrieron como si ellos también tuvieran su día. En realidad se comportaban como si ya tuvieran su década.

Me sentí un pelotudo.

—¿Trajo algo?

—Algo traje.

—Trajo traje.

—Traje qué decir —y saqué las fotocopias del bolsillo—. Pienso leerles esto. Creo que puede servir.

Rugilo aprobó sin mirar la hoja y los demás miraron los relojes:

—Vamos.

Y se iban.

—Ya los alcanzo —dije y miré al perplejo Etchenike—: Sólo unas palabras con mi padre.

El veterano, minutos antes locuaz cultor de dudoso anecdotario del famoso gato correntino, Guardavalla Cantor, estaba furioso:

—¿Qué hace con estos carcamanes?

—Pido un día, que no es mucho pedir. Pero parece que usted ya no cree en las instituciones.

—Ni en Boca, pibe. Ni en Boca.

Los diputados se habían levantado de la mesa y el muerto estaba ahí, una vez más. Siempre llegaba alguien a levantarlo.

—Lo necesito, Etchenike: tengo problemas con Bárbara, la mina del otro día. No sé si...

Asintió y en el gesto fue como si dijera que no hubiera podido olvidarla aunque quisiera.

—La perdí de vista y tal vez me la hayan escondido o algo así: debería estar en la casa pero no sé...

Volvió a asentir.

Le conté brevemente la agitada trasnoche con el episodio de la Boca incluido y las novedades del día. Omití el detalle del celular que me pesaba en el bolsillo del saco, sólo me detuve en lo básico.

—Tengo que encontrarla o, mejor, saber si está suelta, borrada o escondida. Alguien tiene que saber y yo no puedo buscar sin que se pudra todo.

—Déjemela a mí.

Le tiré coordenadas y quedó en que me llamaría a mi celular:

—Yo ando tras lo mío. Tal vez la encuentro en el camino.

—Tal vez —dije.

En la puerta de El Molino, el diputado Rugilo me hacía señas de apuro.

Caminar dentro del Congreso es como circular por la *cashba* de Argel: pasillos, puertas entreabiertas, cuevas y tenderetes que hierven de ofertas y negociación. Rugilo me llevaba en su estela mientras saludaba al paso y a dos manos.

—¿Dónde funciona la Comisión? —dije.

—¿Qué comisión? Vamos al recinto.

—¿A la Cámara?

—Claro: al recinto.

Cosas de su jerga, a los diputados les gusta usar esa palabra. La usan más que al lugar mismo, que a las once de la mañana y mientras sonaba la chicharra estaba casi vacío. Como si jugara la tercera, como si fuera temprano, la medialuna de bancas era una platea raleada. En la barra hacían relaciones públicas y conversaban media docena de arqueros famosos que me saludaron de lejos, me hicieron señas como si acomodaran la barrera.

La íbamos —yo la iba— a necesitar.

—Tome. Esto es lo que habría que leer, Rugilo —dije alcanzándole las fotocopias.

—A ver... —y se bajó los lentes a la punta de la nariz.

La polilla política, en su santo recinto jugaba de local, esgrimía una novedosa soltura. Leyó salteado y entre dientes:

—"...La vocación pateadora en el niño es primeriza, natural, instintiva. La atajadora, no. La primera tiene que ver con la ardorosa actividad infantil, la participación directa sólo limitada por el grado de iniciativa para correr como un desaforado detrás de la pelota. La arqueridad, en cambio, se vincula a un cierto grado de madurez. El que ataja es porque ha vivido. Aunque sea un poquito" —se salteó, pasó a la otra hoja—: "...como el referí, el arquero suele ser bueno cuando pasa inadvertido, cuando hace fácil lo difícil, cuando simplifica. Se repara en él cuando se equivoca, y su error no es suyo solamente. Todos los demás lo sufren por él y él paga por todos. Pobre, maneja culpas".

El diputado se interrumpió:

—¿Es suyo esto?

—No. Pero como si lo fuera.

Rugilo aprobó, puso las hojas sobre el pupitre mientras seguía sonando la infructuosa chicharra:

—Cuando le toque, lea en voz alta y haga pausas largas; sin exagerar —dijo.

—No voy a leer acá. Esto va para largo y tengo que hacer. Se lo dejo.

Cuando amagué irme me retuvo.

—Quédese. Va a venir la televisión.

—Menos.

Sonó el celular. Sonó el celular en mi bolsillo. El mío. Atendí y no dije nada. Pasaron un par de segundos.

—¿Pirovano?

—Sí.

—¿A que no sabés de dónde te estoy llamando?

Era Zambrano.

No le contesté.

—¿Qué hacés ahí?

No le contesté.

—Te estoy viendo, gil.

Giré en redondo, como si buscara a un francotirador.

—Es al pedo. Vos no me podés ver.

—¿Qué querés?

En algún lugar del Honorable Congreso de la Nación, Zambrano se rió de mí:

—Tres cosas, por tu bien y porque te quiero, Pirovano —dijo después de un momento—. Una, que le avises ya, ahora, a Armendáriz que vas a dejar de ser su representante porque tenés un compromiso afuera; la segunda, es precisamente ésa: que aceptes una ventajosa oferta del exterior que te hicieron esta mañana. Y la tercera, que aparezca Bárbara ya.

—¿Dónde está Bárbara?

—Eso: ¿dónde está Bárbara? —me la devolvió.

—No sé. En su casa, supongo. Preguntale al marido. Son los que suelen saber.

Durante los segundos siguientes pareció oírse en la línea el rumor, el roce de los pensamientos encontrados, de las cartas sobre la invisible mesa de juego.

—No te hagas el pelotudo.

Lo dijo él, pude haberlo dicho yo.

—Andá a la puta madre que te parió.

Lo dije yo, pudo haberlo dicho él.

—Tres cosas, acordate. Si no, se te pudre todo.

No llegué a decir nada. En ese momento el diputado Rugilo me tocó el hombro, me señaló el estrado. Comenzaba la sesión.

—La patria nos reclama, Pirovano —murmuró el Fantasma en algún fantasmal intersticio del recinto—. Tres cosas.

Y cortó.

—Es muy bueno esto... —decía Rugilo, que había vuelto sobre las hojas—: "...el arquero está bajo el arco del triunfo, bajo las maderas de la horca. Enmarcado, listo para el fusilamiento o el paspartú de la gloria, el arquero es el único protagonista trágico del fútbol. No tiene ninguno de los yeites que suministra el respiro, la borrada ocasional de tirarse un rato a la punta o devolverla rápido, como los volantes o delanteros. El arquero, no: los postes son muy finos para esconderse, la red es transparente...".

Lo dejé hablando, leyendo solo.

46. AL TOQUE

Salir de la *cashba* de Argel, sobre todo cuando todos van en sentido contrario, no es fácil. Salir del Congreso en momentos en que la sesión va a comenzar, menos. Todos los representantes del pueblo no se acuerdan necesariamente del pueblo pero sí —repentinamente— de que deben ocupar su lugar en las bancas; todos los asesores se disponen a asesorar contrarreloj.

Me moví hacia la salida con cuatro ojos y en guardia atravesando los pasillos poblados de virtuales arrebatadores, agentes de seguridad que seguramente me apretarían en el primer recodo para arrebatarme el preciado celular que yo había encontrado en la calle. ¿Por qué no lo habían denunciado?

Pero nadie se me cruzó.

Hasta que cuando me aproximaba raudo a la salida de la avenida Rivadavia vi el gesto de asentimiento del tipo, un petiso que estaba de azul y anteojos oscuros en la puerta. Le dijo que sí al intercomunicador que tenía pegado a la boca mientras me miraba.

Yo le dije que no con la cabeza mirándolo también y sin detenerme, yendo directo hacia él y la abertura que custodiaba.

—Señor...

El hombre lo intentó. No puede decirse que no lo intentó, con su pasito al costado que lo dejó atravesado ante el hueco, las dos manos con las palmas hacia adelante.

Separé un poco esas dos manos con mis brazos y le di un cabezazo de arriba hacia abajo, de los del tipo "de pique al suelo" pero sin saltar, mi dura frente exactamente en el puente de sus coquetos anteojos.

Pasé por encima del desparramado y salí con largos pasos, sin correr, no fueran a creer que tenía algún problema.

Afuera ya era la tarde y la hora en que el sol la cresta dora de los Andes. No doraba nada, sin embargo, pero seguro que cocinaba.

Andando bajo los árboles de la Plaza del Congreso llamé a Mupi y recogí los mensajes. Eran los abonados, los conocidos de siempre. Lacana y en clave: operativo combi, frustrado; por una vez, cuando llegaron no había nada; el celular no tenía un titular personal sino que pertenecía a una dependencia oficial, un organismo del Estado. ¿Algún bloque del Congreso? Investigarían. Después había un toque del Tano Nápoli, un inútil Zambrano más temprano, Roperito. Sólo una de las llamadas me extrañó: Vicky me necesitaba urgente.

La llamé al laburo, Juzgado II en lo Penal, Secretaría etcétera...

—Reconocí al tipo de anoche —dijo.

—A qué tipo.

—El de la combi. Lo tengo visto en el Juzgado.

—¿Segura?

—No tanto, pero me parece. Le pregunté a Sobral y me dijo que no puede ser.

—¿Quién es Sobral?

Vicky se tomó un par de segundos para devolvérmela:

—El Secretario, como vos le decís.

—¿Y ése qué sabe? ¿Hasta dónde lo habilitaste?

—Está al tanto de todo, Pedro. Me ayudó mucho con lo de la nena.

Es horrible cuando uno tiene mucha bronca pero escasos argumentos. Era exactamente eso:

—¿Quién es el tipo?

—¿Sobral?

—¡Qué carajo me importa ese Sobral a mí! —estallé—. ¡Quién es el tipo de anoche, te estoy preguntando!

—No me grites.

—¿¡Quién es!?

—No sé. No sé cómo se llama, Pedro —dijo ahora cortante—. Me pareció que era uno de los choferes, sólo eso.

—¿Y el Secretario? ¿Qué sabe el Secretario?

—No me hables en ese tono.

—No te hablo.

—Sí, mejor no me hables.

Y cortó.

Me sentía mal, y encima, disfrazado. Pasé por la oficina al toque, recogí el Escarabajo y volví a casa a cambiarme. Aligerado de envase, comía un sándwich de palmitos mientras miraba las noticias cuando apareció el Presidente anunciando la importancia de la reunión informal o la informalidad de la importante reunión de mañana en Olivos. Un par de tipos con caras de alcahuetes y de tomar sol seguido sin laburar, más otros pálidos con barbita recortada que me recordaron a mis amigos Abdul y Ahmed hacían coro desde un segundo plano discreto.

Sonó el teléfono. Era Etchenike:

—¿Está viendo televisión? —dijo con fondo de ruido de bar—. Ponga las noticias.

—En eso estoy.

—¿Cómo se llama la entidad que organiza el curro de mañana al que usted, pibe, según me dijo, está invitado?

Le contestaron desde la pantalla:

—...el programa de las jornadas de Intercambio Biodeportivo Hispano-árabe propugna —ése era el verbo que conjugaba un chanta de barbita candado en cámara— la estrechez (sic) de lazos entre ambas comunidades, el intercambio de profesionales, el estudio recíproco de costumbres, la comunicación cultural...

—¿Oyó?: Intercambio Biodeportivo Hispano-árabe... Una vez más: I. B. H., Pirovano.

—¿Para eso me llamó?

—No sólo. Estoy en el bar de la esquina de su objeto de deseo y tengo novedades de la fugitiva.

—A ver.

Las novedades pasaban por una conversación con el portero de los Armendáriz y un par de hipótesis que me quiso vender como certezas:

—Hay alguien adentro que puede salir —concluyó.

—Qué tal.

—Si me va a cargar, no laburo más.

Recurrí al viejo expediente arbitral:

—Siga, siga...

—Se me enfría el cortado —dijo el veterano—. ¿Cómo le fue en el Congreso?

—Una experiencia bastante desagradable.

—Le dije. Pero no se caliente; lo vuelvo a llamar.

—Vaya nomás.

Un padre, eso era un padre.

Estaba en calzoncillos cuando sonó el timbre. Cuando suena en casa, arriba y sin previo portero eléctrico, sólo pueden ser la vecina, los dueños del carayá o el portero. Y el motivo, los desmanes del mono o su incierto paradero.

Miré y no había nadie.

Sonó de nuevo.

Miré de nuevo y ahí los vi: Aguirre y compañía.

—Hola. ¿Qué hacen ahí?

—Abra.

Roperito y el otro, como la primera vez en la oficina. Sólo que ahora el otro era Itatí. La primera mirada había pasado por arriba de Aguirre en su rencorosa silla y soslayado al correntino probablemente apostado o acostado o quién sabe qué.

—Ya va.

Fui a buscar un pantalón y les abrí.

Daban pena. Parecían los saldos y retazos de un contingente de peregrinos a Luján equívocamente reprimidos por policías feroces y una tormenta atea.

—¿Así que no sabía dónde estaba? —dijo el pequeño ya adentro, girando nervioso a golpes de muñeca.

—¿Qué cosa?

—El auto.

Era eso: una idea fija.

—Es cierto, lo recuperé: no sabía dónde estaba hasta que me avisaron.

—¿Quién le avisó?

Y ahí no sé por qué dije lo que dije, pero lo dije:

—El Troglodita.

Aguirre digirió mal la noticia:

—Eso es mentira.

No me pareció que fuera una opinión sino una certeza. Tendría sus razones. Yo tenía mis argumentos:

—Como quiera, Aguirre —dije pausadamente mientras registraba que no sabía dónde estaba el escurridizo correntino—. Estuve con Zolezzi y me dijo que lo habían ido a buscar con mi auto y que él salió creyendo que era yo, que se lo llevaron, que...

—No inventes más.

La cara de Roperito, con los ojos muy juntos y la transpiración agolpada, haciendo dique en las cejas tupidas y convergentes, era una obra maestra del terror, propio y ajeno. Esos guerreros japoneses, esas máscaras hieráticas del teatro Noh.

—Con un cuchillo, me dijo El Troglodita... —proseguí.

—Itatí... —dijo él.

—¿Qué?

La voz sonó a mis espaldas. Me volví. El correntino estaba apoyado en la pared y parecía, por el esfuerzo y la tensión, que no descansaba él sino que la sostenía como Harpo Marx en *Una noche en Casablanca*.

234

—Dale —completó el de la silla.

El error fue darme vuelta otra vez hacia Aguirre. El brusco Itatí o alguna otra forma de cataclismo personalizado respondió al imperativo del pequeño derribándome con un golpe sin aviso ni medida. La pared de Harpo cayó sobre mí.

Como en las películas, desperté al rato. Como en las películas, los agresores ya no estaban. Eso creía, al menos. Sobre todo porque volvía a sonar el timbre y nadie atendía.

Me arrastré casi literalmente hasta la puerta. Vi al portero por la mirilla. Abrí.

—¿Esto es suyo?

—No —dije tras una observación somera—. Bah, sí... Supongo que es más mío que suyo.

El correntino Itatí Bedoya estaba tirado en la mitad del palier pero con la cabeza apuntando a la puerta de mi domicilio en medio de una desagradable mancha de sangre.

▬

Duro, el cuchillero acuchillado. Itatí Bedoya había sido agredido de muerte por quién sabe qué —yo lo intuía— y sin embargo, más allá de haber perdido entre un cuarto y medio litro de oscura sangre por vía intercostal —la remera empapada goteaba al levantarlo— no estaba desmayado. Con los ojos y los puños cerrados, puteaba en guaraní y respiraba hondo como un capibara sediento a orillas de un estero de Iberá en retirada.

—Fue un afano —dije yo y mostré golpe, machucón convincente en la coronilla—. Entraron, me golpearon. Este hombre estaba conmigo y me defendió. Lo han dejado tirado afuera. ¿No oyó el portazo, no vio salir a los chorros?

El portero también es correntino y quiso creerlo.

—No vi nada. Salí a rastrear al mono y me encontré con éste.

—Lo dejamos ahí —dije.

—¿Cómo?

—No. A éste no. Al asunto del robo.

—Como usted diga, Pirovano.

El portero ha estado en cana y no le gusta la policía.

Denunciar ladrones significaba que la puerta de calle estaba abierta cuando no debía; que habían entrado cuando él —como solía las mañanas de los viernes— estaba apretando con la viuda del cuarto.

—Ayúdeme, Gramajo.

Lo entramos, lo pusimos sobre el sillón más largo y viejo y casi no fue necesario acordar el secreto y el silencio.

—Ahora paso un trapito —dijo expeditivo.

Él lavó el pasillo y yo la herida.

Tuvimos suerte porque la vecina no estaba. Tuvo suerte el Gigante derrumbado porque el puntazo había elegido el camino divergente de la tercera costilla en lugar de buscar espacio panza adentro. El corte era largo pero no profundo y aunque lo apreté fuerte con el vendaje —usé la misma remera para sofocar la hemorragia y la ajusté con las vendas elásticas que me suelen proteger los tobillos— Itatí Bedoya no se quejó. Sólo habló para coincidir él también:

—No llame a la cana, Pirovano.

—Tranquilo. Pero va a tener que hablar.

Me miró por ranuras mínimas:

—¿Ahora?

—¿Se va a morir?

Alargó el labio inferior, supremo desprecio:

—No... todavía.

—Entonces puedo esperar.

—Gracias.

Y ahí sí se desmayó.

En algún lugar extraño y en cierto modo fortuito, mientras algunos de los jugadores caían y otros participantes desaparecían, las piezas del rompecabezas comenzaban a encajar. La figura que se formaba era monstruosa, poco verosímil y desagradable. Pero era una figura, al fin, aunque no se parecía a lo que quisiera que fuese. Empezando por la experiencia del espejo. La realidad suele tener esas cosas.

Puse a Itatí a reposar en el depósito de Gigantes en tránsito y, mientras lo hacía, recordé el sueño que me había contado Etchenike sobre Roperito: el bólido acorazado, imparable cuesta abajo. Sonó el teléfono:

—¿Dónde estabas? —era Renata.

—Por ahí, llegando tarde.

—Eso. ¿A qué hora vas a venir?

Estaba asustada o me parecía a mí que estaba asustada:

—¿Con quién estás?

—Sola. ¿Vas a venir ahora?

—Más tarde —lamenté decir—. ¿Para qué me llamaste?

—Para confirmar que venías hoy. Mañana nos vamos temprano.

—¿Quién se va?

—Llamó mamá recién. Nos vamos afuera, creo que a Colonia, el fin de semana.

—¿Las dos solas?

—No...

Vi todo rojo; después todo negro. Después todo blanco; todo blanco sobre negro:

—No le des bola a ese Sobral. —No era la mejor manera pero me salió así—. Ni media bola a lo que te diga.

—¿Qué te pasa?

—Decile a tu mamá que me llame.

—¿Vas a venir?

—Claro.

Pero nada estaba claro. Cualquier conexión con el evasivo Subjuntivo me hubiera devuelto la pesada pelota del *No vuelvas sin ella*. Sin embargo, Lacana mediante y con Etchenike tras las evanescentes huellas de Bárbara, todo —infinitas líneas— confluía en la noche del Salón Verdi como hacia un agujero negro. Y habría que zambullirse ahí, un poco a ciegas. Me quedaban poco más de cinco horas para redondear certezas. Tuve una intuición —a veces me pasa, y no sólo cuando elijo el palo en un penal— y llamé a Lacana para ver lo del celular.

—Una repartición del Estado —me repitió la burocracia.

—¿Qué más?

—Es del Poder Judicial...

—¿Judicial?

—Tal vez un Juzgado, algo así... hay que ver.

—Gracias, ya está.

Corté. Ésa era la famosa intuición masculina de la que poco se habla.

—Piro... Pirovano... —llegó el llamado de Itatí desde la pieza contigua.

Fui.

—¿Qué pasa? ¿Va a hablar?

—Roperito...

—¿Fue él? —y señalé sus estragos.

—No... Fue Larrañaga, que se quedó de campana.

—Ah. Larrañaga esperaba afuera.

Asintió con la cabeza.

—¿A qué vinieron?

—El cuchillo...

—Ah, claro —pero no sé si entendí.

—Roperito... —prosiguió con esfuerzo—. No entiendo qué le pasa...

—¿No?

—Ese chico es un psiquiatra.

—Un psicópata.

—Eso.

Dos minutos con el elocuente Itatí valieron por diez días de investigaciones. La agónica visión correntina de la conexión luchadora me puso en movimiento. Soslayé oficina y burocráticos llamados para concentrarme en una tarea contrarreloj: la evidencia, la alevosa evidencia que necesitaba antes de la cita del Verdi, y no era simplemente un trabajo para el desaforado Catcher.

Así, cambié el bolso deportivo por la valijita instrumental todo terreno debidamente acondicionada y retomé el Escarabajo para volver vía superficie a la zona de la Biblioteca Nacional. Estacioné lejos, compuse dos tercios de inspector y uno de operario y a las cinco y media de la tarde crucé la calle desde la plaza. Me detuve frente al Arnold Body Building con mi valijita y me quedé dos minutos largos mirando cómo tres tipos colocaban el nuevo cristal de la vidriera vacía. Aunque habían barrido prolijamente, aún al caminar se sentía el ocasional chirrido del vidrio molido entre el zapato industrial y las baldosas.

Me entretuve otros dos minutos apoyado en la puerta y sacándome un pedacito filoso clavado en la suela de goma. Finalmente, la chica salió.

La pollerita era corta pero otra:

—¿Buscaba algo?

—Hago un test —y me saqué los anteojos negros, miré el reloj, la miré a ella—: cuatro minutos 17 segundos.

Me observó inexpresiva.

—Es lo que tardaste en salir a preguntar qué hacía —completé.

No sonrió. Miró hacia adentro y supuse que en cualquier momento llamaría a Roque, el encargado de ahuyentar intrusos.

Roque no salió.

—No estoy haciendo un test sino tiempo —corregí cortés—. Es un trabajo arduo como pocos.

—¿Qué espera?

—Que salga alguien de aquí —y señalé con el guante la puerta contigua, el acceso general al edificio.

—Difícil.

La chica se volvió hacia el interior del Body Building y aproveché para apoyarme en el portero eléctrico de la entrada. Con el hombro debo haber apretado por lo menos diez botones.

Ni un murmullo. Nadie contestó.

En la entrada sólo había un par de mustias plantitas de interior color verde sucio absolutamente indiscernibles. Podían ser de plástico, de trapo u obra de la desganada madre naturaleza. La tierra seca que las mantenía erguidas no había conocido el agua en décadas.

Apreté el botón del portero. Nada. El bronce de la botonera no estaba bruñido pero tampoco tenía marcas de dedos recientes. No había cartas bajo la puerta pero sí un buzón empotrado con puertita de lata. Metí el cortaplumas en la ranura y lo violenté con un palancazo. Había folletería y un par de cartas. Me las guardé.

Los ascensores en ningún momento se movieron. No había mucho que hacer por allí.

Crucé frente al negocio con el permiso de los cristaleros y esperé en la puerta del edificio contiguo. Había varias chapas profesionales en el mármol. Al minuto largo, cuando salió una señora de compras, me colé adentro con una sonrisa y llegué por el ascensor al último piso. Terminaba en el octavo pero por escalera se iba uno más arriba.

Subí y había dos puertas. Toqué en la que no me interesaba:

—Disculpe, ¿quién vive ahí? —y señalé la otra.

—Un psiquiatra.

—Un psicópata.

—Eso.

Y me cerraron la puerta.

Encaré entonces la del profesional.

Abrió presto, se sorprendió y le dije:

—Buenas tardes, tengo que pasar...

—¿Quién es?

Me mandé sin aviso ni cuidado.

—Salga.

Pero yo ya estaba adentro:

—Tengo un problema —dije.

Me dirigí rápidamente a la ventana. Se me cruzó:

—¿Se va a tirar?

—No —sonreí, le mostré la valijita—. Vengo a ver el cablerío.

Me reí fuerte y el tipo se relajó.

Era un veterano de anteojos y traje oscuro de verano sin corbata que me llegaba apenas al hombro, pelado y con barbita rala.

Me asomé a la ventana. El abismo y la plaza allá abajo.

—¿Y la que da a la terraza?

Me señaló el otro cuarto con un golpe de mentón.

Fui con el petiso en los talones. Me asomé.

Las terrazas se comunicaban. Tal como había calculado, el edificio contiguo, con su instalación de antenas descomunales, era accesible desde ahí; con dificultades pero accesible.

—Hay que revisar la parabólica.

—No...

—Es el único acceso fácil para tender un cable.

En ese momento sonó el timbre.

—Un paciente. Se tiene que ir.

—¿Cuánto tarda?

—Tres cuartos de hora.

—Trabaje tranquilo.

Y salí por la ventana.

48. Cajas enfiladas

Desde la terraza del psiquiatra a la del edificio de Arnold Body Building había un desnivel de dos metros largos. Una pared de dos metros que trepar, para ser más concretos.

La valijita mentía pero no tanto. Saqué un cabo de plástico con su gancho respectivo, lo revoleé y quedó trabado en algo. Me mandé. Sintiendo los tirones en la espalda que se me curvaba como la del Increíble Hulk llegué arriba. El cabo se había calzado en una de las patas atornilladas de una parabólica apta para comunicaciones interestelares. En la terraza había también un tanque de agua y una puerta de chapa. La tanteé. El último que había abierto esa puerta usaba pantalones Oxford y miraba *Rolando Rivas, taxista*. Recurrí a la valijita otra vez y reventé la cerradura con tres golpes contundentes de cortafierro.

Dejé la puerta abierta y bajé los escalones de cemento de una escalera caracol ciega. Bajaba y tanteaba la pared precisamente como un caracol ciego, para no ser menos. Cuando calculé dos pisos y ya casi no me llegaba claridad encontré un interruptor. Lo accioné y la lamparita original del viejo Thomas Alva con sus respectivas telarañas me echó un puñado de darditos amarillos a la cara. La escalera se acababa ahí pero había otra puerta, como suele. Y estaba cerrada con llave, como parecía soler.

La receta del cortafierro me pareció excesiva sin saber qué había del otro lado. Probé con la ganzúa, y la Yale se resistió durante cinco minutos pero al fin aflojó.

Por lo que encontré o no encontré del otro lado, bien podría haber utilizado un misil para abrir la cerradura. No había nadie, ni casi nada allí. Recordaba bien la apariencia exterior de la construcción, incluso la entrada convencional de una casa de departamentos más o menos desmejorada. Nada de eso. Era como si hubieran vaciado el edificio, dejado sólo el caparazón y demolido las paredes interiores, reciclando todo como depósito industrial con montacargas y todo. El piso era ahora un único espacio con las ventanas externas tapiadas prolijamente y el suelo marcado con rayas amarillas como un estacionamiento, preparado para la estiba, el almacenamiento de cajas. En las paredes, alternaban matafuegos y baldes de arena. La luz provenía de fluorescentes que daban una claridad fría. Las gruesas tuberías del aire acondicionado pintadas de azul corrían pegadas al techo. La temperatura era suave y agradable.

Había sólo tres cajas grandes, cúbicas y de madera, en un extremo. Me acerqué a echarles una mirada. Tenían inscripciones en inglés. Era mercadería de importación proveniente de Panamá a nombre de Arnold Body Building: máquinas de gimnasia, cintas para correr, bicicletas fijas, según el dibujo esquemático de la tapa y lo que se podía entender. Gruesas cintas de acero garantizaban el cierre hermético de las cajas; pero no aseguraban la veracidad de su contenido. Casi al revés. Pero esta vez la valijita no proveía de instrumental adecuado. Busqué instintivamente en el bolsillo. McGiver se hubiera arreglado con el alicate; yo no.

Bajé dos pisos más por la escalera contigua al montacargas. Todo igual. Sólo que había cada vez más cajas enfiladas y superpuestas, formando bloques que dejaban apenas los pasillos necesarios. Ahí había estibadas cintas corredoras como para dejar sin gordos a Buenos Aires y alrededores.

Encontré finalmente una barreta corta apoyada en la pared

como para que me sirviera y pensé que me serviría para lo que necesitaba. Busqué una caja poco visible al paso y apliqué la barreta en la ranura entre dos tablas. La madera crujió. Un poco más de presión y saltó una astilla. Suficiente. Metí el resto del fierro, agrandé el agujero. Iluminé con la linterna y espié.

Más allá de que podía ser víctima de un error de perspectiva como en el chiste o la parábola del elefante visto por el ojo de la cerradura, me alcanzó con lo que pude espiar. Seguí, sin embargo. Necesitaba algunas certezas más.

Después de descender tres pisos no había mucho que ver que no fuera más de lo mismo. Y menos aún que oír, en el silencio de esos bloques mudos. Por eso, cuando el montacargas se puso en lento movimiento con un ruido de prensa hidráulica, salté a un costado como en mis mejores momentos. Cuerpo a tierra, desde el pasillo más cercano lo vi pasar barriendo luz de abajo hacia arriba.

No alcancé a ver quién iba al mando del artefacto pero escuché un par de voces. Se detuvieron dos pisos más arriba.

Esperé un momento y después me alejé gateando por un pasillo hasta la pared que daba a la calle y las ventanas ciegas. Me senté sobre la valijita e hice espaldas contra uno de los bloques. Miré el reloj. Llevaba media hora de excursión comando y no tenía demasiado tiempo para terminar la tarea.

En eso sonó el celular.

Cómo podía ser tan imbécil para dejarlo encendido. Pero lo era. Lo era.

Atendí sin decir palabra. Más atento a lo que pasaba alrededor que a lo que me decían del otro lado de la línea.

—Si no puede hablar no hable —era Etchenike, sagacísimo lector de mentes y silencios—. Su fantasmal Zambrano y la dama han partido. Ella no parecía demasiado convencida. Le diré que casi la arrastraban del brazo. Pero tal vez le gusta el maltrato; con las mujeres no se sabe nunca...

No era un buen momento —ni una buena década— para el humor negro. Pero cómo iba a saberlo él.

—Siga, siga... —le reiteré sin levantar ni la voz ni la perdiz.

—No puedo. Pero tomo nota. Hay otro adentro, aparte.

—En una hora hablamos.

—Sigo al otro.

—Siga, siga...

Silencié el celular tan sigilosamente como pude, lo apagué tarde y mal.

Esperé inmóvil un par de minutos. Cuando se puso en movimiento otra vez el montacargas contuve la respiración. Pero pasó y se fue hacia abajo.

Tenía que apurarme.

Lo que me llevó más tiempo fue coordinar los relojes y, después, el acarreo de los extinguidores. Eran dos por piso y tardé más de veinte minutos. Sin embargo, cuando estuve otra vez arriba calculé que el psiquiatra vecino me agradecería la puntualidad.

Estaba en la ventana cuando llegué, valijita y cabo en mano, sacándome clásicamente el polvo.

Se hizo a un lado para dejarme pasar.

—Doctor, terminamos juntos —le dije.

Miró el reloj, sonrió. No dijo nada. Se había cambiado de ropa: ahora tenía una camiseta con un dibujo de Keith Hearing. ¿Un viejito gay?

Dejamos pasar la posibilidad de hacer el chiste fácil sobre las terrazas, el arreglo de cables y otras homologías profesionales. Creo que me lo agradeció.

Volvió a sonar el timbre.

—¿Hasta qué hora se queda, doctor?

—Hasta las nueve.

—Probablemente va a pasar un compañero.

—¿Paciente?

—Menos que usted.

246

49. El Secretario

■

La tardecita caía suave como por tobogán sobre Belgrano cuando llegué con el Escarabajo a Obligado y Olazábal. Debí preverlo: no había lugar. Di la vuelta a la manzana y nada. Casi manipulado por la vieja costumbre, el tránsito y la inercia me llevaron hasta la entrada de la cochera por la que acababa de entrar un poderoso Mercedes negro. Solía zambullirme por ahí cada día hasta no hace tantos años. Bocinazos antediluvianos me sacaron de la meditación y de la doble fila, hicieron que me volviera.

Un taxi Di Tella salido de una sala mal cerrada del Museo de la Ciudad me urgía para que circulara. El vehículo aurinegro tenía el apuro o la constancia que lo habían llevado hasta ese lugar después de tanto tiempo.

—¡Pirovano! —la voz se elevó por encima de los bocinazos.

Etchenike se asomaba por la ventanilla trasera de la reliquia.

Inmediatamente el extraño rodado se me apareó:

—¿Qué hace? —casi me recriminó el veterano.

—Mi hija —señalé con el dedo equívocamente hacia arriba, y él arqueó las cejas—. Pero ¿qué hace usted detrás mío, siguiéndome con este viejo pelotudo?

—Oiga, oiga...

El aludido viejo pelotudo acusaba recibo y amagaba bajarse al mejor estilo patotero sentimental.

Etchenike lo paró.

—No lo seguimos a usted, pibe —me descalificó mientras se bajaba y a nuestras espaldas subían los bocinazos—. El Mercedes que entró en la cochera...

—¿Qué pasa?

—Estaba en lo de Armendáriz. Era el otro auto que le dije. Lo seguimos y mire adónde...

—¿Quién era?

—No sé. Un tipo. Chapa del Poder Judicial.

Un flash, un cachetazo, algo así:

—El Secretario... No... —dije como si fuera demasiado.

Etchenike no entendía nada. Yo tampoco.

—Venga conmigo —dije no obstante.

Con un gesto le dimos salida al Di Tella para que dejara libre la calle, girara en calesita, y yo metí el Escarabajo de punta en el estrecho y milagroso hueco abandonado por una moto.

—Vamos.

Subí corriendo los escalones y apreté el timbre del portero eléctrico del Séptimo A con el énfasis de un sodero mal estacionado.

—¿Quién es? —dijo Renata.

—Papá —dije yo.

—Subí.

Zumbó la puerta, empujé, puse el pie, la retuve abierta.

—No subo todavía. ¿Estás sola?

—Sí, pero ahí escucho la puerta del ascensor. Debe ser mamá.

—No, es el Secretario, Sobral. Decile que baje inmediatamente, que se le está quemando el coche.

—¿Qué?

—Lo que oíste: que se le está quemando el coche. No le digas que soy yo el que está abajo...

Cortó.

—¿Habrá entendido? —dijo Etchenike.

Me encogí de hombros:

—Venga conmigo.

—¿Me va a explicar?

—No hay tiempo. ¿Está armado?

Asintió mientras atravesábamos el hall rumbo a los ascensores. Saludé al portero y le indiqué al veterano con un golpe de cabeza la puerta que daba a la cochera.

—Busque el Mercedes, préndalo fuego y espere escondido. Ya vamos.

Ni se mosqueó. Allá fue.

Controlé el ascensor. Seguía clavado en el séptimo. Pasó un minuto: seguía clavado en el séptimo. Pasó otro minuto. Como un idiota, recién entonces me acordé del ascensor de servicio y corrí. Di la vuelta al hall, atravesé la puerta de vidrio que daba al pasillo azulejado, esquivé los tarros de basura, doblé: el ascensor estaba abierto. Abierto y vacío. Me asomé.

—Quieto, imbécil.

Sentí el caño helado en la nuca. Me habían madrugado.

—Entrá.

El ascensor se cerró a mis espaldas y bajamos un piso hasta las cocheras. Se volvió a abrir la puerta.

—Salí y date vuelta.

Giré despacio, con las manos en la espalda.

Nos miramos. De salida, no me reconoció.

Yo sí. Pero no se lo dije, claro.

El tipo en vivo era más joven de lo que me imaginaba —más joven que yo, quiero decir— y era flaco, de ojos claros y tenía su pinta. Incluso la pistola tenía su estilo.

—¿Dónde dejaste ese taxi fósil? —se burló.

—No sé de qué me hablás.

Ahí me equivoqué, moví las manos. Se quedó clavado en el guante.

—Pero si vos sos el ridículo de Pirova...

—Hay humo en tu auto, Sobral.

Y era cierto. Desde ahí, por la puerta metálica abierta que daba a las cocheras, se veía la columna de humo sucio que subía del Mercedes impecable ubicado en primera fila.

El Secretario vaciló; pero fue sólo un instante:

—Caminá —me indicó con la punta de su pistola.

—No es así...

—Andá.

Fuimos. El humo gris salía de abajo del motor. El Secretario vio que la cosa iba en serio y ante la trompa del Mercedes se agachó sin dejar de apuntarme:

—¿Qué mierda...?

Entonces se produjo.

Mientras Sobral sacaba con tironeos previos un trapo humeante y se volvía hacia mí con gesto de triunfal desconcierto, el veterano apareció silencioso por el otro lado y con sus cautelosos zapatos negros de modelo clásico y suela de goma le dio una espectacular patada en el culo.

—¡Ouch!

El Secretario se fue de cara contra la elegante parrilla del Mercedes con chapa del Poder Judicial de la Nación y se partió algo entre la boca y la nariz, o la boca y la nariz, o la boca o la nariz.

—Hijos de puta —dijo.

Teniendo en cuenta que el arma ya había cambiado de manos, el hombre mostraba, además de estupidez, cierta elogiable presencia de ánimo.

—Sobral —le dije muy equilibrado—. Acá puede haber un malentendido; limpiate la boca, así podemos conversar.

El veterano *shooter* no pareció muy convencido de mi tono porque, a manera de argumento, con gesto mudo y desafiante me señaló la calcomanía que decoraba insólitamente el lado izquierdo del parabrisas, una viñeta sobre fondo tropical.

Me acerqué:

—Imperial Bahía Hotel —leí en la etiqueta.

—I.B.H. —ratificó el veterano.

Pero a mí la etiqueta me hablaba de otra cosa. Hasta ahora sabía que mi ex mujer se había ido el año pasado a Brasil; ahora sabía con quién.

—Es una huevada eso, Etchenike.

El veterano meneó la cabeza.

El Secretario también, pero con sangre suelta.

—¿Qué pasa? ¿Me estaban siguiendo? —dijo el lastimado.

—No —dije yo.

—Sí —dijo Etchenike.

—¿Por qué? —dijeron a mis espaldas.

Me volví: Renata, lo único, la única que faltaba.

50. Lamentablemente

Hubo que —tuve que— tomar decisiones drásticas, de ésas que siempre se introducen con el adverbio de modo "lamentablemente" o la fórmula "lo siento mucho pero" aunque ningún afectado registra ni pone el énfasis en ese inciso previo.

En este caso, ni Renata ni Etchenike querían saber nada:

—Tenemos que conversar algo en privado —dije, y me sorprendió que Sobral se incluyera asintiendo—. Se van para arriba y se quedan ahí.

—Papá, fui yo que le dije. Él no tiene nada que ver. No me dejen con este viejo verde— dijo ella, que recordaba el comentario del veterano en La Academia.

La dejé.

—No me deje con esta mocosa irrespetuosa, pibe —dijo Etchenike, que lo que no quería era perderse al Secretario, su presa.

Pero lo dejé. Y supe que me costaría.

El único que no pudo opinar demasiado fue el machucado, confuso funcionario del Poder Judicial. Lo cacé del brazo y entre objeciones triples me lo llevé:

—Vení conmigo, Sobral. Basta de escándalo delante de la nena.

—No fui yo el del escándalo. ¿Adónde te creés que vas?

—En principio, a arreglarte la boca —caminamos hacia la salida de la cochera—. La vas a necesitar limpia y sana para explicarle a Vicky que no van a ir a Colonia, y vos, a ningún otro lado.

—Lo único que te falta: no tenés derecho a meterte, cuida de mierda...

Antes de acomodarlo miré para atrás: no quería que me viera Renata poniéndole una mano. Verifiqué.

Le di un cachetazo en la nuca.

Se volvió para devolvérmela con una patada de volea y me corrí apenas.

Trastabilló y fue saliendo mientras me puteaba. Sin embargo, al cruzar saludó al portero haciendo un gesto de normalidad que no le pedí. A esa altura ya no lo llevaba yo; íbamos juntos.

Subimos al Escarabajo. Se sentó y quedó tieso.

Arranqué en silencio para el Bajo y con perspectivas de Libertador.

—¿Una farmacia?

—No— y se tanteaba los dientes uno a uno.

Saqué el celular que tenía en el bolsillo y lo puse sobre el asiento:

—Es tuyo, ¿no?

Apenas le echó una mirada:

—Ah... Era eso.

—¿Es tuyo?

Asintió sin volverse:

—Sí... y no. Es de la oficina del Juzgado.

—Pero lo tenías vos.

—Me lo sacaron —dijo enseguida.

—¿Cuándo?

—Hace unos días.

Lo miró de nuevo pero no se le acercaba, como si quemara. Volví a guardarlo.

—No lo denunciaste.

Sobral habló mirando hacia adelante:

—Es que en realidad no me lo robaron —y cambió de tono—. Se lo llevaron y no me lo devolvieron.

—¿Quién se lo llevó?

—Una chica.

—Bárbara —dije.

—Bárbara —dijo.

No esperaba que lo admitiera tan rápido.

—¿Por qué se lo diste?

Giró la cabeza y me miró para hablarme a la cara.

—No es mi amante. Quedate tranquilo.

Aunque no estaba dispuesto a admitirlo, eso era lo que menos me tranquilizaba. En algún lugar sucio y mal iluminado detrás de mi frontal, a la izquierda de la conciencia, ésa no era una buena noticia.

—No soy el amante de tu amante... —se explayó el hombre flaco de ojos claros que se sonaba una nariz enrojecida—. Sólo me acuesto legalmente con tu ex mujer.

Apenas pude contener el sopapo con la mano libre. El hombre lastimado sabía lastimar.

—Explicame lo de Bárbara.

Me espió por un instante, de reojo, volvió a mirar al frente.

—Es amiga de Vicky, boludo.

—¿Qué?

—Que Bárbara es amiga de Vicky. Están en la misma clase de *gym*.

No pude sentirme peor. Creí que lo disimulaba muy bien:

—¿Y de ahí?

—Nada. Son o eran amigas.

—¿Y?

—Vicky tenía el celular y ella se lo pidió en una emergencia. Vicky se lo prestó sin que yo supiera y no se lo devolvió hasta ayer, según me dijo. No volví a verlo, no sé por qué lo tenés vos.

—Ella le contó a Vicky que andaba con...

Me miró con soberano desprecio:

—¿Eso es lo que te preocupa? Sos un paranoico de cuidado, Pirovano.

—No sólo. ¿Qué hacías en la casa de ella?

—¿La casa de ella? Nunca estuve en la casa de ella. No sé dónde vive. Vicky sabe, yo no.

—¿Entonces de dónde venías hoy?

—Me llamó alguien para arreglar un negocio, me citó en esa dirección de Monroe y Montañeses y fui. Nunca había estado ahí antes.

—Es la casa de Armendáriz y Bárbara.

Me miró y parpadeó, dos veces.

—¿La casa de Bárbara? No lo sabía —y por los gestos era para creerle—. Si vos decís será, pero no tuve forma de darme cuenta. No entré.

Yo conocía muy bien la casa. Le pedí que me describiera cómo había llegado y dónde había estado. Lo hizo sin dudar.

En cuanto a los tiempos, la versión coincidía con la del veterano. Sólo había estado pocos minutos en la casa: había llegado solo cuando ya había gente adentro; lo habían hecho subir pero —según su versión— no había pasado del palier privado.

—¿Qué hay en el palier?

—Un cuadro de mierda. Un paisaje alpino, cualquiera. Me pidieron que esperara cinco minutos antes de bajar, así que me aburrí de mirarlo.

—¿Quién bajó antes que vos por ese ascensor?

—Nadie.

Era perfectamente probable. El piso de los Armendáriz tenía dos ascensores, el principal y el de servicio. Bien podía ser que alguien subiera por el principal, lo atendieran en el palier privado, una verdadera jaula, lo retuvieran allí cinco minutos mientras alguien salía por el otro ascensor de servicio. Recién cuando los otros se habían ido, salía él. Adecuadamente apretado, el portero podría dar una versión segura.

Cerraba. La explicación cerraba como un ascensor hermético.

—¿Qué fuiste a buscar o a llevar ahí?

Entonces, recién entonces el Secretario pareció reaccionar:

—Acá hay algo que no va, Pirovano... —suspiró y paseó la mirada por las rejas del Zoológico cuando doblé en el Monumento a los Españoles hacia Plaza Italia—. ¿Adónde vamos?

—Sólo una vuelta.

—Está bien. Yo te entiendo los celos —prosiguió—, que lo hayas puesto a ese tipo ridículo a seguirme, incluso toda esa mierda del auto y haberme ligado un golpe que me voy a cobrar, sin nada que ver... Pero entiendo: estás enfermo y supongo que lo que te terminó de enfermar fue descubrir no sé cómo carajo que el celular de tu amante es mío... Pero se puede explicar, ya viste. Es una casualidad infernal.

—No es eso —dije.

—No es eso, precisamente. A lo que iba. Una cosa son nuestros asuntos privados en los que estamos, digamos... mezclados —y buscó mi mundana aprobación—. Y otra las cuestiones profesionales, mis negocios o tus negocios, en los que no me meto. Y te pido que vos no te metas conmigo.

—¿Qué querés decir?

—Que de Vicky y de Bárbara y del asunto del celular, lo que quieras, pero...

—Tenés razón, pero por simple curiosidad: ¿qué fuiste a llevar a lo de Armendáriz?

—Lo de siempre: papeles. Un expediente perdido.

—Lo encontraste.

—No —y se le disparó la sonrisa—: lo llevé, lo acabo de perder ahí.

—No entiendo.

Meneó la cabeza:

—Mejor.

En ese momento habíamos llegado a Alto Palermo y encaré hacia el estacionamiento del shopping.

—¿Qué vas a hacer?

—Un par de compras.

No dijo nada. Pero cuando bajamos dos niveles y ya raleaban los coches se le empezó a acabar la paciencia.

—Dame mis cosas y me voy.

Ni le contesté.

Bajamos dos niveles más en silencio y terminé estacionando junto a un Volvo.

—Me vas a esperar acá, que enseguida vuelvo —dije empuñando la puerta.

Supuso que lo iba a encerrar porque se sacó y cuando me di vuelta intentó arrebatarme.

—Dame mis cosas, hijo de puta...

Me separé de un tirón y quedó medio estirado sobre el asiento. Cerré la puerta con todo y le di en mitad del brazo.

Se quejó. Le puse una piña sobre lo lastimado y ahí quedó. Planchado entre el piso y el asiento.

Entonces le saqué un zapato y le metí el pie en el hueco del volante, después coloqué el gancho de seguridad antirrobo entre el volante y la palanca de cambios con el pie en el medio, a la altura del tobillo.

—Lamentablemente no es cómodo pero es seguro —le dije aunque no me oyera—. Enseguida vuelvo.

Quedó ahí colgado.

Caminé hasta la zona de los ascensores pero no subí a la planta comercial. Por la puerta lateral llegué a la escalera de servicio y bajé un piso más, al último subsuelo. No había nadie. Abrí con mi llave la caseta del tablero que controla los circuitos eléctricos de todo el complejo y apoyé mi mano derecha sobre el ángulo superior derecho del tablero. El panel se movió. Cuando hubo espacio suficiente, pasé del otro lado y cerré a mis espaldas. Me encontré en un túnel amplio, nuevo, cuidadísimo. Nunca había andado por ahí. Lástima que no tenía tiempo para disfrutarlo.

Anduve más de cien metros y subí varios tramos de escalones rumbo al sur, o eso creía, hasta que sentí el rumor de los coches de avenida Santa Fe muy cerca de mi cabeza. Doblé al este y caminé un poco más hasta encontrar la E verde brillante sobre un helado panel metálico. Aspiré hondo, me puse y saqué lo necesario y coloqué el terminal en el hoyito perfecto que me esperaba exactamente cuatro dedos debajo de la letra fosforescente.

El simulacro de un oleaje me atravesó de pies a cabeza. Como si el mar fuera y viniera dentro de los límites de mi propio cuerpo; el flujo primero retrocedió hasta algún punto interior donde toda la tensión se concentró hasta que desde allí, incontenible, se desató la ola que me inundó desde muy dentro, llenándome hasta el borde más lejano de mi piel. Y ahí me salí.

51. FOTOS Y CURITAS

Catcher se acomodó las ropas, apretó el botón del inodoro y después de esperar un segundo abrió la puerta y salió del retrete. Un operario de camisa azul que se lavaba la cara ante el espejo se volvió, lo miró y dijo:

—Oiga, este baño es sólo para el personal de subterráneos.

—¿Nunca tuviste una necesidad imperiosa? —dijo el tipo.

—No puede estar acá —dijo el otro detrás de la toalla.

—No estoy.

Y era cierto. El operario lo buscó en el espejo y el tipo no estaba.

Un viernes y a esa hora circulaba mucha gente por la estación Bulnes. Catcher recorrió el andén a grandes zancadas bien pegado a las vías, y, por la salida que da directamente al Alto Palermo, entre multitudes consumidoras se mandó al shopping. Entró en un locutorio y llamó a Pandolfi. Apenas si lo dejó hablar:

—Tengo un bolita para devolverte —dijo.

—¿Cuándo? ¿Cuánto?

—Esta medianoche. En el Salón Verdi. Y del precio ya te enterarás.

Después entró en una casa de fotografía de la planta baja y compró un álbum de fotos y una cámara polaroid que comenzó a gatillar ni bien se la entregaron; después pasó por una disquería y eligió media docena de CDs entre las ofertas de clásicos. En una farmacia autoservicio llenó su canastita yendo entre las góndolas como si patinara. Cinco minutos después y con el deber cumplido tomaba el ascensor del estacionamiento.

El tipo bajó hasta el nivel inferior y fue directamente al Volvo estacionado en un extremo. No había prácticamente otros vehículos allí, excepto el Escarabajo. Estaba dejando sus compras en el asiento trasero cuando oyó sordos ruidos, patadas y gritos en el auto contiguo.

Se asomó.

El Secretario maldecía mientras golpeaba con la pierna libre, pero al verlo aparecer detrás del vidrio vaciló. Su cara reflejó el asombro lindante con el pánico contenido de los oficinistas que veían asomarse a King Kong por las ventanas del Empire State en la versión original.

Por el contrario, Catcher no pareció extrañarse de la insólita situación de Sobral. Le sonrió comprensivamente, le hizo convencionales gestos de espera con guantes blancos de mago o soldado del regimiento de Patricios y al momento volvió con la polaroid. Le tiró media docena de simpáticas fotos desde todos los ángulos posibles y volvió a desaparecer. Regresó ahora sí con un manojo de llaves. A la segunda le había abierto la puerta y, con un golpe que al Secretario le pareció apenas un simple tincazo muy preciso en la cerradura, hizo saltar el seguro del candado y le liberó el pie.

El rescatado no atinaba a decir palabra.

—¿Quién le enseñó a poner la traba? —dijo el tipo seriamente.

—No es mi auto. Me encerraron.

Y aunque atento a su estado, Sobral no podía dejar de observar con los ojos desmesuradamente abiertos al extraño personaje.

—Está en estado de shock —diagnosticó el tipo—. Permítame que lo ayude.

No le dio tiempo a nada. Lo tomó por ambos tobillos y lo izó sin dificultad cargándolo en su hombro derecho hasta el Volvo. Lo depositó en el asiento del acompañante y cerró la puerta.

Dio la vuelta pero antes de arrancar hizo dos cosas. Primero abrió una caja de curitas y extrajo media docena, les sacó la cobertura *y las dejó pegadas por uno de sus extremos en el parabrisas. Después, eligió entre sus compras recientes la música que sin duda le pareció adecuada.*

—Kurt Weill —anunció con un guiño mientras deslizaba el compacto en el equipo.

La melodía burlona, casi de circo, de la Ópera de dos centavos *sonó como en el mejor sótano de Berlín en esa caja subterránea de resonancia.*

Sobral quiso esbozar una pregunta, una queja o algo, pero el otro lo acalló con un gesto imperativo:

—Momentito.

Catcher tomó el flamante álbum de fotos, lo puso en el regazo de su compañero y enseguida, echando mano a un bolsillo interior de su saco, le tiró una pila de fotos; del bolsillo lateral sacó las recientes de la polaroid y las sumó también.

—Hágame el favor... —dijo—. Acomode.

A continuación le colocó una curita en la ceja machucada.

Después de observar por un momento el resultado estético de su trabajo aceleró y subieron. El Volvo trepó sin dificultad el espiral hacia la superficie mientras Mack the Knife *a todo volumen parecía acompañar el movimiento ascendente.*

—Cuando escuché esa música supe que era usted —dijo el cobrador del estacionamiento.

—Cómo anda, Vergara —dijo el tipo afablemente.

—Mejor que su amigo.

El tipo se volvió hacia Sobral y lo vio ensimismado y con la nariz aún sangrante.

—Lo llevo a que me lo arreglen un poco. Mucho maltrato.

Y Catcher le agregó con gesto veloz una nueva curita en el otro pómulo.

—Así están las cosas —comentó el empleado.

—Póngame al día, Vergara.

El enguantado pagó generosamente una cuenta atrasada, algo así como si hubiera dejado mal estacionado su tanque durante toda la Segunda Guerra Mundial en la vereda del Louvre.

Vergara se guardó la propina apropiada y acotó, asomándose por
la ventanilla:

—*Una más.*

El tipo consideró que tenía razón y colocó una tercera curita
longitudinal, a modo de bigote, debajo de la nariz de Sobral.

El Secretario lo dejaba hacer, al parecer abstraído en su tarea de
clasificar fotos.

Partieron.

El Volvo bajó un par de cuadras por Santa Fe y dobló hacia el
norte. El tipo acompañaba la estentórea música de Weill con versio-
nes muy personales de las letras de Bertolt Brecht en un alemán por lo
menos sospechoso.

—*¿Y cómo va eso? ¿Qué le parecen?* —*gritó por encima de la*
pelota sonora.

El acomodador de fotos aprobó sin mucha convicción: había de
todo allí; desde postales de Mar del Plata de los años sesenta con el
infaltable lobo marino hasta instantáneas pornográficas de entre-
casa, granaderos, bebés, niños en fiestas de jardín de infantes, una
serie de perros de diferente formato, paisajes de Córdoba, típicas fotos
de evento e inauguraciones con un cura que bendecía...

—*¿Son suyas?*

—*¿Qué?*

—*¡Si son suyas!* —*gritó el Secretario.*

Extrañamente, como si contrariara adrede su naturaleza, el
tipo bajó el volumen lo necesario para intercalar la explicación:

—*No. Son robadas...* —*y manejaba con algo más de la celeridad*
permitida por el buen sentido en una trasversal entre Santa Fe y Las
Heras—. *O ni siquiera: las fotos no son del que las saca sino del que se*
pone, el que aparece en la imagen. Cuando encuentro una foto me
gusta por los detalles reconstruir las circunstancias, el lugar, el mo-
mento... ¿Se encontró?

El Secretario asintió con las polaroids en mano. Pero otra cosa
empezaba a preocuparlo:

262

—¿Adónde vamos? —dijo sin muchas esperanzas de ser respondido.

—No me refiero a esas que le saqué yo... —dijo el tipo sin contestarle y con la paciencia en retirada.

Subió el volumen de Weill en pleno Polly's Song.

—A ver... —y sin dejar de manejar con la izquierda manoteó con la otra entre la pila y sacó una—. Ésta, por ejemplo, ¿tiene idea de dónde es? —le gritó.

Eran tres hombres bebiendo con las copas en la mano en la inauguración de un local.

—Fíjese.

Sobral tomó la foto y comprobó que el de la derecha, con saco blanco y una sonrisa inmemorial, era él.

Era él.

Al volverse se encontró con la mirada del otro.

Algo había cambiado. El Secretario vio cómo el tipo enguantado tomaba las dos últimas curitas y, con una inmensa sonrisa congelada, sin mediar palabra, le tapaba la boca.

En ese momento recién se dio cuenta de dónde estaban.

—Arnold Body Building —le confirmó el tipo mientras estacionaba—. Vamos a hacer un poco de ejercicio.

—Es...tá ce...rrado —atinó a balbucir Sobral con los labios pegados.

—No crea, vamos —dijo el otro.

Y por si acaso le puso un repentino 38 en las costillas.

Cuando el psiquiatra abrió la puerta no era uno sino dos.

—Disculpe, doctor. Más temprano estuvo mi compañero —dijo Catcher—. No sé si le dijo que... ¿Jodemos?

—Pasen. Pero esta sesión se las cobro —y hablaba en serio.

—Hecho.

El viejito se había cambiado de ropa otra vez. Ahora tenía puesta una camisa negra fuera del pantalón. Evidentemente, usaba una pilcha distinta para cada paciente.

—¿Y la valijita? —dijo haciéndose a un lado.

Era como si la vez anterior no hubiese creído nada y ahora lo admitía elípticamente.

—No la necesitamos —dijo el tipo—. Ahora el compañero me ayuda en un par de cosas y ya está.

El psiquiatra los miró a los dos con la curiosidad y la condescendencia que se adoptan profesionalmente ante el caso de locos tranquilos.

—¿Quién es el paciente? —dijo dirigiéndose al tipo pero señalando al sobrio y emparchado Sobral, que no se separaba, no podía separarse de su lado.

—Él. ¿Cómo lo ve? —dijo el tipo.

—Bloqueado, un poco tenso —dijo el psiquiatra—. Pasa un momento difícil.

El tipo asintió.

—Mnnnnf... —argumentó Sobral con las curitas reforzadas. A esa altura, doce en total.

—Pero se va a aflojar —confió el tipo—. En cuanto a la cura, no sé.

—Sólo curitas, por lo que veo... —dijo el psiquiatra juguetón.

—No se lo puedo dejar ahora pero tal vez se lo traiga más tarde —prometió el tipo—. Enseguida volvemos.

El viejito miró su reloj, grande y con un Coyote y un Correcaminos en el cuadrante:

—¿Hasta las ocho y cinco?

El enguantado aceptó y ahí el profesional le puso precio.

—De acuerdo.

Entonces Catcher empujó a Sobral a la ventana.

El Secretario se resistió un poco pero finalmente salió a la terraza. El aire fresco del atardecer en las alturas no le hacía nada bien. En las partes no cubiertas por curitas se veía que estaba verde.

52. Poniendo el body

▬

El Secretario estaba demasiado perturbado para cualquier tipo
de resistencia. Ni siquiera preguntaba quién ni qué ni por qué. El
otro lo manejaba a golpecitos en la espalda, como si le corrigiera la
trayectoria, y Sobral se dejaba llevar con equívoca, acaso estudiada
docilidad.

Catcher lo llevó ante el paredón que daba a la terraza contigua
y lo levantó como a un niño: lo izó primero a su rodilla, después lo
empujó con una poderosa mano abierta y estrellada que le tomó el culo
como una bandeja y lo dejó servido en las alturas. En seguida, de dos
saltos estuvo arriba junto a él. Sobral vio los extinguidores de incendio amontonados allí y no hizo ni un comentario. Eran algo extraño
más en la extraña situación.

—¿A-dón-de-vafff-mos? —se esforzó.

—Vas a ver de arriba lo de abajo —y el tuteo calzó espontáneo.

—¿Q-qué coff-sa?

—Ya es tarde.

En ese momento el Secretario tuvo miedo de que esa bestia lo
empujara, lo hiciera volar hasta estamparlo en la vereda.

—Yo no fffui... —atinó a decir cuando tal vez quiso decir que
no sabía.

—Caminá, fotogénico —dijo el tipo como explicación.

Atravesaron la puertita violada y cuando el Secretario sintió la

265

mano de hierro con guantes de seda en la espalda, se echó atrás. La
escalera oscura lo retrajo.

Se volvió para decir algo y el otro le empujó manualmente, con
la palma en la cara, todas las curitas al mismo tiempo.

—Vamos.

Y fueron, ya con revólver de por medio.

Al llegar ante la puerta al pie de la escalera el tipo se adelantó,
la abrió, miró y de un simple tirón introdujo al emparchado.

El Secretario nunca había estado allí. Se le veía en lo que era
observable de la cara.

Al fondo del salón, las pocas cajas se perfilaban nítidas bajo los
fluorescentes de luz helada.

—¿Sabés qué hay ahí, Sobral?

Era la primera vez que lo nombraba.

Ya no había equívocos y alcanzó para que el Secretario entrara
en definitivo pánico. Sólo atinó a agitar la cabeza negativamente.

—Ah, no sabés...

Entonces Catcher entró en acción. Lo tomó de la mano y se lo
llevó a la rastra, flameando casi, escaleras abajo hasta el cuarto piso.
Ahí las filas eran más densas. Lo acercó a una caja con perfiles de
dibujitos engañosos, metió los dedos entre dos tablas y las arrancó
como si fueran gajos de naranja.

—Fijate. No son pesas de cinco kilos.

Y como el incrédulo Tomás, el Secretario se vio obligado, su
mano en mano del tipo, a verificar.

—Tocá, Sobral, tocá...

Y supo entonces que el otro sabía.

—Esto va a reventar, Sobral. En un rato va a reventar —dijo
el tipo—. Y vos vas a estar acá, reventando con todo esto por ser tan
hijo de puta.

—No —dijo simplemente el reventable.

Estaba frente a una bestia erguida y sin fisuras, un obstáculo ex-
cesivo, insalvable. Entonces, con un gesto casi infantil, le dio un empu-
jón y corrió hacia la salida. Catcher lo dejó ir un par de segundos; des-
pués lo corrió cuatro o cinco pasos y lo derribó con un tackle alto.

—Sobral, basura... —le dijo lentamente muy cerca de su cara—.
Cuervo miserable, les diste cobertura legal a estos asesinos pero nunca
pensaste que algún día ibas a estar acá.

—No sa-fffbía.

—Sí, sabías —y lo levantó de un tirón, lo puso de pie—. Metete
ahí.

El empujón del tipo embocó al Secretario en un espacio entre dos
filas de cajas estibadas. Lo sujetó por la nuca con la mano izquierda
aplastándolo contra la pila. Sobre el pucho le sacó la corbata y le ató
las manos a la espalda. Después le sujetó los tobillos con el cinturón.

—Qué me va a hacer —dijo el otro escupiendo las curitas y sin
poder volverse.

—Te voy a emparedar.

Y la bestia empujó sin esfuerzo una pila de cajas y después otra
—simples cubos de madera de un juego infantil— hasta dejarlo cer-
cado, casi inmóvil entre piezas pesadas como rocas.

La última caja se la puso cerrando el hueco sobre su cabeza.

—Y no grites, que es al pedo.

El Secretario se revolvió; quiso saber, ya que no podía:

—¿Qué quiere, quién es?

—Ni quiero ni soy. Apenas estoy, a veces.

—¿A veces?

Pero nadie le contestó.

A partir de ese momento el Secretario apenas pudo guiarse por
ruidos y sensaciones. Así, cuando el tipo verificó los detonadores de los
explosivos sólo supo que algo estaba manipulando; cuando usó el aerosol para firmar Catcher en la pared no pudo adivinarlo, y cuando
oyó el rotundo golpe de la puerta intuyó —no sin razón— que el otro
había querido avisarle que lo dejaba solo.

Nada de eso lo hizo desesperar.

Sin embargo, pasado un momento sintió un estallido sordo, per-
cibió un pequeño resplandor y enseguida un humo gris fue cubriendo
el lugar.

Ahí, recién ahí, el emparedado gritó.

Esta vez el psiquiatra no estaba en la ventana. La había dejado abierta no obstante, como un caballero. El tipo entró, pasó en puntas de pie por el cuarto vacío y se asomó al consultorio. Nadie podía verlo. Había una señora gorda tendida en el diván y el viejito, con su camisa negra, tomaba apuntes sentado al pie. Los dos le daban la espalda.

Catcher dejó el importe de la sesión acordado sobre un ángulo de la biblioteca y se deslizó con largos pasos a través del consultorio hasta la salida. Ya con la mano en el picaporte escuchó que la gorda decía:

—...entonces siento que a mis espaldas hay todo un mundo que desconozco, que todo podría ser distinto...

El tipo cerró con la suavidad con que se apoya un talón de nutria.

53. Obligados

■

Catcher salió lento y armonioso a la calle, pero ya en el Volvo, tras elegir Así hablaba Zaratustra *como banda de sonido, arrancó el auto literalmente, como si lo desprendiera del piso.*

Primero lo contuvo acelerando en el lugar, sostenido por los violines prolongados del menos trivial de los Strauss, y después lo soltó junto con el estallido sonoro que sedujo a Kubrick para contar el amanecer de la humanidad. El Volvo partió arando como una jauría de perros tensos de correa y de demorada fiebre en las patas, mientras la música subía y subía con notas agudísimas, se mezclaba con los rumores sordos tras las ventanas del hermético edificio a sus espaldas, una ominosa caja de fósforos gigante echando humo por las ranuras.

El tipo dobló y condujo rápido por Figueroa Alcorta hacia el sur. Antes de que terminara el primer movimiento del Zaratustra *ya estaba bajando por la rampa del estacionamiento subterráneo de la Recoleta. En la pausa oyó las sirenas de autobombas que iban hacia de donde él venía.*

—Buenas noches, señor —dijo el encargado con la sonrisa devastada.

—Serán para usted, mi amigo —le contestó muy seriamente.

—No está fácil, claro... —dijo, permeable, casi obligado el otro.

—Esto no da para más, Chacón.

Y el tipo señaló los sonidos, el rumor, la realidad de arriba a sus espaldas.

—*Claro que no* —asintió el acomodador—. *¿Se va?*

—*Este país no nos quiere, Chacón.*

Puso primera y bajó rozando la barrera.

Dejó el Volvo cerrado en el mismo lugar donde lo había recogido dos días antes y tras acondicionar lo necesario buscó la pared del fondo. Había una caja de luz anulada; deslizó la tapa y tocó un botón interior. La pared se abrió y Catcher, tras echar una mirada brillante en torno, se disolvió en el hueco, sombra entre sombras.

En el mismo túnel y mientras comenzaba a andar, todavía dolorido por haber albergado a la bestia durante tan ajetreadas horas, atendí el celular.

Era el veterano. Reticente, sólo me llamaba para avisarme que no estaría disponible para mí en las próximas horas, aunque por el tono pareció referirse al resto del milenio que no acababa de terminar. Me abandonaba, en fin. Nada peor que un padre resentido.

—¿Dónde está, Etchenike?

—Lejos.

—¿Y Renata?

—Hice entrega de su hija, sana y salva, a la madre.

—¿Algún comentario?

—Sólo un meneo desalentado de cabezas...

—¿Lo apretaron?

Se tomó unos segundos para no putearme:

—Que yo lo considere un imbécil no me habilita interiormente para traicionarlo —explicó con el tomo de Spinoza abierto en la página 343.

—Muy claro, lo suyo —admití.

—Gracias.

Y me colgó.

Si seguía así de enculado, no tendría cómo volver a localizarlo.

No iba a ser el único caso.

Enseguida comprobé que si Vicky y Renata estaban juntas, ya no era en su casa. El contestador sonaba en un living vacío de toda vaciedad. Casi como suenan los teléfonos colocados en el suelo de los desolados departamentos en alquiler.

Me hice un panorama mientras trotaba. El veterano, harto de mis evasivas, se volvía a atender sus cuestiones específicas de cuidado de los Gigantes, obligado por una conciencia oxidada pero aún operativa. Y Vicky, seguramente, huía. No sabía muy bien por qué —yo era quien no sabía— pero Vicky huía. Y la nena con ella. Tal vez a Colonia, solas. Tomaba distancia de mí que la acosaba y/o del Secretario caído en desgracia, escapaba obligada, clásicamente a la Banda Oriental.

Supe, admití, que ya no sabía o nunca había sabido quién era esa mujer.

Sonó de nuevo el teléfono pero sólo para dar señales de otro mundo. El estentóreo Tano Nápoli vivía o era parte de una película diferente.

—Pirovano, misión cumplida: estuve en el hotel de la otra orilla y verifiqué pormenores que te preocupaban —dijo retórico desde Paso de los Libres.

Lo felicité por gestiones y diligencias; le prometí recompensa cuando volviera.

—Seguro. ¿Estás preocupado?

Corriendo contrarreloj varios metros bajo la maltratada superficie de la ciudad de Buenos Aires, no podía contestar en serio:

—Para nada —dije entonces—. Todo bajo control.

—¿Y lo de Armendáriz?

Y ahí estaba la verdadera razón de su llamado.

—¿Qué pasa con Armendáriz?

Me dijo entre salvedades pero rápidamente que acababa de oírle decir por radio en una audición deportiva afecta a los chismes y secretos del corazón, que había roto conmigo, que lo había estafado y que lo del pase a Alemania era un fraude.

—¿Con esas palabras?

—Peores.

—¿Y qué más?

—Cuando cortaron con él, los tipos insinuaron al aire que había otra cosa.

—¿Otra cosa?

—No dijeron qué, pero insinuaron problemas personales...

—El Tano Nápoli esperó sin moverse que yo pateara o hiciera un amague, pero nada; entonces prosiguió—: Perdoname, Pedro, pero me siento obligado a decirte algo porque soy tu amigo.

Otro obligado. Me detuve; hay cosas que no se pueden conversar caminando.

—¿Qué cosa?

—Dicen que la mujer lo cornea.

—¿Quién lo dice?

—Todos.

—Gracias por el dato.

Supongo que mi respuesta debe haberlo decepcionado. A mí también.

—¿Algo más? —y volví a caminar.

—¿Qué vas a hacer?

—Cortar.

—¿Cortar con quién?

—Con vos por ahora, Tano. Chau.

Desconecté el teléfono y volví a trotar.

El túnel que me llevaba de nuevo hacia el norte era cómodo y complejo, y el itinerario, diferente del que me había traído el primer día después de dejarlo a Etchenike en la Morgue. Pasé por la Emergencia que daba a los subsuelos de la facultad gótica de ingeniería y tras andar lo que me imaginé eran cinco cuadras viré a la derecha, trepando hacia el norte otra vez, por un conducto paralelo al Subte D.

Diez minutos después estaba tan cansado como una cucaracha con dos patas menos, pero alcanzaba la Emergencia de Alto Palermo. Froté la E luminosa y entré al nivel inferior del estacionamiento del shopping.

Ahí estaba el Escarabajo. Obligado a esperarme, al menos él no me abandonaba.

■

Tuve suerte. En el Hotel Tricontinental los jugadores no habían recibido todavía la orden de subir a las habitaciones. Después de cenar temprano se movían lentos, yacían desparramados sobre sillones excesivamente blandos, disponían de ociosa libertad condicional en una zona acotada de la inmensa recepción. Disfrazados con el uniforme deportivo, sin nada que hacer con sus manos y sus pies, miraban televisión o utilizaban sus celulares mientras se dejaban observar por curiosos de zoológico, firmaban autógrafos ocasionales y se sacaban fotos con turistas más sonrientes que ellos. Los periodistas ya se habían ido.

Armendáriz también.

—Sebastián subió enseguida después de cenar —me dijo el preparador físico acodado con un whisky doble.

—Prestámelo un ratito.

—No hay problema, si él quiere —y me miró raro—. Les queda un cuarto de hora de recreo.

Lo llamé a la 345 y, tras un momento de vacilación, quiso.

Bajó. El uniforme abierto, las zapatillas con los cordones sueltos, una carpeta en la mano.

Nos saludamos con la caballerosidad estudiada y recelosa de los capitanes de un Argentina-Inglaterra pero no intercambiamos banderines.

—¿Qué hacés? —dijo él, dejándose caer sobre el sillón más cercano.

Un televisor sin sonido contaba las últimas noticias.

—Quiero saber qué pasó —y me senté en el borde de una silla frente a él.

Agitó la cabeza, el mentón adelantado para negar lo que fuera.

—Me contaron que dijiste por la radio que lo del Stuttgart no se hace y que no soy más tu representante —le precisé inclinado, apoyándome en mis rodillas—. ¿Es cierto?

Asintió.

—Y que hablaste de fraude...

—Eso no.

—Está bien —dije, y estaba todo mal—. No hay nada firmado entre nosotros así que lo dejamos ahí. Pero creo que te equivocás, Sebastián.

—Hay dos cosas —y suspiró—. Una es Bárbara...

—No quiere ir a Alemania —me apresuré, tan cobarde.

—Sí, es decir, no... Nunca quiso ir a Alemania. Pero no es eso...

Hubo un silencio. Me di cuenta de que no podía hacer el mínimo movimiento, que estaba en territorio desconocido: qué sabía él.

—Se fue— dijo.

—¿Cómo que se fue?

—Ayer.

—Pero si anoche tarde te llamé y estaba todo bien.

—Te mentí. Ya se había ido, temprano —se volvió al agitado televisor pero era evidente que no buscaba nada ahí—. Me dejó, Pedro.

—¿Estás seguro? —dije repentinamente estúpido—. ¿No le habrá pasado algo?

Una conversación extraña. Como jugar a la batalla naval pero tratando de errar los tiros, de no pegarle a nada.

—Ayer cuando volví de entrenar, encontré la nota: "Me voy, no me busqués. Esto ya no va más".

—¿Y dónde está?

—No sé, no me importa —se encogió de hombros pero le importaba por todos los lados de la cara—. Que se vaya al carajo.

—¿No vas a buscarla?

—No. Además, me cagaba.

—¿Te cagaba?

Se quedó mirándome y nadie dijo nada en los segundos siguientes:

—¿Y no le dijiste que se quedan, que no van a Alemania? —dije sordo y constructivo.

Agitó la cabeza.

—No entendés: no rechazo lo del Stuttgart para quedarme, y menos con esta hija de puta... —y me pareció que estaba al borde del llanto—. No aguanto un momento más acá... No puedo esperar, Pedro.

—Está bien, pero no entiendo cuál es la lógica.

Me interrumpió con un gesto y puso la carpeta sobre la mesita contigua a nuestros sillones.

—Te dije que son dos cosas: una es Bárbara, la otra es esto.

Era un expediente judicial: un número, una letra y "Migliore, Roque, contra Armendáriz, Sebastián, por lesiones" decía más o menos el rótulo. Bajo las tapas amarillas, una buena cantidad de papelería leguleya.

Ahí sí, todo cerraba.

—Te dije que podía zafar. Con eso, zafé— dijo.

—¿Seguro?

—Es el expediente. Si se pierde, no hay juicio ni sentencia. Si desaparece, zafo...

—¿Cómo te llegó? —y comprobé que siempre es más facil parecer pelotudo que inteligente. Sobre todo cuando esperan eso de uno.

—Me lo consiguieron. Lo afanaron del Juzgado.

—Mirá qué bien...

—Todo eso estuvo armado para joderme, Pedro, vos sabés... —se justificó.

—¿Y esto no?

Suspiró:

—Es la única manera que tengo de poder irme ya.

—Ah.

En detalle, el asunto del juicio era así: meses atrás, al poco tiempo de empezar a representarlo, Sebastián se había peleado en la calle. El tipo lo provocó feo, se trenzaron a trompadas y el otro consiguió aparecer como agredido, con testigos que incluso hablaron de patadas en la cabeza, conmoción cerebral y todo. El tipo hizo la denuncia policial, presentó certificados médicos truchos pero convincentes, intervino el juez de turno y Sebastián se tuvo que presentar: yo no estaba y fue solo con el forro del abogado. Ni testigos tenía. Creyeron que el tipo quería guita y aparentemente se equivocaron porque el otro se hizo el ofendido, aprovechó la bolada, se fotografió con diez kilos de yeso distribuidos entre los brazos y la cabeza y los medios —misteriosamente— se ocuparon mucho del asunto. El juicio por lesiones agravado quién sabe por qué circunstancias siguió, hubo una primera sentencia en contra, una apelación y Sebastián quedó engrampado. Podía ir preso. Durante algún tiempo la causa pareció congelada o perdida en los laberintos de Tribunales pero en las últimas semanas se había reactivado como un peligroso virus. Toda posibilidad de salir del país estaba condicionada a la anulación del juicio. Yo no me había ocupado del asunto porque estaba el abogado de Sebastián y porque carecía de cualquier tipo de documento legal que me vinculara para poder hacer algo en su nombre. Incluso la transferencia había sido una gestión más oficiosa que oficial.

Ahora, súbita, oscura, casualmente por gestión del puto Secretario, todo se destrababa.

Pero no iba a hablar de eso. Dejé el expediente sobre la mesita.

—¿Qué vas a hacer?

—No sé: quemarlo, supongo... —y sonrió no muy convencido—. Lo conservé sólo para que lo vieras.

—Gracias. Pero no entiendo qué tiene que ver esto con el pase al Stuttgart... Al contrario: podés ir.

—Me condicionan —dijo en voz baja.

—¿Quién?

—Ya sabés.

—¿Zambrano?

No fue necesario que asintiera.

—Me consiguió el expediente, me lo hizo traer a casa —explicó con voz cada vez más inaudible—. Tuve que volver a firmar con él.

Otro obligado.

—¿Tuviste que volver? ¿Qué te ofrece?

—Lo mismo de la otra vez —y se detuvo con algo así como pudor—: a la Juve, en cinco palos.

—¿Y vos le creés? —todo me sonaba viejo y gastado—. La otra vez fue igual y no te gustaba, si lo dejaste fue precisamente porque te olía mal. Me dijiste...

—Ahora es distinto, Pedro.

—Supongo —dije sin saber qué suponía.

—Y no te voy a cagar —y otra vez movió la cabeza buscando ser convincente—. La mitad de mi porcentaje es para vos. Es lo justo, te va a quedar más guita que si se hiciera lo del Stuttgart.

Me eché para atrás.

—No quiero nada.

Se tomó un par de segundos:

—Bueno, como quieras.

Era el momento de levantarme e irme. Ya está. Así de simple. Sin embargo dije:

—Hay algo que nunca vas a aprender, Sebastián —y sentía que era un hijo de puta mientras le hablaba pero no podía detenerme—. Hay algunos que saben vivir en zona, manejarse libremente en un territorio propio y controlarlo, y hay otros que sólo pueden moverse con algo preciso delante de la nariz que los lleva y los trae. Como no sabés hacer zona, para vos sólo hay dos posibilidades: o sos stopper y vas a buscar, te jugás en el cuerpo a cuerpo y el anticipo o de marca con el riesgo de pagar, o te quedás en el fondo, esperando, un líbero tenso, tipo bombero heroico siempre alerta... Con Bárbara, por ejemplo, es evidente que no supiste...

Pero en ese momento las imágenes del incendio en la zona de Recoleta que ocupaban esa parte del noticiero me distrajeron, lo hicieron volverse a él también a la pantalla.

Los bomberos y la policía sacaban a la rastra a un tipo de aspecto deplorable que bajaba obstinadamente la cabeza entre el humo general y los brazos particulares de un par de policías:

—A ése lo conozco —no pude evitar decir.

Sebastián se volvió y por un instante frunció el entrecejo:

—Es el tipo que consiguió el expediente.

—Lo sabía.

Me miró:

—¿Cuánto más sabés?

—Que me mentiste de nuevo, pibe —y ya no había red debajo de mis piruetas—. Hoy a la tarde Bárbara estuvo en tu casa. Cuando Zambrano y este tipo...

Se echó a reír.

—No le veo la gracia.

—No, Pedro, no... No entendés nada —y se seguía riendo—. ¿Sabés quién estaba en mi casa esta tarde?, ¿querés que te lo diga? —y no esperó que le contestara si quería—. Tu ex mujer, forro, ella era la mina que estaba en mi casa.

—¿Vicky?

Asintió divertido y después dijo, repentinamente serio:

—Eso te pasa por hacer zona, Pirovano.

Recogió la carpeta, se levantó y se fue, arrastrando los cordones de las zapatillas.

En la pantalla, encanutaban al Secretario en la ambulancia y partía custodiado por la policía.

Me fui con él.

55. A OSCURAS

■

Llegué a la oficina y un encargado fuera de hora me confirmó que acababa de cortarse la luz. No suele pasar pero pasa. Los cortes habían convertido a la ciudad en un irregular damero de ajedrez. Me tocaba casillero negro. Subí igual, iluminándome de a fogonazos con el encendedor, chocándome en la escalera con vecinos puteadores que no entendían cómo uno podía subir cuando todos bajaban.

Al llegar al quinto vi el resplandor al final del pasillo y opté por apagar mi llamita y prender el 38. El manual de supervivencia urbana para investigadores a oscuras aconseja prescindir de la luz cuando ilumina menos de lo que denuncia al portador. Pero la claridad relativa, un parpadeo tras los cristales esmerilados, no provenía de mi puerta sino de la contigua.

Etchenike & Asociados, me temí.

La puerta estaba entornada y no llegué a asomarme.

—Pase, pibe.

Etchenike solo. Metí el revólver en el bolsillo sin soltarlo y entré.

Más clásico que nunca con el sombrero puesto y un increíble sol de noche de bujía amarillenta apoyado en un extremo del escritorio, el veterano me aguardaba sentado como si fuera el último cliente de la noche o de su vida.

—¿Qué hace acá?

—Lo esperaba. Pero cuando se apagó la luz y me quedé sin tele, casi me voy.

La pantalla de un aparato antiguo, grande, pesado y lleno de perillas, reflejaba apenas la luz del farol que en ese momento parpadeó, hizo ruido de tos, un pedito.

—¿De dónde sacó eso?

—Estaba acá, desde entonces. Pensé que no funcionaría pero todavía tenía querosén... —recién ahí confirmé que no hablaba del televisor—. Le di un par de bombazos y ahí lo ve.

—¿Para cuánto tenemos de llama?

Un nuevo parpadeo sirvió de advertencia:

—No mucho —me contesté.

—Me imaginé que antes de lo del Verdi se daría una vuelta a buscar instrucciones —explicó el veterano—. Un par de *subjuntividades* que lo pusieran en regla...

Asentí con una sonrisa que supongo debe haber parecido triste.

—Pero ahora, con este apagón, ni eso. La tecnología nos abandona cuando más la necesitamos— pontificó.

—Para no hablar de la vista— dije yo.

Hizo un gesto, supuso —bien— que el comentario lo implicaba.

—Maestro, me pasó información trucha: la mina que salió de la casa de Montañeses y Monroe no era Bárbara.

—¿No?

—No. Era Vicky.

Me miró un momento, se echó a reír y dijo:

—¿Y entonces a quién le dejé a Renata yo?

—No es gracioso. ¿Era la misma mujer?

Seguía riéndose.

Alguien había inventado un juego que consistía en que yo hablase y los otros se rieran pero nadie me explicaba el reglamento:

—Lo peor es que no sé... Realmente no lo sé... —hizo una

pausa para terminar de reír como si volviera, disculpándose, de unas cortas vacaciones—. No, es joda. Tranquilo, que a Vicky la conozco muy bien desde la otra noche. Pero a la mujer del edificio de Montañeses le confieso que yo no la vi salir.

—¿Cómo que no la vio?

—Fue un momento. Tuve que ir a mear al bar de la esquina porque a cierta edad la próstata no nos da tregua. Le encargué a mi amigo el chofer que vigilara y estuviera atento.

—Ese viejo pelotudo...

—No sea tan duro, pibe —me contuvo—. Mi compañero la vio y los pocos datos que usted pasó coincidían: alta y flaca, morocha de pelo largo, y con un tipo que la llevaba casi a la rastra. Ahora, si usted elige siempre la misma mujer...

—Pero hay más de quince años de diferencia entre Bárbara y Vicky, Etchenike.

No se inmutó:

—Qué quiere con mi amigo —desde la penumbra creciente absolvía al inimputable hombre del Di Tella—. Después de los setenta, todas las minas te parecen pendejas.

Era para matarlo. Opté por diferir la ejecución sin fecha.

—¿Es muy importante la confusión? —dijo de repente el caradura.

—Supongo que sí —me burlé.

—Supone mal, me parece.

Me dejó sin réplica.

—No pretenda hacer una cuestión sobre quién salió a las cinco, si la marquesa o la condesa, si Vicky o Bárbara... —prosiguió casi enojado—. Lo cierto es que cualquiera de las dos pudo haber salido, porque usted no tiene la más puta idea de qué podían hacer ahí una o la otra...

—¿Cómo sabe? Tal vez lo que tengo son demasiadas ideas.

—Tendrá hipótesis. Necesita una idea...

—¿Me la va a dar usted?

—No, pero le voy a explicar algo, Pirovano. Usted es un buen tipo pero se equivoca con la gente.

—Justamente, Etchenike: también en su caso...

—No me conteste —se ofuscó—. Se equivoca sobre todo con las minas. Y con permiso incluyo a su hija, que qué otra cosa puede ser sino una mina...

—Creo que no es cierto... —dije y lo creía.

—Lo que sí es cierto, lo que sí es cierto... —insistió didáctico— es que como sus cuestiones privadas, en este caso las cuestiones de mujeres, están tan entreveradas con las, digamos, "profesionales" nadie queda afuera; pero usted no sabe de qué o para quién juegan Bárbara y Vicky. Ni siquiera su hija.

—No la mezcle.

—Ya está mezclada

Miré la hora. Groseramente.

—Me voy —dije.

Se sacó el sombrero, me saludó con un golpe de cabeza.

—Le pido disculpas —dijo—. Quería decirle eso. Sé cómo se siente y encima yo lo maltrato.

—No me perdone la vida; es algo que me rompe las pelotas.

—¿Tiene un momento más? —volvió a ponerse el sombrero, me pidió con ese gesto que me sentara—. Después de todo hace una hora que lo espero pese a que había pensado no darle más bola, y sin luz ni conexión no tiene nada que hacer hasta medianoche.

No quise contradecirlo. Volví a mi lugar y le seguí la corriente:

—¿Y usted de dónde viene? ¿Encontró a Ibrahim?

Soslayó la ironía.

—Lo difícil sería no encontrarlo: si uno quiere, se choca con él por todas partes.

—¿Chocó?

—De alguna manera. Cada uno tiene su idea fija —se justificó—. Trata de forzar los hechos para hacerlos más cómodos a lo que cree o espera o le gustaría. Pero, como decía un amigo, las cosas no pasan para completar un argumento o para darnos la razón. Pasan, simplemente; están ahí: "La vida no cierra" decía Laguna.

—¿Y quién es ese filósofo?

—Un tipo, un policía que conocí en Playa Bonita mientras investigaba el caso de un pibe, un periodista o algo así que había desaparecido. Esa vez, lo que era una simple investigación de paradero de pronto se convirtió en un despelote complicadísimo, porque el pibe apareció muerto y empezó a saltar mierda por todos lados... Yo trataba de cerrar, de entender, y ahí fue que este Laguna me dijo eso.

—Una huevada —dije con fastidio.

—Seguramente. Pero me sirvió. Creo que mi error era o sigue siendo tener una idea fija y a partir de ahí buscar que todo encaje; así, me preocupaban los quién pero después no me coincidían los porqué. Y al revés. Acumulaba datos, pero nunca me cerraban. Es que la gente no es de una pieza, uno mismo no es de una pieza, pibe. No actúa siempre igual. Uno miente, exagera o atenúa, se la cree, finge, trata de zafar... Incluso con los amigos.

—¿Qué me quiere decir?

Mi pregunta quedó en el aire.

Etchenike sacó un cigarrillo, yo se lo encendí y se tocaron nuestras manos. Las tenía húmedas y heladas.

Se hizo un silencio largo. Hasta ese momento llevábamos cuatro días de esgrima jovial, de complicidades, de amistosas chicanas, de sobreentendidos, cancheros que nos alcanzaban para seguir. Sin embargo, era como si de pronto hubiéramos descubierto o tocado un límite verbal. En ese espacio neutro que ni siquiera era una espera se hizo más evidente que el sol de noche nos abandonaba, lenta, segura, ostensiblemente. Esa certeza debe haber decidido al veterano:

—Estuve un rato mirando la tele y de casualidad aparecieron dos personajes de este quilombo en que está o estamos los dos metidos —dijo echando humo blanco—. Primero lo escuché a Armendáriz negando el pase a Alemania, desautorizándolo a usted.

—Acabo de estar con él. El pibe me decepcionó.

—¿Cómo dijo?

Ni siquiera esperó que repitiera. No se ensañó con mi estupidez.

—Cuente —dijo simplemente.

La inmediata crónica de mi conversación con el desatado Sebastián Armendáriz en la vasta recepción del Hotel Tricontinental fue lo suficientemente prolija como para no admitir ni necesitar aclaraciones. El veterano sólo se detuvo, extrañamente, en los pormenores de la documentación del juicio por lesiones:

—¿Y quién es ese Roque Migliore?

Reconocí que no lo sabía, que apenas lo había visto una vez, un muchacho cubierto de vendas y yeso excesivos.

—Convendría averiguarlo. Aunque ya todo eso está perdido...

Asentí y en el mismo momento supe sin sorpresa que Roque era Roque, claro, el único Roque circulante y que cerraba con la historia.

—Me parece que sé por dónde vienen los tiros —aseguré sin pudor.

—Ajá, qué suerte... —y creí verlo sonreír con levedad—. ¿Y el Secretario?

—¿Qué pasa con él?

—Es que después lo vi... Entreví, en realidad, también al Secretario por la tele —prosiguió el veterano, una voz con poca cara—. Y lo encontré bastante más desmejorado que esta tarde cuando se fue con usted, pibe, a arreglar cuestiones personales.

—Yo no fui.

—¿Cómo dijo?

Y otra vez ni siquiera esperó que repitiera. No se ensañó con mi descaro.

—¿Qué vio? —pregunté.

—Cómo lo sacaban los bomberos de Arnold Body Building...

—Ah, sí. Yo también lo vi.

Y le hice la versión pormenorizada de mis experiencias y

averiguaciones con el señor Sobral, el Secretario, exactamente hasta el momento en que lo abandoné en el subsuelo de Shopping Palermo con un pie atravesado en la traba del volante.

—Del resto algo tengo que ver... Pero no fui yo.

—Me imagino que Renata también habrá visto a Sobral en esa situación.

—Sí, supongo.

—¿Y usted qué cree que habrá pensado?

—No sé, ya veremos —dije apresuradamente—. Pero eso no me importa demasiado, por ahora.

—Habla como si supiera lo que es bueno para la piba.

—Seguro.

La bujía se extinguió casi teatralmente con mi última réplica.

Quedamos en la oscuridad. Ninguno de los dos hizo un gesto que modificara nada. Casi era mejor así.

—Hablé un rato con ella —dijo él.

—Yo la crié unos años.

Lo oí resoplar su fastidio.

—No le voy a discutir los pañales... Le digo que esta tarde estuve un par de horas charlando con una piba confundida que da la casualidad que es su hija.

Le daba por la retórica al veterano.

—¿A usted cómo le fue? Con su hija, digo.

—Hablo con la autoridad que da al fracaso.

—Fitzgerald.

—Eso, Scott Fitzgerald: tan mal padre como usted o como yo.

—¿Para tanto?

—Es un decir. La paternidad no cierra tampoco, pibe.

—Una lástima, porque usted es un padre para mí.

—Ahí está. Por eso me miente, me usa. Todo un tema, el uso del padre, Pirovano.

—No lo uso, lo preservo —y esquivé la dureza, me hice el

gil, quise volver al otro clima—. Yo le conté todo lo que me pasó, con salvedades. Como se le cuenta a un padre cuando uno ya no es un chico. Acepte eso.

—Acepto eso. Pero entonces no pretenda que lo traten, que yo lo trate de otra manera —suspiró y pareció retomar impulso para seguir el cuestionario—. ¿Y Bárbara?

Parpadeé en la oscuridad. Creo que para él fue como si me alzara de hombros.

—¿Ya no está preocupado por ella? —y era un acusación—. Hace tres horas....

—Hace un día y medio que se fue de su casa y no sé nada. Sebastián mismo no sabe nada...

—Y las amenazas...

Las desestimé con un cabezazo hacia afuera, como un defensor que despeja en el área:

—El rastreo de las amenazas tipo "te la vamos a coger, le vamos a romper el culo" y todo eso dio un resultado curioso y tranquilizador, Etchenike: por la voz y la expresión "quedate en el molde" los que llamaron el jueves a la noche para asustarme con Bárbara son los mismos que empezaron a joder el miércoles a la mañana con Renata... —y busqué un gesto, un indicio en ese rostro en penumbras que se hiciera cargo de algo—. Ésos no tienen a Bárbara, pero saben que yo no sé dónde está. Alguien puede haberse ido de boca.

No se inmutó ni acusó recibo.

—Por ese lado no hay peligro —proseguí—. Lo que temo es que todo o parte de lo que Armendáriz me diga sea mentira, que en realidad lo estén extorsionando con Bárbara a él. Que no se fue, que se la llevaron y que hasta que no firme no habrá devolución... Zambrano y esa gente son capaces de esas cosas. Yo sentí que el pibe en parte me mentía.

—Pero si usted está tan tranquilo es que algo tiene, algo sabe de ella.

—Tengo el celular.

Puse el aparatito sobre el escritorio.

—Sabe que no es de ella —dijo él.

—Sí, pero lo usó. Ahora está denunciado y muerto.

—¿Desde cuándo?

Me encogí de hombros. Le recordé la versión que me había dado el Secretario.

—Él dice que ella lo usó y lo devolvió —concluí.

—O se lo quitaron...

—O se lo quitaron —admití.

—Y después lo usaron para montar todo ese circo de anoche en la 24, en la Boca. ¿Ya averiguó cómo fue esa payasada del secuestro de Renata? ¿No se dio cuenta de que lo forrearon?

—Sí, pero en parte. Porque les salió mal.

—¿Cómo fue?

—Ahora lo sé: lo armaron entre Sobral y su gente del Juzgado con la complicidad de la policía. Es una forreada porque no era un secuestro real: no querían hacerle nada a la nena sino tenderme una trampa a mí.

—¿Quiénes?

—El Secretario y los de Ibrahim: tengo el celular que era del Juzgado y que pasó por las manos de Bárbara, tengo al tipo que según Vicky es chofer del Juzgado, tenemos la evidencia de que Sobral está vinculado a Zambrano y los dos a Ibrahim, para nombrarlo de alguna manera.

—¿Y en qué consistía la trampa?

—Hacerme salir de casa, emboscarme, amasijarme tal vez. Renata hizo la llamada desde este celular...

—Qué boludo.

Fue todo su comentario.

Después de un momento oí en la oscuridad el ruido de su sillón de madera, el crujido desalentado ante el movimiento inquieto de su culo flaco.

Pero no fue como en *El Eternauta*. Fue al revés: sombra entre las sombras, sentí el vacío frente a mí. Estiré el brazo. Estaba solo. Ya no había nadie sentado en el sillón.

—¿Qué quería decirme? —le pregunté a lo que suponía su

sombra en retirada—. ¿Para qué me esperó?

—Para hacerte hablar, Pedro.

Esa voz, de quién era esa voz.

Prendí el encendedor. Un chasquido y nada. Al segundo, sí.

Vicky salió del cuarto contiguo.

Increíblemente, tenía una pistola en la mano.

56. Veni, vidi, Vicky

———

Ahora Vicky estaba frente a mí y me apuntaba. Se me apagó el encendedor. Volví a encenderlo y seguía ahí.

—¿Qué hacés con eso? —atiné a preguntar.

Lo bajó, como sorprendida.

—Controlaba —y volvió a subirlo.

—¿A mí?

—A vos y al viejo —y lo bajó.

—Etchenike es un caballero.

—Un caballero alcahuete tuyo.

Se me apagó otra vez el encendedor.

—¿Desde cuándo estás ahí?

—Vine con él.

Traidor, veterano traidor.

—¿Por qué? —y lo encendí.

—Zambrano se llevó a Renata.

—¿Qué?

—¡Culpa tuya se la llevó! —y soltó un sollozo con la pistola hacia adelante—: ¿Dónde está Sobral? ¿Qué más le hiciste? ¿Por qué dijiste "algo tengo que ver pero yo no fui", hijo de puta?

Solté el encendedor y en la oscuridad le tiré una piña al bulto estirándome hacia adelante. Sentí que la alcanzaba de refilón y ella dio un grito.

Me tiré por encima del escritorio y la busqué por el piso. Por un momento temí que empezara a disparar, pero no.

—Vicky.

—No me pegues— dijo a mi derecha.

—No, claro que no. ¿Dónde estás?

La busqué en cuatro patas en la oscuridad. Estaba arrinconada y llorando.

Había perdido la pistola.

La abracé.

—Zambrano se llevó a Renata —dijo como pudo.

—La recuperaremos.

—Sos un imbécil...

—Sí.

En ese momento volvió la luz. Nos sorprendimos parpadeando en un rincón. Vicky tenía los ojos borroneados por el llanto y el pelo volcado sobre la cara enrojecida. El vestido oscuro se le había trepado muslos arriba y una de las elegantes medias color champagne tenía un agujero en la rodilla sucia de tierra. La pistola había caído lejos de su mano. Me levanté, la recogí, se la di sin decir una palabra.

Después la ayudé a levantarse.

—¿Por qué no me lo dijo Etchenike ni bien llegué?

—Se lo prohibí. Lo tenía amenazado.

—¿Por qué?

—Quería saber qué sentías por Renata, qué mierda tenés en la cabeza.

Una tarea digna de mejores empeños que no merecía comentarios mayores. Suspiré.

—Vamos —dije.

Cerramos la cueva de Etchenike y fuimos a mi oficina.

Hacía años que Vicky no la pisaba. Se dejó caer en un sillón. Pasé a mi despacho, serví dos whiskies y volví con la botella y servilletas de papel.

—Limpiate. ¿Querés ir al baño?

Negó con la cabeza.

Probé un sorbo del discreto scotch y la miré.

—Contame.

Recién entonces me miró. Vi que tenía una marca roja en el pómulo izquierdo.

—Sos tan animal... —dijo en general y en particular.

—Contame de una vez.

Y me contó.

Sin tocar el whisky, sin dejar que la interrumpiera ni le pidiera excesivas explicaciones me dijo lo básico, lo que la había traído pistola en mano hasta ahí. En principio, nunca había visto a Zambrano hasta esa tarde; tampoco había ido jamás a la casa de Bárbara. Así dijo: "a la casa de Bárbara".

—¿Estaba ella?

Vicky negó con la cabeza.

—¿A qué fuiste?

—Es largo y no viene al caso, Pedro.

—¿Estaba el Secretario?

Volvió a negar con la cabeza.

—Pero fue.

Parpadeó sin contestar.

Había zonas grises: ¿podía ser que hubieran estado los dos en la misma casa, sin verse y por distintos motivos?

—Seguí.

Me dijo que había regresado a su casa con Zambrano porque él quería hablar un par de cosas con Sobral. Cuando vieron el auto en el garaje supusieron que ya había vuelto y subieron. Al entrar, Zambrano se quedó en el living mientras ella iba a buscarlo. Pero el Secretario no estaba: sólo se encontró a Renata con Etchenike.

—Ese viejo loco me dijo quién era, que se había quedado a cuidar a la nena y lo primero que hizo fue pedirme el teléfono. Estaba apurado, se quería ir.

—Ahí me llamó a mí.

—Supongo —dijo ella con odio.

292

Y me contó que hasta ese momento ella no sabía que yo me había llevado a Sobral. Pero cuando Renata se lo dijo, Zambrano ya estaba ahí. El Fantasma sospechó lo que podía estar pasando y no dudó.

—Sacó un revólver, Pedro... —dijo Vicky como si no pudiera creer lo que estaba contando, como si ella misma no hubiese hecho lo mismo—. Sacó un revólver en el living de casa, entendés. Se puso a putearte como loco, agarró a Renata del brazo y se la llevó. El viejo trató de pararlo y le dio un golpe.

—¿Y qué dijo?

—Que hasta que no aparezca Sobral no la va a devolver.

—Hijo de puta.

—¿Qué le hiciste a Sobral?

No podía contestar del todo a eso:

—Lo que escuchaste, para algo estabas escondida ahí. Cuando volví al Escarabajo, no estaba.

Ella meneó la cabeza. Si llegaba a hacer alguna referencia a lo que llamaba mi *secreto* se pudría todo. Estuvo a punto pero no lo hizo:

—Terminá —dije.

Vaciló pero terminó contándome que habían intentado localizarme llamando a casa y a la oficina, y no habían podido. Entonces Etchenike sugirió que me vinieran a esperar. Estaban de guardia mirando televisión cuando vieron en el noticiero lo del incendio de Arnold Body Building.

—El viejo te defendía, decía que tenés tus razones— dijo Vicky—. Cuando vino el corte de luz yo pensaba irme pero en eso oímos que llegabas. Y ahí me escondí.

—¿Por qué?

No llegó a contestarme porque sonó el teléfono.

Era Zambrano.

—Me alegra escucharte, Pirovano —dijo sin preámbulos—. ¿Estás dispuesto a negociar?

—No hay nada que hablar, Fantasma —grité—. Devolveme a mi hija porque te voy a matar.

—No va a ser tan fácil, idiota. Has estado haciendo mucho mal, jodiendo a mucha gente, al pobre Sebastián, a Bárbara, a amigos míos, buenos profesionales...

—Mirá, hijo de puta... —y era como si lo tuviera ahí, a mano—. No me interesa negociar nada. Esa basura terminará preso, como vas a terminar vos si no te mato antes...

Pero el candidato inmediato no era él: sentí la pistola en la cabeza.

—¡Soltá el teléfono!— dijo Vicky como loca—. No te vas a cagar en la vida de mi hija...

Me arrebató el auricular:

—No le haga nada a Renata —dijo con voz decidida y sin dejar de amenazarme con el arma—. Sobral va a aparecer, claro que va a aparecer...

No pude oír qué le decía el Fantasma.

—De acuerdo. En dos horas —dijo Vicky.

Colgó. Pero no bajó la pistola.

—Estás loca, Vicky —y lo estaba—. Renata no corre peligro y no hay nada que hacer con ese hijo de puta del Secretario. ¿No te das cuenta? ¿Qué te pasa?

No me contestó. No bajó la pistola.

—Zambrano no le va a hacer nada a Renata —dije incluso para convencerme—. Y la voy a traer de vuelta, como la otra noche que...

—No es sólo eso.

—¿Qué cosa?

Ahora sí bajó el arma.

—Yo lo quiero —dijo.

—¿Qué?

—Lo quiero, imbécil. Estoy enamorada de Sobral.

—Pero si ese tipo...

—Qué sabés vos.

No sabía, claro que no sabía.

Me acerqué al escritorio, me tomé el resto del whisky. Después me empiné la botella.

—No te hagas el duro o el ofendido —dijo ella desde muy lejos—. Tenemos que hacer algo ya.

Pasaron segundos; no podía ni pensar. Traté de recordar un momento en que me hubiera sentido peor.

—Andate ahora —dije sin volverme y como quien pide pido en la mancha venenosa—. Yo me encargo.

—No. Voy con vos.

—Está bien. Pero ahora andate —y lo mío ya era una capitulación firmada sin leer la letra chica—. Tengo que hacer un par de llamados: en media hora esperame en Rivadavia y Paraná.

—¿Qué vamos a hacer?

—Ir a buscar a ese hijo de puta.

Por si acaso no me preguntó a cuál.

Me conocía. Más que yo a ella, como siempre pasa con las mujeres.

57. EL DIAGRAMA DE VEHN

Ni bien Vicky había tomado la consabida nocturna ruta del veterano escaleras abajo llamé a Lacana. Todo el cambio consistía en adelantar la provisión del vehículo previsto para la función de la noche en el Salón Verdi

—Precalentamiento —expliqué más jovial de lo que quise.

No hubo problemas. Ajusté un par de factores con la ayuda de un Cucciufo que sólo demoró dos minutos en darme las coordenadas del objetivo y alternativas de acción. Y me fui para Arriba.

La cúpula estaba extrañamente fría. Boris Vian hubiera hecho converger las paredes algo más, convertiría el ámbito en un iglú de techo transparente abierto a la noche polar. Me conecté y al hacerlo sentí que flameaba, fue la conmoción habitual más la sensación de tener los pies metidos en una palangana de soda helada. Las pantallas en ningún momento se encendieron todas. Fogonazos grises y plateados las picotearon sin fe como si el corte de energía reciente hubiera dejado tan rengo al sistema como a mí. Esperé que se estabilizara y finalmente sólo quedaron luminosas las cuatro centrales, ceñidas por una tuerca oscura.

Tecleé los accesos vía burocrática y me contestaron casi a

desgano, como un empleado público que te atiende sin mirarte, mientras toma café o conversa con un amigo con el teléfono sujeto con el hombro.

Fui sintético porque sentí que en cualquier momento cerraban la ventanilla y me apretaban los dedos:

—No entiendo —tecleé—. No entiendo nada.

A continuación escribí una docena de nerviosos telegramas, comunicaciones rápidas sin puntos ni comas ni fe en que sinteticé novedades, descubrimientos y perplejidades que se pisaban entre sí. Vacié todo eso en una bolsa informática y lo deposité en la puerta de Subjuntivo para que hiciera algo con esa basura.

No la tiró. Después de un momento sentí que la recogía, que desde algún lugar distante metía mano y mente en mi desconcierto para decirme en blanco sobre negro, bien de pizarrón:

—No aflojes ahora. Que semejante entrevero de intereses y saberes no te confunda, Pirovano. Acaso sepas ya todo lo que quisieras o no saber, pero tal vez necesites un modelo de descripción, un esquema donde puedas meter tantas variables.

Lo admití.

—Supongamos que hayas confundido algunas motivaciones. Que los problemas de los arqueros consistan en que sólo atinen a atajar todo lo que les tiren sin que les importe por qué les pateen. Que a vos, Pirovano, te pase eso. Y que cuando analices, te equivoques. En principio, que sea evidente tu prejuicio o, para que te duela diferente, tu soberbia: que te resulte más fácil suponer que la entrega de Bárbara sea un acto de amor o calentura y no de cierto cálculo; y que supongas que Vicky sólo se mueva por celos. Acaso convenga que contemples la posibilidad de que alguien haga las cosas por alguna razón que no te implique. Que el hecho de que esas mujeres que seguramente (o no tanto) en algún momento te hayan amado no signifique más que eso, que te hayan amado.

—Algo me dijeron hace un rato pero me cuesta seguirte. No estoy acostumbrado a leer el consultorio sentimental.

—No lo tomes por ahí. Quizás pueda explicártelo mejor.

Probablemente necesites un esquema, un modelo donde figure lo que sepa cada uno y lo que comparta con los demás y lo que no. Porque pareciera que el hecho de que la mayoría —y quizás quepa incluirte— se conozcan entre sí y tengan complicidades cruzadas sea la clave de tu estupor... Si hubieras estudiado lógica formal, Pirovano...

—Algo sé.

—Acaso te acuerdes, entonces, del Diagrama de Vehn.

Me acordaba.

Desde un costado de la pantalla derecha comenzaron a entrar rodando sucesivos anillos, una aparente bicicleta de múltiple tándem, que pasaron de pantalla en pantalla hasta rebotar en el fondo y después quedar apoyados, desordenados como discos sin sobre.

—Supongamos que cada uno de éstos represente lo que sepa o conozca cada uno de los implicados en esta historia.

Cinco discos rodaron hasta ubicarse en el la pantalla del medio. Tenían letras y texturas que los identificaban:

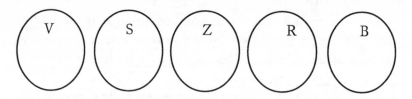

—Hagamos de cuenta que V sea Vicky; S sea el Secretario (o Sobral, como te guste); Z sea Zambrano, R sea Renata y B corresponda a Bárbara y que al mezclarlos te dé una idea aproximada de dónde estés parado para poder entender algo, Pirovano. Partamos del clásico:

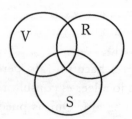

—Aunque no podamos suponer con seguridad todo lo que sepa cada uno, tal vez logremos saber qué cosas conozca que no comparta el resto; y descubramos que existan cosas que compartan dos pero no un tercero e incluso que se encuentren datos o ideas comunes a los tres.

—Entiendo.

—Pero si al esquema le agregaras Bárbara y Zambrano, acaso las cosas se complicasen así:

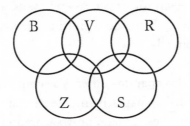

—Ahora no entiendo. ¿Sólo Renata no conoce a Zambrano y a Bárbara? ¿Vicky comparte con Bárbara y con Zambrano cosas que no sabe el Secretario...

—Y el Secretario puede que tenga complicidades con Renata a las que no acceda Vicky...

—¿Es así?

—Mejor que entiendas estas posibilidades. Si sacases las consecuencias de estos cruces... —y no concluyó.

—¿Qué?

—Que se imprima —dijo.

La máquina zumbó.

Como quien recibe el resultado de su peso en una balanza, como el que aguarda que la cotorrita de la suerte o la desgracia le elija su tarjetita con el pico, así esperé que la máquina me imprimiera los esquemas.

Apareció la página con los diagramas.

—No tendré respuestas pero me llevo un dibujito.

—No te quejes; y no te vayas todavía.

La segunda hoja era la pauta actualizada de la localización del Secretario: Hospital Rivadavia, Las Heras y Billinghurst.

—Que te sea leve —me despidió Subjuntivo como si me palmeara la nuca, pero desde adentro.

—No lo será —me jacté oscuramente—. Después de todo, sin tanta tecnología el veterano ya me puso un par de manos parecidas. Suficiente por hoy.

Pero él siempre se guarda la última palabra. Una vez más, después de iluminarme ciertos molestos recovecos interiores y entretenerme con discos y acertijos, esa demorada luz de heladera vieja me dejó —sin sorpresas ya— el mensaje redundante, prospectivo, profético, obstinado y multiuso de los últimos días:

—No vuelvas sin ella.

—Claro que no.

Y las pantallas, los aparatos enteros se convirtieron en cajas traslúcidas que se llenaban paulatinamente de una ceniza helada. Cuando se saturaron de ese liviano polvo acerado y amenazaban desbordar, todo se apagó. Sólo quedó el frío.

Con la sensación de que cada vez me iba de ahí con menos cosas, partí.

Entré a la red subterránea y, según la hora y el acuerdo con Cucciufo, caminé hacia el oeste. Aunque no era mi destino final, emergí sin dificultades por el baño de la sala 3 del cine Gaumont, en plena segunda función de la sección noche. Habían repuesto *El cielo sobre Berlín* y me dieron muchas más ganas de entrar a escuchar los diálogos silenciosos de los ángeles de Wenders que correr en plan canje tras los machucados pasos del Secretario. Sin embargo la ambulancia provista de urgencia por Lacana esperaba en el estacionamiento bajonivel de Plaza Congreso y hasta allí me enhebré por incómodos pasadizos húmedos y mal iluminados.

Hubiera tardado menos yendo por superficie, pero así eran las cosas.

La ambulancia relucía al fondo de la segunda planta como el conejo blanco de Alicia agazapado en el fondo de la cueva.

Toqué el capot y estaba caliente. Incluso el asiento estaba tibio aún.

Mientras salía a la noche con uniforme médico, una tarjetita al pecho con el nombre del doctor Oscar Pacheco y la sirena afinada en fa sentí una extraña sensación. Hacía muchos años que no tenía una cita con Vicky.

—¿Dónde está?

—En el Hospital Rivadavia. Ponete eso.

Eso era un delantal de enfermera color verde sucio.

Vicky se lo puso con esa inquietante destreza femenina para la muda y la mudanza en condiciones inestables o imprevistas. No creo que haya separado las nalgas del asiento más que centímetro y medio durante toda la operación.

—¿Cómo vamos a hacer?

Hice un gesto que quiso significar dejame a mí pero que ella interpretó mucho mejor como no tengo idea. Sin embargo, la tenía.

—Podés quedarte. Suelo arreglarme solo.

—Ni loca. Apurate.

Me volví hacia ella:

—No me ayudes tanto como el miércoles.

—¿El miércoles?

—No te hagas la que no entendés. Sabías perfectamente lo que pasaba cuando te metiste en casa. Y cuando me acompañaste a buscar a la nena a la comisaría.

—No es cierto —hizo una pausa—. No en ese momento al menos.

—Después sí.

—Después sí —admitió.

302

Me acordé del Diagrama de Vehn que tenía en el bolsillo.

—¿Sabías que había sido el Secretario el que la secuestró?

—Supe.

—Y sin embargo, ahora...

—No fue un secuestro —hizo un gesto de impaciencia hacia el parabrisas—. Mirá lo que hacés.

Miré lo que hacía: conducir inconscientemente entre otros inconscientes perplejos.

—Manejá bien y apurate. Dejemos las preguntas para después —propuso programática—. En el fondo es culpa tuya.

Coherente, volvía a viejas ecuaciones.

Más coherente aún, en ningún momento condescendería a preguntarme sobre el origen del vehículo o nada que tuviera que ver con lo que ella llama —cuando la menciona sin énfasis y sólo en privado— mi *vida doble*. Convive desde hace años con esas zonas secretas con cierta resignación y algo de no admitido orgullo secreto.

Doblé en el Congreso.

—Tendrías que haber seguido por Rivadavia.

—Se arregla con la sirena.

—La gente no cree en los cantos de las sirenas.

—Pero le joden los gritos.

Y la nuestra gritaba. Nos fuimos abriendo paso por Callao hacia el norte con esa mezcla de intimidación y permiso autoritario que, como el bastón de los ciegos, imponen las ambulancias. Algo molesto.

Pasábamos de las zonas penumbrosas a las iluminadas en una intermitencia propia de los arbolitos de Navidad. La corriente eléctrica iba y venía por Buenos Aires como si tosiera dentro de los cables.

—Ojalá haya corte en el hospital —dije.

Me miró de reojo.

Le expliqué brevemente que sin luz sería más fácil y justificado lo que pensábamos hacer. Asintió. Le pasé la planilla que debíamos llenar para realizar el operativo:

—Poné los datos bien, sin trampa. Donde dice destino poné Hospital de Quemados.

Vicky escribía con birome y yo manejaba. Tras forcejear entre colectivos en la esquina de Callao y Las Heras zafamos hacia el norte y aceleramos a toda sirena y con la pista iluminada. Al pasar Pueyrredón entramos en una nube que se fue adensando mientras nos acercábamos al hospital. Ni semáforos había. En la curva de Austria nos zambullimos en la prometedora oscuridad.

Casi nos comemos un 93 al cruzarnos de mano y entrar en la zona arbolada del hospital a velocidad imprudente. Clavé los frenos y apagué la sirena. La poca claridad que llegaba desde el edificio temblaba pálida como si hubiera hogueras amarillas detrás de las ventanas.

—Ponete el barbijo, así no tenés que hablar. Pero quiero que él te vea.

Me bajé de un salto mientras Vicky iba hacia la puerta trasera.

Apareció el tipo de seguridad, crecido e informe por la luz a sus espaldas.

—¿Qué traen?

—Venimos a buscar.

—¿A quién?

—Al que trajeron del incendio de Agüero —señalé a Vicky con la papelería y me apuré hacia la entrada—. Ayúdela con la camilla.

El uniformado me siguió, pero también siguió la rutina:

—¿Adónde se lo llevan?

—Al de quemados. Lo pidieron.

—¿Hay luz allá?

—Pedro Goyena y Beauchef; allá hay luz y especialistas —y le mostré mi mano enguantada como si tuviera algo que ver.

—Ah.

El tipo terminó de acompañarla a Vicky con la camilla y nos dejó seguir viaje hacia adentro.

—¿Dónde es la guardia?

Ella sabía:

—Traje e Renata cuando se sacó el codo.

Eso había sido en primero, en segundo año, hacía una eternidad.

Había un policía, casi un chico vestido de policía en la entrada a la guardia, junto a la cartelera con los turnos de residencia.

—Sobral, Ernesto —dije leyendo la planilla a la luz de mi propio encendedor. La enfermera de barbijo y delantal verde encaró la puerta a espaldas del uniformado y metió la mitad de la camilla como quien pone un pie gigantesco.

—¿Qué quieren?

—Soy el doctor Pacheco. Hay que llevarlo.

Y repetí el verso mientras miraba por encima de su hombro cómo Vicky buscaba dónde estacionar.

—¿En qué estado está?

El joven agente no sabía exactamente pero sí estudiaba la planilla.

—Espere un momento —dijo el policía.

—¿Quiénes son? —dijo una imprevista enfermera que llegaba.

—Hospital de Quemados —dije—. Nos llevamos al del incendio.

La enfermera se asomó a la ficha y dijo:

—Me parece bien. El grupo electrógeno no va a funcionar mucho rato más y a éste había que subirlo. ¿Vio al médico de guardia? Andaba por el segundo piso.

—¿Quién está? ¿Carrasco? —y esperé haber leído bien.

—Sí —dijo la enfermera.

—Arreglé el traslado con él —dije—. ¿Cómo está?

—¿Carrasco?

—El paciente.

La enfermera se sonrojó. En la semipenumbra del pasillo era una linda enfermera de tetas grandes.

—Lo vi quemado, o mejor chamuscado, roto —parecía describir una prenda usada—. Machucado, aunque entró caminando. Es sobre todo el shock.

—El shock —confirmé—. Y lo peor son las quemaduras interiores, el humo y el aire caliente en la laringe y los pulmones.

—Le quedan en carne viva.

—Eso.

El joven agente miraba un partido de ping pong mientras se comunicaba por vía institucional con su fuente de coherencia, hacía lo que debía con quien debía hacerlo.

—Pero no se lo pueden llevar todavía —fue su conclusión.

Vi que Vicky ya se lo traía, el botellón de suero en alto, la otra mano empujando la camilla veloz.

—No se les vaya a morir por una cuestión burocrática... Es una emergencia —dije y me perfilé para recibir al confundido Secretario, dispuesto a todo, absolutamente entregado al guión del peor episodio de *Misión imposible*.

—No está asentado siquiera —dijo la enfermera con el libro gordo de la guardia, bajando el dedo de uña rosa por la lista manuscrita de los que habían desfilado ese día.

—Mejor —dije.

—No puede...

Justo en el momento en que el policía esbozaba una resistencia, la puerta de doble batiente del pasillo que daba a la calle se abrió y como una manada de búfalos irrumpieron desde la noche cuatro grandotes portando las extremidades de un quinto que chorreaba sangre.

—Abran paso, carajo —insinuó uno de los punteros.

Las sobaqueras provistas señalaban la condición policial de los hirsutos personajes.

—¿Quién está a cargo? —gritó otro pesadísimo.

—Yo... —dijo el imberbe uniformado.

—No, pelotudo: un médico.

—El doctor Carrasco. Ahí viene —dijo tetas grandes.

No esperé a que llegara.

Le apliqué un rodillazo en el culo a Vicky, dije permiso y

pasamos con nuestro chamuscado entre la nueva comitiva y la pared; incluso me di tiempo y oportunidad para girar apenas:

—Ayúdeme, agente —dije.

Pero el policía de guardia había quedado pegado a los nuevos sucesos, tardaría en alcanzarnos.

Encaramos por un pasillo limpio y medianamente iluminado, derecho a la calle. Yo manejaba y Vicky caminaba rápido con el suero en alto como un defensor pidiendo offside. Sobral iba tapado por una frazada gris que le llegaba a la barbilla. Una gran venda le cubría la oreja izquierda, la ceja de ese lado y parte de la cabeza; y no decía nada, hablaba con los ojos. Lo que parecían contar no era demasiado coherente.

Salimos y el diligente tipo de seguridad nos ayudó con el suero hasta la ambulancia. Metimos a Sobral como restos de matambre en el microondas y Vicky se quedó con él.

—¿Y el chofer, doctor?

Se suponía que teníamos que ser tres.

—Manejo yo —dije—. Una emergencia.

Me miró raro. Estábamos ante la puerta de la ambulancia y yo me aflojaba el nudo del delantal en la nuca: Peter Graves, *Misión imposible*, penúltima secuencia.

Me volví para subir.

En ese momento precisamente volvió la luz y parpadeamos un poquito. A la salida del parpadeo el de seguridad algo vio:

—Pero... —dijo o empezó a decir a mis espaldas.

Supuse rápidamente que lo que había alcanzado a ver era mi 38, cruzado junto al riñón derecho bajo el cinturón, como un criollo facón siempre disponible.

—Vamos, Pedro —dijo Vicky asomándose en el peor momento.

—Se dice doctor —la corregí.

Sin volverme, tomé un impulso corto y eché el codo derecho hacia atrás con todas mis fuerzas: alcancé al tipo justo cuando estiraba la mano a la culata de mi revólver.

—Ouch...

Aunque le di mal, entre el hombro y el cuello, bastó para desequilibrarlo. Quiso desenfundar mientras se iba al suelo hacia atrás pero no le di tiempo. No se puede llevar el arma empaquetada como para un envío al exterior y tratar de sacarla velozmente. Le pateé fuerte la cabeza y quedó quieto. Todo rápido, sin palabras ni quejidos.

Miré a mi alrededor. Nadie a la vista. Adentro del hospital estarían celebrando el regreso de la luz como un juguete nuevo.

Mientras me sentaba frente al volante me di cuenta de que, sin contar al que quedaba en el suelo, también a los dos que llevaba en la ambulancia les había pegado en las últimas horas.

Algo andaba mal en mis relaciones personales.

▬

La primera decisión, más allá del apuro y del estado de alerta, fue hacia dónde doblar a la salida del hospital. Los plazos se acortaban. Era una Cenicienta a contramano —la supuesta fiesta empezaba a las doce—, con telones que se encimaban a mis espaldas cambiándome el escenario mientras se me agotaba el cupo de errores: ya no podía seguir borrando con el guante lo que había escrito con la mano libre, o al revés.

Así que salí para la izquierda, hacia el norte y con sirena imperativa. Supe lo que tenía que hacer. No habíamos hablado una palabra con Vicky pero no podía abusar de nuestra buena suerte. Antes de que nos soltaran todos los galgos ya estaba buscando la primera zona operable para disolver evidencias.

A las tres cuadras vi una trasversal a oscuras y salí de Las Heras para la derecha con la sirena apagada. Reduje la velocidad, antes de llegar a Libertador volví a doblar en una calle arbolada y estacioné de trompa frente al garage de una casa sombría, con un enfermo terminal que pagaba dos pesos.

—¿Qué pasa? —dijo Vicky asomada.

Me bajé de un salto, di la vuelta y les abrí la puerta.

—Salgan.

Me miraron como pareja de cocodrilos de visita en una fábrica de carteras.

—Tómense un taxi y váyanse a su casa —les completé la propuesta—. Desaparezcan.

Vicky entendió al instante. Dejó el botellón y se sacó gorra y barbijo de dos tirones. El Secretario quedó sentado en la camilla, absolutamente ridículo con la frazada a media asta y sosteniéndose él mismo el suero.

—Piantá —le dije.

El tipo no reaccionaba.

—Sacale esa mierda, Vicky, que no la necesita.

Ella vaciló y entonces yo mismo subí y le saqué la aguja y la cinta adhesiva de un tirón. El Secretario se quejó apenas. Lo ayudé a bajar y me quedé con el frasco de suero en la mano. Por un momento creo que temió que se lo partiera en la cabeza. No me faltaban ganas.

Pero Vicky estaba ahí:

—¿Qué pensás hacer? —se había sacado el delantal, agitaba el pelo, ya no era la enfermera pero sostenía por el codo al impresentable que flameaba un poquito.

—Yo voy a ocuparme de Zambrano y de la nena. Ustedes pianten... —hablaba en plural pero me dirigía a ella—. Se iban a ir a Colonia...

Asintió.

—Váyanse, ahora: Zambrano se va a enterar de que Sobral está libre y le tiene que bastar para tranquilizarse. Pero si vos lo querés a este boludo, como decís, mejor que no ande más con ese hijo de puta porque no va a zafar.

—Vos no entendés, Pedro.

—No creas. Tengo el diagrama de Vehn.

—¿Qué?

—Apurate. Llamame mañana a mediodía, que Renata ya va a estar en casa.

—¿Seguro?

Qué le iba a decir.

Venía un taxi y aproveché: me crucé aparatosamente en medio de la calle y me frenó encima.

—Se rompió la ambulancia —dije y el conductor me miraba el cartelito colgado del pecho—. Por favor, llévelos rápido: Obligado al 2100, en Belgrano.

Antes de que terminara de entender ya los tenía adentro.

Se fueron.

Volví a la ambulancia y salí detrás de ellos; pero en la primera doblé al revés.

Mientras enfilaba calladamente por Libertador hacia el Sur traté de hablar de algún modo con Etchenike pero ya no había forma; iba a ser duro el cruce con él. En cambio, con Lacana no hubo problemas; nunca los había. Comuniqué en qué medida me había encariñado con el funcional rodado pero que no podría seguir con él al aire libre sin riesgos excesivos, pues una nívea ambulancia nocturna —glóbulo blanco en las gruesas arterias ciudadanas— no era el mejor medio para soslayar la vigilancia de una policía ya seguramente en guardia. Y Cucciufo lo entendió.

Como no era cuestión —ni existía la posibilidad— de destruir el vehículo ni de abandonarlo en la calle sin grandes riesgos de captura por parte de las fuerzas del orden, mi lazarillo a distancia primero me hizo doblar por Salguero rumbo al río y después hacia Retiro y el interior del puerto. Cuando ya desesperaba, desemboqué en un sombrío depósito de contenedores iluminado por dispersos faroles de luz amarillenta. Seguí instrucciones y de pronto un contenedor se abrió ante mí, dejó caer uno de sus lados como una caja china en las manos rápidas del mago Tihany. Ahí metí mi ambulancia e inmediatamente el lado retráctil volvió a su lugar, dejándome felizmente encajonado y a salvo.

No estuve quieto mucho tiempo, sin embargo. Apenas un par de minutos después oí ruido de cadenas y comprendí que el operativo de traslado había comenzado. Mientras alguien cargaba contenedor y contenido en lo que supuse un camión de transportes tuve tiempo de especular sobre lo que seguiría esa noche con perspectivas de interminable.

A Pandolfi y compañía debía preocuparlos que les hubiese tirado encima a la policía con el incendio fraguado del edificio de Arnold Body Building con un chamuscado Sobral de por medio. Por otra parte, tras un día empeñado en destrabar la madeja de un frente interno que no era tal y que me había dejado acaso menos enredado pero más desconcertado que antes, debía volver a cerrar las cuentas abiertas con los Gigantes o lo que quedaba de ellos, una manga de patéticos revolcados por la historia que me esperaban donde ya no iría.

En el depósito de Lacana tenía todo lo que necesitaba para las transacciones programadas en el Salón Verdi. No era una perspectiva agradable, sin embargo. En el fondo me la pasaba cambiando figuritas, no hacía más que eso: juntar con esfuerzo penosos muñecos que terminaba dejando sueltos, tirados por ahí como al Secretario, con la sensación de que nada había valido la pena.

Además, había algo que no cerraba ni mucho menos con Zambrano, más allá de lo que pudiera admitir ante Vicky. Lo de Renata tendría que dejarlo de alguna manera en suspenso en un rincón de mi cabeza hasta saber de qué se trataba. No era simplemente el Secretario lo que se jugaba ahí, y por un momento creí darme cuenta de qué era. Tendría que repasar las posibilidades del diagrama de Vehn en su forma más compleja...

Pero fue un instante nada más.

El camión o lo que fuera que me transportara parecía estar llegando a alguna parte porque la alternancia de luces y sombras sobre mi cabeza, el ruido de bocinazos y rumores de tránsito que me habían rodeado durante un rato cesaron de pronto y sentí que desacelerábamos, entrábamos en un túnel con rampa descendente. Tras un momento de plena oscuridad las luces se encendieron e incluso antes de que nos detuviéramos supe que había llegado. Hubo otra vez ruido de cadenas, y el contenedor volvió a ser depositado en el suelo. Ni siquiera oí el ruido del camión al alejarse ni el conjuro del diestro Tihany que volvió a desarmar el contenedor. Cuando bajé de la ambulancia, la mágica caja de laca estaba en Lacana.

Los pasillos virtuales se abrían en cuatro direcciones. Pero había sólo una dispuesta para mí. Allá fui, a un cuarto de hora de la medianoche, abriéndome paso por conductos de paredes de apariencia líquida, como si caminase dentro del túnel formado por el rulo de una ola gigantesca. Era una especie de efecto Mar Rojo en que sin ser Moisés me llevaba sólo a mí mismo hacia una tierra prometida quién sabe por quién.

Tras una puerta y un escritorio verde agua, Cucciufo hacía turno trasnoche sólo por mis vacilaciones, y no dejó de hacérmelo saber:

—Estamos fuera de horario y trabajando contrarreloj en el reacondicionamiento de la ambulancia; estará en cinco minutos —me informó serio y sucinto.

Nada que decir al respecto. Me imaginé que el tiempo lo calcularía en una minúscula clepsidra que trasvasaba agua o líquido celeste equivalente en un ángulo del escritorio.

—Muy bueno su trabajo en el montaje del falso incendio del edificio de Agüero —prosiguió ya en otro tono—. Un *capolavoro.*

—Modestamente...

Cucciufo solía sorprenderme con evaluaciones de ese tipo. Al estilo de personajes de De Quincey o de Chesterton que se permitieran juicios meramente formales sobre crímenes atroces o raros siniestros; el hombre de Lacana acostumbraba seguir mis tribulaciones —de las que era único testigo y que no podía compartir sino conmigo, además— con la actitud y desde el lugar de un distante observador interesado sólo en la apreciación estética.

—Con el recurso de dos bombas de humo de detonación retardada ahora la policía tiene la evidencia del depósito de armas y un implicado de regalo sin que haya sido necesario intervenir, manifestarse... —me resumió como si yo no supiera.

—No hemos trabajado al pedo.

—Eso.

Soslayó preguntarme sobre el sentido de mis últimos movimientos no programados y en cambio me resumió logros de conexión de cabos sueltos que ya no lo eran, cada vez mejor sujetos con la evidencia que habíamos reunido en tres días de manotear papeles y apretar malvados.

En un momento me distraje; necesitaba hacerlo, supongo, ante lo que se me venía.

—¿Qué mira?

—Los peces.

Se volvió. A sus espaldas, una chata pecera también inundada de verdosa claridad ocupaba prácticamente toda la pared.

—¿Se fijó?

—¿Qué?

—Son diferentes, de distintas especies; pero todos del mismo tamaño.

—No hay uno grande que se coma al chico.

—No es que les falten ganas. Pero no pueden. Se mordisquean, eso sí. Hay un montón de colas mochas y aletas mutiladas: se juntan de a dos para joder a un tercero... Pero otro día es al revés. Están todos cachuzos pero funciona.

—¿Qué funciona?

—El sistema.

—¿Le parece una manera?

Cucciufo enarcó las cejas por toda respuesta.

Después volvió a los papeles con los que había estado mostrándome nuestros progresos en la descripción y el ensamblado de las piezas de la perversa asociación ilícita ante la que nos habíamos asociado para disociarla. Los juntó e hizo una pilita junto a la clepsidra:

—Esta noche se los lleva... —dijo; y, aunque yo estaba quién sabe dónde, supe que no se refería a los alevosos documentos ahí presentes.

—Esta vez sí. Me los llevo a los dos. Y si todo anda bien o si todo anda demasiado mal, ya no nos veremos. Al menos por un tiempo.

—Eso espero —dijo espontáneamente—. Pero ha sido un placer.

314

Sonó un timbre apagado y el gesto de Cucciufo me indicó que ya estaba todo listo.

Nos dimos —nos prestamos, en realidad— manos frías y húmedas adecuadas para la despedida.

Los pasillos virtuales se habían dado vuelta como los dedos de guantes monstruosos. Se oía sin embargo un cierto rumor de agua detrás de la superficie fría y pulida, como si la totalidad de las huecas paredes y no solamente las cañerías transportaran un líquido incesante.

Llegué ante la puerta de metal traslúcido señalada por la flecha verde y la toqué. Estaba helada. Me concentré como si recogiera al mismo tiempo y de múltiples tirones simultáneos decenas de barriletes reunidos en un puño. Cuando el último terminó de posarse a mis pies, me puse y saqué lo que debía y, tras rozar levemente la E fosforescente, aspiré hondo y salí.

60. El enfermero loco

Catcher llegaba al filo de la medianoche y la realidad y sus intérpretes lo esperaban como a los bárbaros del poema de Kavafis. Una fuerza desaforada, un viento temido pero saludable, un corte a la tensa, turbia vigilia; un sentido al fin. La hora de las definiciones ponía dos puntos en todas partes.

El tipo entró saliendo de sí mismo y puso al llegar enguantadas y veloces manos a la obra. Ataviado para la ocasión, recorrió el ámbito a grandes zancadas, como quien retoma posesión de un espacio que debe ser medido, comprobado, reducido a términos propios del usuario inmediato que llega a moldearlo. Finalmente extrajo al receloso Melgar que esperaba desde hacía siglos de su habitáculo metálico y se lo llevó consigo a simples golpes de vista, con breves palmadas directrices. Recorrieron juntos los espacios virtuales que el prisionero jamás podría recordar sino en pesadillas y accedieron a la sala donde El Troglodita —convidado de piedra si los había— esperaba sin esperanzas su tránsito final.

Toto Zolezzi no había sido manuable en vida —125 kilos de huesos, músculos y grasa empedernida— y coherentemente resultó un resto mortal apenas gobernable. El tipo, sin embargo, lo trasvasó con facilidad. El grandote había llegado en su momento por vía fluvial y ahora lo sacaban en camilla y sobre cuatro ruedas silenciosas, forzándole una rígida voluntad muscular que lo sobrevivía.

—Por acá y sin tropezar —dijo Catcher ya puesto en ruta, expeditivo enfermero.

El perplejo Melgar fue empujando obediente en un largo trayecto de salida que se le hizo corto en la ansiedad y la incertidumbre. Al fin, mientras el otro disponía todo en la predispuesta ambulancia cuya apariencia, mutatis mutandis, ya no evocaba con certeza las actividades previas, recibió la primera orden de un anoche que lo preveía ordenadísimo:

—Arriba, bolita.

Subieron al duro pasajero y cerraron las puertas traseras. Con Melgar tan tieso como Zolezzi a su lado, el tipo puso el freno de mano y sin moverse del volante operó la salida conectando el terminal a la E que titilaba en la pared, junto a la gama fosforescente.

Hubo un chasquido, el techo se corrió y apareció un rectángulo de estrellas mientras el vehículo se elevaba vertical, como en un montacargas que lo dejó, en segundos, sobre el parejo empedrado tangente con las aguas del Dique 1. En un momento el Espacio Lacana se disolvió bajo las ruedas de la ambulancia; toda huella del secreto reducto quedó disuelta en el temblor eléctrico del aire circundante.

Catcher aceleró, soltó la víbora de la sirena y las estrellas acompañaron.

—Carajo... —dijo Melgar cada vez más chiquito.

Menos de cinco minutos después estacionaban frente al Salón Verdi, de la avenida Almirante Brown.

Catcher apagó la sirena y esperó.

—¿Qué hacemos? —dijo Melgar.

—Nada por ahora.

No había luces exteriores ni aparentes. La vieja sala que alguna vez había sabido intercalar sopranos gordas y bajos petisos con contingentes obreros encrespados de consignas y puteadas, el salón de los enfervorizados anarcos que clamaban por sindicatos libres o por la vida de Sacco y Vanzetti era ahora, habitualmente, un reducto de la berretada bailantera. En este caso, según los penosos, elocuentes *afiches laterales, era sólo el último engañoso puerto para una troupe de Gigantes que alguna vez habían luchado por algo y que mañana se trenzarían diezmados entre las cuerdas y la lona.*

Cuando el reloj marcó finalmente la medianoche Catcher se volvió hacia Melgar y le insinuó el 38 en las costillas mientras posaba la mano enguantada sobre su cabeza:
—Quedate quieto así.
El gerente de ventas de International Body House obedeció.
Entonces el tipo sacó de la guantera un pequeño dispositivo que parecía a simple vista un minúsculo walkman negro con diminuto pasacasete y se lo colocó al azorado Melgar bien enterrado en las orejas.
—¿Oís algo?
El otro negó con la cabeza.
El tipo oprimió dos botones del pasacasete y volvió a preguntar:
—¿Y ahora?
—180... 179... 178... —dijo Melgar.
—Son segundos. Eso es una cuenta regresiva de tres minutos... —explicó.
El otro estaba cada vez más asustado.
—Y esto... —y el tipo le mostró el pasacasete mientras se lo ponía en el bolsillo posterior del pantalón— es un explosivo personal.
El bolita, a falta de otra cosa, parpadeó.
—No te digo una granada, porque es poco —explicó el tipo—. Basta para reventarte el culo. Bah, quedarías todo culo.
Los ojos de Melgar amagaron saltar pero quedaron ahí.
—¿Cuántos segundos van? —le consultó el enfermero.
—164... 163...
—Andá y vení. Tenés algo más de dos minutos. Yo sé que están adentro. Entrás y les decís que ya llegó la ambulancia, que pueden empezar porque los primeros auxilios están garantizados. Si alguno se lastima, yo lo llevo.
—¿Quién les digo que está?
—El enfermero. ¿Cuántos segundos van?

—*151...*

—*No trates de tocar el walkman o el casete porque revienta. No es joda.*

—*Voy ya —y Melgar se apuró—. Pero ¿y si no me dejan salir?*

El tipo levantó las cejas, hizo el estallido en el aire.

—*146... 145... —murmuró.*

El coordinador de internos del Instituto de la Buena Hierba salió despedido hacia la vereda como si en realidad hubiera estallado algo en su bolsillo posterior.

Catcher lo vio llegar ante la puerta y abrirla sin esfuerzo. Hubo un parpadeo de luces interiores y de nuevo la oscuridad. El bolita estaba adentro.

Pasaron segundos sin ruidos ni gritos ni corridas. Pasó un minuto. El tipo puso en marcha la ambulancia y la colocó exactamente frente al salón. Minuto y fracción después la puerta se abrió y apareció Melgar, corriendo, y se abalanzó sobre la ventanilla:

—*9... 8... —gritó.*

—*¿Y? —dijo el otro imperturbable, mirando al frente.*

—*¡Tienen a la chica! —gritó—. Por favor... 6... 5...*

—*¿Qué chica?*

—*No sé: una chica.*

—*¿Una chica? —y el tipo se rascó la barbilla—. ¿Aceptarán cambio de bolita?*

—*3... 2... —lloró Melgar.*

—*Bolita por chica, digo...*

Y lo desconectó.

61. EN PLAN CANJE

■

Catcher interrumpió el dispositivo que le había colocado a Melgar pero no le sacó los walkman ni el pasacasete del bolsillo posterior.

—Quietito igual —le indicó— que si no lo activo desde acá. Así...

Y enarboló obscenamente el control remoto mientras esgrimía la batuta del largo dedo índice enguantado en látex con elocuentes gestos propios de Las manos mágicas. *La expresión de pánico del otro indicó que había comenzado otra vez la ominosa cuenta regresiva.*

Sin embargo el tipo lo desconectó sonriente y, sin dejar de controlar la puerta aún cerrada del salón, bajó de la ambulancia y abandonó a El Troglodita, más solo que nunca.

—¿Va a entrar? —preguntó Melgar.

—Vamos a entrar: voy yo —dijo el tipo.

Y de un tirón extrajo a Melgar del asiento, lo arrancó como a un yuyo.

—¿Viste a la chica? —dijo ya en camino.

El otro sacudió negativamente la cabeza:

—Me dijeron. Y preguntaron por Pirovano.

El tipo asintió.

—¿Cuántos son?

—Adentro, cuatro. A uno no lo vi pero lo oí hablar con Pandolfi. Y tiene que haber algunos más apostados afuera —dijo el

320

hombre de los walkman explosivos mirando a su alrededor—. En cualquier momento nos...

—*No nos esperan a nosotros, Melgar. Ni a vos ni a mí ni a la ambulancia. Están preparados para ensayar otra obra.*

Llegaron juntos a la puerta. Catcher sonrió y le cedió el paso a su acompañante.

—*Vamos, adentro —dijo casi cariñoso.*

Y le dio un alentador toquecito: un somero cachetazo en la nuca, más precisamente.

El Salón Verdi, alto y recargado, clásico teatro barrial de principios de siglo pensado y decorado para otras cosas, con el escenario abierto y sin telón al fondo, parecía una escenografía dispuesta para el último y aparatoso ritual. El gran salón estaba ahora absolutamente en penumbras excepto el ring montado en el centro del salón y el hombre parado en el centro del ring, iluminados —el ring y el hombre— por poderosas luces cenitales. Las hileras de butacas no estaban en su lugar sino apiladas a los costados, como si hicieran tiempo contra las paredes.

Ni bien la puerta se abrió, el hombre de pie en medio del cuadrilátero comenzó a hablar con un brazo levantado. Sin embargo no llegó más allá de un retórico, irónico saludo porque algo lo detuvo e insensiblemente hizo un gesto de aprensión, dio un paso atrás.

—*¿Quién? —dijo.*

Los que habían entrado no dijeron ni una palabra. Sólo caminaron desde la penumbra, uno junto al otro —el más alto ligeramente atrás— dispuestos a sumarse naturalmente a lo que fuera que los convocaba.

—*¿Quién? —repitió el iluminado cada vez más atrás.*

Los dos visitantes siguieron adelante hasta que asomaron sus pies en el borde del círculo de luz.

—*Un paso más y quietos —dijo el de arriba.*

Melgar y Catcher obedecieron, concedieron, quedaron expuestos como para una subasta.

—*Así, muy bien. Al menor gesto los reventamos. A los dos, boli-*
ta —especificó la voz cantante.

De pronto algo se movió en los ominosos laterales.

El enfermero vio aparecer, a los lados del ring, al joven Roque
que noqueara en su momento y al compañero de Melgar en el acoso al
Volvo. Pero no pareció registrarlos.

—*Vengo de canje, Paredón —dijo y se calló.*

Lo hizo como el que tira una piedra a un pozo profundo y espera
unos segundos el golpe en el fondo, el efecto, la medida de su gesto.

Pero el iluminado no se conmovió por la revelación, no dijo
nada. Entonces Catcher prosiguió:

—*Sé que no somos los que esperabas, Pandolfi. Pero los Gigantes*
me parece que se achicaron... y por una vez la ambulancia llegó antes
de que hubiera heridos. Además, me dijeron que daban una chica a
cambio de éste y para mí es negocio —dijo empujando levemente a
Melgar.

—*No te muevas.*

—*No pienso. Pero este bolita... —y volvió a impulsarlo, como si*
el piso hubiera estado embarrado y le costara deslizarse— va enchu-
fado por razones de seguridad y garantía de trato justo.

—*No hay ningún arreglo con vos; sos loco y peligroso. La chica*
es otro negocio. ¿Dónde está Pirovano?

—*No existe. Ése no existe para mí.*

Era como quien diagnostica el fin de una epidemia, una enfer-
medad erradicada.

—*Sin embargo trabajás para él, hijo de puta. Y ese incendio*
trucho nos complica, enfermero.

—*Peor hubiera sido un incendio en serio.*

—*Pero me atacaste a mí.*

—*Una vidriera, un gerente de ventas, unos kilos de fierros, un*
boga alcahuete: nada —enumeró el tipo, displicente—. No tenemos
diferencias fundamentales, Paredón. Sólo nos separa lo que va del
Body Building al Soul Building y algunas consecuencias de esa dife-
rencia: el asesinato del "Milagro" Narvaja, por ejemplo.

—*Un traidor —acotó Pandolfi.*

—*La invalidez de Roperito Aguirre...*

—*Ese resentido es el más hijo de puta de todos.*

Catcher no se inmutó y siguió con tono monocorde:

—*El tráfico de drogas con cobertura de los Gigantes bajo la carpa; el lavado de esa guita en la Fundación Inversiones en Bienes Humanos y el Instituto de la Buena Hierba de Mar del Plata; la compra ilegal de armas enmascarada como importación de fierros y aparatos de gimnasia con la trucha Integral Body House...*

—*Basta —lo cortó el otro—. No voy a tratar con disfrazados. Ya lo hice mucho tiempo arriba del ring, cuando Juan Paredes era Super Sugar y El Rockero... ¿Pero quién sos vos y qué querés?*

—*Dejame subir que te explico —dijo el tipo.*

—*Quieto ahí, mascarita —y los pesados, como respondiendo a una señal, se aproximaron apenas, amartillaron sus armas—. Ahora Norberto Pandolfi es un empresario y sólo hace negocios. Ya no lucha.*

—*Pero la lucha continúa, Paredón.*

—*Unos giles me quisieron apretar con eso. Ya no hay lugar para la lucha.*

—*El Troglodita creía que sí y lo mataron.*

—*Yo no fui. Pero algo habrá hecho.*

Se hizo un silencio espeso:

—*¿Hay canje o no? —dijo el tipo—. Si no, lo entrego a quien le sirva: sabe mucho y está dispuesto a repetir todo lo que me contó a mí.*

—*¿Y si lo bajo?*

—*Si lo tocan, vuela todo —dijo Catcher imperturbable mientras activaba el mecanismo y el mecanizado se estremecía—. En tres minutos te calentamos el ambiente; es una bomba ambulante. Andá contando, bolita. Y tráiganme a la chica, ya.*

Una nueva mano persuasiva empujó al portador de la pésima nueva hacia el ring mientras los pesados se tensaban y el bolita comenzaba con voz temblorosa:

—*176... 175... 174...*

Nadie hizo nada.

—*¡Es cierto, Pandolfi! —se interrumpió el regresivo contador con un grito.*

—¡Traela! —dijo Paredón sin volverse.

Pasaron algunos segundos en que sólo se escucharon los números en caída acelerada mientras Melgar seguía avanzando.

Lentamente, pero no sin el previo forcejeo del que entra tarde, fuera de tiempo y urgido a escena, desde el fondo y por el costado izquierdo de la sala se adelantó la chica hasta pisar la luz. Llevaba puestos un vaquero y una remera blanca. Tenía los brazos sujetos a la espalda y una capucha roja que le cubría la cabeza.

—Sáquenle eso —dijo Catcher.

—No —dijo Paredón—. Si el tuyo viene con premio, ésta va en paquete cerrado.

—Compro —dijo el enfermero loco—. Siempre va a ser algo mejor que esto que tengo acá: seguí contando, vos.

—160, 159... —retomó Melgar.

Al oír esa voz la chica hizo un gesto extraño, se volvió como buscando respuesta. El hombre que la sujetaba a sus espaldas permaneció sin entrar en la luz, sólo su brazo se extendió hacia adelante, apenas por encima del hombro de ella.

—¿Quién es éste? ¿Dónde está Pirovano? —dijo el dueño del brazo señalando al que era pero no era.

No hubo tiempo para ninguna respuesta.

De nuevo algo se movió; esta vez en la entrada al salón, detrás de los visitantes. Los de adentro vieron la luz; el tipo no, sólo sintió primero el ruido de la puerta y en seguida el frío de la corriente de aire en la nuca. Se volvió.

—¡Guarda! —dijo alguien.

En ese instante desde la oscuridad partió el primer disparo. El fogonazo se reflejó en el cromado de la silla inconfundible.

Juan Paredes, Paredón o Norberto Pandolfi, tres personas y un solo hijo de puta verdadero, se llevó las manos al pecho y cayó de espaldas en medio del ring, sin un quejido.

Roperito tenía el arma en la mano. Etchenike empujaba la silla de ruedas.

62. ¡Boom!

■

*Fueron largos segundos de tiempo suspendido. Paredón —o lo
que todavía quedaba de él— hacía ruidos de cañería y agitaba con-
vulsivamente una pierna tendido bajo los focos. Desorientados, sin
libreto, los pesados tardaron en reaccionar.*

—¡Por el Milagro! —gritó Roperito y volvió a disparar.

*Recién entonces contestó Roque, y sin convicción. Lo siguieron
otros, con menos.*

*La chica y sus captores habían desaparecido; al tercer disparo
Catcher retrocedió y arrastró consigo a Melgar, que era el único que
medía el tiempo, pese a todo.*

—119... 118... —murmuraba.

*El otro custodio, parapetado detrás del ring y midiendo el tiro
por encima de Paredón, disparó dos veces seguidas. Hubo un quejido
ahogado en la oscuridad.*

Se oyó el ruido de la silla al caer, y en seguida:

*—¡Sáquenme de acá! ¡Sáquenme de acá! —el grito angustioso
de Roperito.*

*Catcher levantó el arma y de dos disparos de 38 reventó las luces
de arriba del ring. Todo quedó en penumbras.*

*Se volvió. Melgar ya no estaba. Con la escasa claridad que en-
traba por la puerta entreabierta vio a Etchenike recostado en la pared y al luchador que forcejeaba en vano bajo la silla derrumbada.*

Se inclinó sobre él y lo levantó de las axilas:

—Hay que irse —*dijo simplemente.*

Mientras los disparos se espaciaban, fueron saliendo a tropezones del salón.

El bolita hacía guardia en la puerta de la ambulancia:

—53... 52... 51... —*decía con las manos separadas del cuerpo, como cuidando de no tocarse.*

Roperito, sin la silla y arrastrado por los poderosos, inusuales brazos del tipo, desconfiaba de todo. Miró a su alrededor buscando sin resultado:

—¿Dónde se metió ese viejo pelotudo?

Pero el Di Tella no estaba, ahuyentado seguramente por los primeros disparos.

También Etchenike salió, vacilante, agarrándose el hombro, y se apoyó en un árbol. Tenía el revólver en la mano pero apenas podía sostenerlo.

—No van a salir... —*dijo con un suspiro.*

Catcher estaba dispuesto a ser expeditivo: con un coscorrón hizo subir a Melgar a la cabina de la ambulancia y llevó a Roperito a la parte trasera:

—¿De dónde sos vos, que...?

—Vamos, rápido —*lo interrumpió el tipo mientras maniobraba con la puerta.*

Abrió.

Roperito vio el cadáver de El Troglodita y se retrajo:

—¿Qué hace esto acá? —*y se volvió hacia el tipo.*

El transfigurado luchador tenía de nuevo el arma en la mano:

—¡Hablá!

El enfermero ni siquiera contestó. Soslayando la amenaza lo empujó dentro de la ambulancia, lo dejó semisentado junto al rígido compañero:

—Fuiste vos —*dijo simplemente.*

Después cerró las puertas, las trabó.

Roperito dijo algo y le disparó a través del vidrio.

Catcher se arrojó al suelo para quitarle ángulo y desde allí vio

cómo el luchador se volvía contra el aterrorizado Melgar, lo amena-
zaba, lo obligaba a desplazarse en el asiento.

—15... 14... —contaba el bolita como si explicara.

—¡No! —les gritó el tipo.

Un nuevo disparo lo obligó a retroceder.

La ambulancia, a los tropezones, se puso en marcha.

—¡Paren!

El tipo intentó en vano enfocar a Melgar con el control remoto,
cada vez más lejano, entorpecido por el cuerpo mismo de la ambu-
lancia.

—11... 10... —gritaba el otro desesperado, esperando una señal
salvadora.

Mientras Roperito insistía, el tipo hizo un último esfuerzo:

—¡Salí, Melgar! ¡salí de ahí!

Pero la ambulancia se alejaba, lentamente tomaba distancia. El
tipo le disparó a las gomas pero no consiguió detenerla. Entonces se
volvió hacia el veterano:

—¡Cúbrase! —gritó mientras se tiraba al suelo.

Pasaron dos, tres segundos, y después hubo un estallido atroz, un
resplandor anaranjado.

La ambulancia se deshizo en medio de la avenida.

—Ay... Pobre pibe —dijo Etchenike y se dejó deslizar hasta
quedar sentado en el suelo.

Por unos momentos el veterano miró fijamente el fuego. Un fue-
go frío, de pronto pálido y entreverado de sombras tras el fulgor ini-
cial. Entonces se volvió hacia el tipo buscando algo, un gesto apenas,
ni siquiera explicaciones.

Había desaparecido.

Caminando rápido, casi a la carrera, a contramano de la gente
que comenzaba a movilizarse, el exraño enfermero enguantado entró
en el Hospital Argerich. Sin hablar con nadie pero con la determina-
ción del que sabe lo que hace bajó sin esperar el burocrático ascensor
hasta el último subsuelo y se internó en pasillos poco iluminados. Al

final del depósito de los tubos de oxígeno encontró la consabida Emergencia disimulada tras el tablero de electricidad. Entonces frotó la franja fosforescente, esperó un instante, se quitó el guante de látex, conectó el terminal, se volvió apenas con un medio giro sobre su hombro, hizo una mueca con la boca torcida hacia el pasillo helado y vacío, y dio un paso del otro lado.

La entrada se cerró tras él.

63. Mester de Pirovanía

▬

Volví por el mismo baño del bar de 24 horas en que me había dejado Vicky la lejanísima noche anterior. Mientras me acomodaba las ideas, los huesos y los músculos compartidos del otro lado me tomé un par de minutos en el precario habitáculo. Aunque apenas era posible moverse, saturado el espacio por el lavamanos, el mingitorio y el reducto para las eventuales privacidades tras la puerta cortona, el lugar me resultó acogedor. En realidad, el cuerpo o la conjunción conmigo eran el descanso.

Como nunca antes, sentí la escisión indefinible que me separaba de Catcher, esa sensación de portar una misma sangre pero de distinta temperatura, la tensión despareja de nuestros nervios, el abismo sin solución entre nuestras percepciones, la diferencia de velocidad y sentido de nuestras respuestas: sucesivos, nunca superpuestos, nos complementábamos irreductibles como los sujetos de la vigilia y del sueño que comparten un mundo deshilachado que deja residuos de ambos lados. Para expresarlo grosera y penosamente con un ejemplo atroz: Catcher no sabía quién era la chica. Y, aunque me resultara extraño aceptarlo, yo no podía saber si lo hubiera sabido.

Salí del baño y del bar semivacío sin detenerme. Casi toda la gente estaba en la calle y miraba el lugar del estallido, la ambulancia incendiada. Corrí junto con otros curiosos hasta las inmediaciones del colorido calor. Sin bomberos aún a la vista, la hoguera parecía hostigada por espontáneos toreros que aguijoneaban el fuego en lugar de intentar apagarlo. Nadie prestaba atención ni cuidados al hombre que seguía ahí enfrente, en el cordón de la vereda.

—Etchenike...

Se volvió mudo. El resplandor de las llamas le iluminaba la cara.

—Venga, no se quede acá —dije agachándome a su lado.

Me miró como si apenas me reconociera.

—¿Recién llega, pibe? Se me ofendió por lo de la oficina... —y no puso énfasis ni se le cayó un reproche—. ¿Dónde estaba?

—Conmigo —le dije.

Creo que ni me oyó. Sentado en el suelo, la espalda apoyada en el árbol, volvió a mirar fijo hacia la calle.

—Se borraron todos: ni Larrañaga, ni el Rusito... Pasaron cosas muy raras con un tipo... Un disfrazado brutal.

—Me imagino —dije

—Pobrecito... Lo mataron al Roperito.

Demasiados diminutivos para mi gusto.

Iba a decirle algo pero me contuve. El veterano tenía otra visión, otra versión de los hechos, y no estaba seguro de que fuera bueno contradecirlo a esta altura de la noche, de los tiros y de la vida:

—¿Dónde le dieron?

—No es nada. Un clásico: de refilón en el hombro.

Era cierto. Poco más que un raspón.

—Los hijos de puta tenían a la nena, pibe... —me dijo de pronto—. ¿Qué va a hacer ahora?

—Tal vez no era ella.

Me miró raro, como se mira a un inconsciente, o a un cínico, o a un hijo de puta. O todo junto.

—No me mire así —le pedí sin esperanzas—. Me ocuparé de ella. Pero primero hay que hacer algo con eso que tiene ahí en el hombro.

Escribí rápidamente un par de datos en una hojita de la libreta de direcciones, la arranqué y se la puse en el bolsillo superior del saco.

—Tiene que rajar de acá. No puede ir a un hospital con herida de bala —dije.

—Se cree que soy boludo...

No le contesté ni acusé recibo del reproche en la mirada.

—Le dejo una dirección y un teléfono: quédese ahí, que lo llamo. Lo van a curar sin preguntar nada.

Me detuve al ver su expresión.

—Si no me tiene confianza, váyase a Pichincha.

El veterano no dijo nada. Apenas si meneó la cabeza, abatido. No podía dejar de mirar hacia las llamas.

Paré un taxi que venía lento y curioso, acaso un servicio extra de Lacana:

—Llévelo rápido —le dije al chofer luego de acomodar al pasajero—. Hace horas, bah... Hace años que debería estar en la cama.

No quise ni enterarme de lo que Etchenike me contestó entre dientes.

Aunque los voluntarios de la Boca ya habían conseguido aunar dispersas o distraídas voluntades de viernes a la noche y se venían desde el fondo del Riachuelo con manguera y todo, era raro que no estuviera ya la policía en el lugar. Era el momento para volver al Salón antes de que ya no pudiera. Por ahora nadie lo había asociado con el incendio que crepitaba a una cuadra de distancia.

La puerta del teatro estaba abierta. Entré y cerré. Nada. Sólo la densa oscuridad y el olor a pólvora de los disparos. Busqué a tientas el interruptor y después de un momento de intentos diversos con el sistema Braille conseguí encender la luz general. El resultado fue una especie de negativo de la primera impresión: ahora sólo estaba en penumbras el catafalco encordado del ring; el resto permanecía en una luminosidad media, 75 watios de iglesia de barrio. Y nada que se moviera. Tampoco sobre el ring. Me asomé: Paredón terminaba de desangrarse ya sin pataleos espasmódicos como un auténtico Gigante en la Lona. El espectáculo no se había suspendido; apenas si se había postergado unos años y adelantado una noche.

Mientras me llegaba desde la calle el sonido creciente de las sirenas fui hasta el fondo del salón. Nada ni nadie. Nada tampoco en el escenario vacío. Atravesé la puerta lateral que se abría a un pasillo y nada; en un cuarto contiguo no había nada; pero doblé a la izquierda y al fondo de otro pasillo iluminado había algo.

Un cuerpo caído frente a una puerta abierta: el vaquero, la remera blanca y la capucha roja.

Me quedé inmóvil.

Por un momento tuve miedo de acercarme pero después caminé despacio como para no llegar, como para que pasara algo antes de que estuviera demasiado cerca. Me incliné sobre el cuerpo como a un balcón demasiado alto. La mujer estaba caída de costado, con los brazos todavía sujetos a la espalda, fuertemente atados con una corbata. No se movía y había un hilo de sangre que manchaba el piso. La di vuelta. Tenía un balazo en el pecho.

Me costó un poco deslizar la capucha hacia arriba, descubrirle la cara.

Era una chica. Una chica muy joven amordazada y con los ojos bien abiertos.

No era Renata, no era Bárbara.

No era nadie que yo conociera.

Le bajé la capucha, un telón desprolijo y apresurado. Y de pronto, cuando iba a pararme, sollocé.

Me quedé sollozando en cuclillas, al borde del llanto descontrolado, hasta que en algún lugar comenzaron a sonar golpes o creí oír golpes más allá de mis propios ruidos. Y ahí reaccioné.

Me enderecé sin volver a tocarla y escuché atentamente. Los golpes habían cesado. Entonces seguí la recorrida. Fui hasta el fondo del pasillo, revisé el baño y las dependencias, incluso la cocina; llegué a un patio posterior y descubrí una salida lateral por la que tal vez habían escapado los pesados.

No había mucho más que hacer. Cuando regresaba por el pasillo volvieron los ruidos. Sonaban muy cerca y no eran golpes en la pared sino contra la madera. Había alguien debajo del piso de tablas. Un sótano. Busqué la tapa por el pasillo, la encontré en el primer cuarto. La levanté tirando de una argolla de hierro.

No era Renata, no era Bárbara. Había un hombre atado, amordazado, enceguecido, que temblaba de terror acostado en un lugar estrecho.

—Tranquilo —dije mientras le aflojaba la mordaza, le mentía—. Ya terminó todo.

Era el encargado de seguridad del Salón. Sólo pude saber eso porque no me dio tiempo para preguntarle nada.

—¿Dónde está mi hija? —dijo.

—¿Su hija?

—Estaba conmigo cuando llegaron los tipos. Se la llevaron.

No le dije nada. Le pedí que me siguiera. Fuimos por el pasillo con él preguntando a mis espaldas y yo callado. En un momento me aparté y lo dejé pasar.

Dio un grito y se tiró sobre el cadáver.

Me fui.

Una auténtica rata.

64. El último fantasma

———

Al salir, todavía nadie se había acercado a la puerta del Salón. En un ataque de pudor arranqué los afiches laterales que anunciaban a los irreparables Gigantes. En medio de la calle, los bomberos regaban sobre mojado humeante; acababa de llegar un móvil de la policía y se acercaba otro. Estentóreos agentes comenzaban a apartar a los curiosos que rodeaban los restos de la ambulancia, hacían circular a los coches que pasaban lentamente. No quise mirar qué era lo que sacaban de entre los pedazos de hierro mal sostenidos por la estructura que había sido hospitalaria. En ese momento estalló una de las gomas y hubo nuevos gritos, órdenes y puteadas.

Pese a que tenía posibilidades más expeditivas, regresé a casa en un discreto colectivo 29. Tras diez minutos de marcha me bajé una parada antes y llegué a la entrada caminando por la vereda opuesta; sólo cuando estuve frente a la entrada crucé rápido la calle y entré sin dificultades.

No descubrí vigilancias extrañas ni apostados solapados en los recovecos.

El ascensor de rejas estaba en planta baja. Le apagué la luz y subí hasta el sexto como si ascendiera por una chimenea. Me bajé, dejé la puerta abierta y fui descontando los escalones en silencio y sin encender la luz.

334

Cuando pisé el quinto alguien la encendió por mí.

—¡Pa!

—Renata... —dije volviéndome a un costado.

La nena estaba sentada en el umbral del departamento, al fondo del palier. Pero no era ella la que había encendido la luz.

—Quietito —dijo el que sí.

Me di vuelta.

—Hola, Pirovano.

El Fantasma Zambrano, en el otro extremo del pasillo, apoyaba la mano izquierda en el interruptor. En la derecha tenía una pistola.

—Ya que estaban, ¿por qué no me esperaron adentro? —dije mundano.

—No nos diste tiempo: acabamos de llegar —dijo él—. Dame el arma.

Saqué el 38, lo puse en el piso y le di una patada que lo hizo deslizarse hasta detenerse a centímetros de la puntera de sus elegantes zapatos negros. Estaba impecable de traje oscuro, camisa celeste con cuello blanco abierto y sin corbata.

—Además, supongo que no nos vamos a quedar acá —recogió el arma—. Sólo venía a buscarte...

—Lo que te interesa está adentro.

Me miró e hizo uno de esos gestos que se describen como *significativos.*

—En serio: lo traje acá.

—¿Lo trajiste?

No entendí lo que me preguntaba o no quise entender en qué parte de la pregunta había puesto el énfasis.

—Lo traje —ratifiqué y caminé hacia la nena.

Renata se había puesto de pie como si así escuchase con mayor atención:

—Estoy bien, pa.

La luz se apagó y el Fantasma volvió a encenderla al instante. Menos que un parpadeo.

Pensé en luces prendidas y apagadas en las últimas horas,

pensé que podría haber intentado alejarlo del interruptor y madrugarlo, pero ése no era el camino. Renata estaba de por medio y no intentaría nada hasta ponerla a salvo a ella.

—Está bien. Abrí y no intentes nada —dijo él como si me leyera los globitos de pensamiento sobre la cabeza.

Me acerqué a la puerta, abracé a Renata que no temblaba ni nada:

—Me trató bien —murmuró.

—Vos te vas —le dije al oído.

Abrí y entramos.

El *loft* era demasiado grande para las expectativas de Zambrano. Demasiado grande para que hubiera tanto vacío y al mismo tiempo tantas cosas y no lo que él esperaba: las luces bajas diseminadas, los sillones dispersos, la vasta cama deshecha ante el televisor, la biblioteca que se trepaba a lo largo de media pared lateral, la poblada pecera de Renata en tránsito, como una ventana iluminada, las cortinas corridas que daban a la ciega noche, el arco dibujado contra la pared del fondo, con la pateadora en línea, un grosero mortero de fusilamiento.

El Fantasma dio un giro entre admirativo y crítico y se volvió:

—¿Dónde está? —y parecía preguntar con el caño de la pistola movediza.

Le señalé adentro, el otro cuarto, con un golpe de cabeza.

Renata dudaba tanto como él pero menos que yo.

—Llevame.

—Primero se va ella —y la empujé, apartándola, devolviéndola—. No tiene nada que ver.

Se extrañó de la propuesta.

—Siempre te quedo yo, Fantasma —lo halagué—. Tenés los fierros y estoy regalado.

Miró el arma que empuñaba como si de pronto descubriera su poder persuasivo.

—Primero quiero verlo —ratificó con una extraña sonrisa.

—Está herido, quemado, vendado, no te lo vas a poder llevar.

Zambrano se encogió de hombros, la nena hizo un ruidito con la boca y retrocedió:

—¿Se va a morir?

Negué con la cabeza.

—A ver —dijo Zambrano.

Entonces abrí apenas, un escaso medio metro, la puerta del cuarto de Renata a oscuras y le mostré lo que se veía: el hombre vendado, acostado en la cama y vuelto a la pared.

—Ahí lo tenés a Sobral —dije fuerte.

—Sobral —dijo él.

El otro se movió o a mí me pareció que se movía, emitió un ruido como de asentimiento, un presente gutural.

—Tiene encima un sedante para caballos —justifiqué.

En ese momento se golpeó la puerta de calle.

Zambrano interrogó el aire con un levísimo garabato de la punta del arma.

—Renata se fue, Fantasma...

Debo haber sonado triunfal, porque Zambrano adelantó compulsivamente el arma y me la clavó en el estómago.

—Ouch...

Me doblé dando un quejido algo más aparatoso que lo necesario, oficio de arquero. Era una oportunidad perfecta para rodar por el piso y no la desaproveché.

Él tampoco dejó de pisarme casi por reflejo futbolero:

—Levantate —y me pateaba las costillas—. ¿Dónde está?

—Ahí lo tenés, boludo. Me costó un montón, mucho más de lo que se merece, sacarlo del Rivadavia.

Espió otra vez y cerró la puerta como si clausurase un tema que de pronto ya no le interesaba.

—¿Dónde está ella?

—¿Quién?

—Bárbara.

Esa no me la esperaba; se suponía que era algo que podría llegar a preguntar yo en algún momento.

—No sé.

—Te la cogiste.

—Cogimos.

Me volvió a patear.

—¿Dónde está?

Con la verdad no ofendo ni temo:

—Hace dos días que no la veo.

—Levantate.

Me levanté tan tambaleante como mis convicciones.

—Caminá.

Fuimos hacia el loft y escuché a mis espaldas.

—Si no me lo decís, te meto un tiro.

—Estás loco, no me podés matar. Renata te vio en casa y sabe que tenés ese revólver.

—No te voy a matar: te voy a hacer mierda la otra mano. Eso voy a hacer.

—No entiendo —dije—. Vos estuviste hoy en lo de Armendáriz, cuando armaron toda esa mierda. Habrás hablado con él, te habrá dicho que Bárbara se fue... Eso me dijo él en el Tricontinental.

—¿No está con vos? —era lo único que le interesaba.

—No.

Sonó un celular. Era el suyo. Atendió sin dejar de apuntarme.

—Sí —dijo.

Escuchó durante un minuto, asintiendo y mirándome a los ojos, con el revólver primero a un metro y medio de mi pecho, después a mucho menos.

—Dame con él —pidió.

No le hicieron caso.

—¡Dame con él, carajo! —gritó.

Le dieron.

La discusión que siguió, hasta que del otro lado lo dejaron colgado, terminó cayendo sobre mí. No fue necesario que me lo explicara:

—Era Sobral, Pirovano. Tu ex mujer y Sobral...

—¿Estás seguro?

No sé si estaba seguro pero seguro que estaba enojado porque me tiró un golpe furioso a la cabeza que me obligó echarme hacia atrás. Me dio igual, de refilón:

—¿A quién tenés ahí? —me apuró.

—No nos conocemos —dijo Bedoya.

El Gigante correntino —una mole herida, mal cicatrizada pero mole al fin— se había decidido a abandonar el lecho donde convalecía almohada en mano para echar luz a la cuestión, echarme una mano a mí.

Fue en un instante.

El Fantasma giró hacia el aparecido, Bedoya le revoleó la almohada y yo me tiré sobre el brazo armado. Caímos, rodamos y lo acomodé de una trompada. Una sola trompada, un derechazo en el pómulo sin demasiado recorrido cuando tenía la cabeza apoyada en el piso. Quedó seco.

Le saqué su arma, recuperé la mía:

—Encima, sos tan boludo... —le dije bajito, como para que quedara entre nosotros.

No me contestó a eso ni a nada. Me di vuelta:

—Gracias, Itatí.

—De nada.

Pero el correntino no se volvió a la cama sino que tras un resoplido se sentó para ver cómo seguía todo.

—A éste lo reconocí por la voz: llamó y dejó un mensaje, hace un rato... —explicó—. Cuando los oí llegar estaba despierto; al darme cuenta de lo que pasaba apagué la luz y me acomodé de espalda a la puerta, contra la pared...

—Grande.

Bedoya no sabía lo de Roperito, no podía saberlo; tal vez yo tampoco debía decir que lo sabía. Así que me callé la boca, le alcancé las dos armas al Gigante supérstite y me ocupé de zamarrear al Fantasma.

Lo senté en el suelo contra un sillón y tras un minuto de sopapeo le saqué pocos sonidos más que a un muñeco de peluche con quejido o ronroneo incorporado.

—Fue muy bajo llevarte a Renata, basura.

—No le hice nada.

—Pero a otra piba sí...

Me miró extraviado, sin comprender.

—¿Dónde está tu corbata?

Ahí entendía menos todavía. Buscó en los bolsillos, me la dio; era roja con pequeñas pirámides doradas:

—¿Qué me vas a hacer?

Se la enrollé en el cuello, dos vueltas, y di un tironcito, como para que no preguntara.

—La pistola.

Bedoya me la alcanzó: la olí, no había sido disparada. Saqué el cargador y estaba entero, con todas las duras balitas enfiladas.

—¿Dónde fuiste con Renata? —y le ajusté la corbata.

—La llevé a tomar un café, Pirovano... Ella te puede contar. Fui a hacer tiempo hasta que vos... —se cortó ahí.

—¿Hasta que yo, qué...? ¿Te diera noticias de Sobral? No te interesaba un carajo Sobral; le hiciste creer eso a mi ex mujer.

—Perejil —admitió.

—¿Quién?

—Sobral.

Podría haberlo hecho extensivo a más de uno de los presentes.

—¿Y entonces? —volví sobre él.

Nada. No quería ir más allá. Con el arma en la mano había sido distinto, preguntaba y respondía fluidamente.

—¿Bárbara? —le ajusté más la corbata.

Asintió:

—Necesitaba saber dónde estaba ella. Pensé que podría sacarte eso si conservaba a Renata un par de horas y no sospechabas qué era lo que quería.

—¿Y qué carajo te importa Bárbara a vos?

—A mí, nada. Armendáriz me lo pidió. Es parte del acuerdo para volver.

—Ah. No era sólo el documento de la demanda por lesiones...

—En principio sí. Pero cuando fui hoy a la casa me dijo que Bárbara se había rajado y si yo sabía algo...

—¿Cuáles fueron los puntos del acuerdo? —y las repentinas ganas de vomitar me avisaron que se venía algo acorde.

—Le dije que vos te la cogías... —y se limpió la boca con la manga del traje, menos impecable ahora—. Entonces él dijo que me firmaba sólo si se la llevaba de vuelta.

Itatí Bedoya tosió discretamente, un caballero. Tal vez el único.

Sentí que tantas miserias eran demasiado; apunté a la cabeza del Fantasma:

—¿Sabés que estás listo, pedazo de pelotudo?

No, no lo sabía.

—Pandolfi está muerto.

Se hizo el gil o en serio no me creía. De pronto dijo:

—Mentira.

Levanté las cejas y le di su propio celular. Intentó un par de llamados ante mi mirada paciente y finalmente lo dejó sin llegar a hablar con nadie.

—Es cierto, Fantasma. Y pese a todas tus asesorías, vas a quedar pegado: yo mismo te voy a hacer quedar pegado por basura. Porque ahí no sólo es cuestión de trampear, extorsionar y hacer negocios con los pases de los jugadores... Hay narcos de por medio, contrabando de armas y algunos cadáveres acumulados.

—No tengo nada que ver con eso —dijo convencido.

Y lo creía. El hijo de puta era muy probable que se lo creyera.

—¿Conocés el Diagrama de Vehn? —especulé.

—¿Quién es? ¿Un técnico holandés?

El Fantasma estaba terminando su curso de entrenador en la AFA.

—Algo así.

—No. No lo conozco.

Me puse didáctico de puro amargado:

—Te muestro gráficamente cómo funciona: si tenés tres clases de cosas... —hice los tres círculos en el piso, separados—. Tres tipos de gente, por ejemplo, podés representarlos como círculos con zonas superpuestas, parcialmente superpuestas, con zonas en común y zonas libres...

—Ajá.

—Por ejemplo, tenés la clase de los boludos, la clase de los hijos de puta y la clase de los cobardes... Qué pasa cuando se juntan o qué pasa cuando en un mismo tipo se dan esas categorías. Se pueden dar varias posibilidades... Porque no todos los boludos son hijos de puta ni todos los cobardes son boludos ni todos los hijos de puta son cobardes... ¿Quiénes son los más peligrosos? ¿Vos dónde te pondrías? Y Sobral: es un boludo o un hijo de puta... Y Sebastián...

—No es un hijo de puta —sentenció el Fantasma.

—Pero la peor combinación es el boludo cobarde —diagnostiqué mirándolo a los ojos—. Es el más peligroso, por imprevisible. ¿Yo qué clase de boludo soy?

—No sos ningún boludo.

—Sí. Soy tan boludo que te voy a dar una oportunidad.

Me puse de pie y lo levanté a él también de un tirón.

—Te voy a dar una oportunidad, todo sea por Renata.

—¿Qué?

—Una apuesta: si gano yo, vas en cana; si ganás vos, te dejo ir...

—Pero... —se cruzó Bedoya.

—¿Qué apostamos? —me tanteó el Fantasma.
Encendí la luz general y me paré en el arco del fondo.
—Cinco penales —le dije—. No me hacés tres.

66. La pena máxima

Zambrano mostró lucidez de regalado. Se dio cuenta de la ocasión que se le presentaba y obró con la velocidad del que no puede dejarla pasar. Se sacó el saco y los zapatos buscando soltura, sensibilidad y adherencia y pidió la pelota para practicar lo mínimo. Me negué.

—Mirá —le concedí.

Accioné la pateadora para que viera la conducta de los imprevisibles balones que me bombardearon en ausencia. Salieron los cinco disparos con intervalos de cinco segundos, arriba a la izquierda, abajo, fuerte, más fuerte, débil a colocar...

—No tan seguidos —dijo el Fantasma.

—Una sola pelota —dije yo.

Asintió.

—Tenés que hacerme tres de cinco.

—No son penales, es menos distancia. No te adelantes.

Era demasiado. Me llevé la mano no enguantada a la entrepierna y le indiqué que las reglas las ponía yo:

—Ésta —dije simplemente.

El correntino asintió.

Puse la pelota en el punto negro pintado en el piso a metro y algo de la pared y me calcé el otro guante para equilibrarme. Fui hasta el arco dibujado en el muro opuesto y lo reconocí, lo medí como si fuera visitante y di un par de saltitos en el lugar hasta que tomé la famosa posición de agazapado. El Fantasma pisó la pelota, la levantó, dos, tres toques y la dejó otra vez en el lugar, bajo la planta.

Itatí Bedoya se acomodó en sillón equidistante, una especie de clásico juez de duelo con las dos pistolas en custodia, y bajó el brazo en señal de partida.

—Va.

El Fantasma no tenía mucho espacio para tomar carrera por la cercanía de la pared —dos pasitos cortos— pero igual se perfiló mucho como diestro para poder pegarle más fuerte con el empeine.

Cuando dio el primer paso elegí a mi derecha pensando que la cruzaría fuerte pero me engañó y, frenándose apenas, me la tocó suave con la parte interior del pie, abajo, a mi izquierda. La pelota golpeó la pared a medio metro del palo. Gol.

Nadie lo gritó.

—Uno —dijo el Fantasma.

—Uno de uno —apuntó Itatí.

Yo me levanté rápido pero Zambrano se tomó su tiempo. Sin mirarme, callado, volvió a colocar la pelota y a acomodarse de la misma manera.

El correntino me miró, yo asentí y bajó el brazo:

—Va.

Pensé que cambiaría. Cuando dio el primer paso amagué ir hacia mi izquierda abajo, donde la había colocado antes, y me tiré con todo a la derecha. Vi de reojo cómo el Fantasma volvía a engañarme, cómo la pelota otra vez entraba junto al otro palo, versión corregida e incluso más precisa del suave toque anterior: cara interna, no más de treinta centímetros del palo y de rastrón. Gol.

Nadie lo gritó.

—Dos —dijo el Fantasma.

—Dos de dos —indicó Itatí.

Zambrano se mantuvo imperturbable. Ni un gesto, ni una

palabra. Volvió a colocar la pelota en el punto y se perfiló nuevamente de la misma manera. La única diferencia respecto de las veces anteriores fue que cuando se agachó para acomodarse las medias —como quien se ajusta los zapatos— me miró. Fue apenas un instante pero nuestras miradas se encontraron. Aproveché:

—Se acabó —dije.

Él, como si nada.

—Va el tercero —dijo el correntino.

Una vez más el Fantasma tomó la posición perfilada y arrancó hacia la pelota del mismo modo; hizo la levísima pausa tras el primer paso pero, a diferencia de las veces anteriores, en lugar de seguir con la vista clavada en la pelota, me miró... Yo esta vez no estaba ni amagando ni camino a ninguno de los dos lados sino relajado y quieto en el medio del arco. El Fantasma bajó la cabeza y remató fuerte a mi derecha pero cuando la pelota llegó yo ya estaba ahí para el manotazo de zurda arriba. La levanté.

—Nada —dije yo.

—Dos de tres —dijo Itatí con cierta satisfacción.

El Fantasma resopló en silencio con las manos en la cintura y mirando al piso.

Esta vez tardó menos en acomodar la pelota aunque tuvo que ir a buscarla lejos, cerca de la pecera. La puso sobre el punto e ignorándome alevosamente dio los medidos pasos hacia atrás y en diagonal como si fuera un rugbier preparando una conversión.

—Va —dijo el correntino.

Esta vez Zambrano ni me miró ni hizo la pausa tras el primer paso ni nada: fue directo a la pelota con la resolución de un verdugo y le dio fuerte, de lleno, con todo el empeine, uno de esos tiros en que la pelota va inmóvil en el aire. Salió y ya la tuve encima. Me había inclinado apenas hacia la izquierda y levanté instintivamente los brazos. La pelota me rebotó en el codo, me dio en la cara y volvió hacia el Fantasma.

—Nada —dije.

Zambrano cazó la pelota como venía y la reventó con furia hacia un costado. Le dio a un sillón y de rebote a la pecera; la conmovió, saltó agua y se le apagó la luz, incluso me pareció que un pececito saltaba por el aire. Milagrosamente no se rompió.

—Rompe paga —le recordé.

—Dos de cuatro —puntualizó el Gigante correntino.

El Fantasma hizo un gesto desdeñoso y recogió la pelota mojada que regresó, a tres bandas, casi hasta sus manos. La colocó sobre el punto negro, volvió a acomodarse las medias y aunque reiteró los medidos pasos hacia atrás, esta vez los estiró un poco, se alejó más que las anteriores.

—Va el último —dijo Itatí como para que no quedaran dudas.

Entonces, antes de moverse, antes de la señal del correntino, Zambrano levantó la cabeza y me miró ostensiblemente, casi me midió como un cazador o, mejor, como un sepulturero.

—Cagaste, Pirovano —me sentenció.

Supe o creí saber que me iba a matar de un pelotazo. Dio el primer paso rápido y cuando preparaba el segundo y levantaba la diestra ejecutora elegí, por última vez, mi derecha. Y allá fui.

Pero la pelota no.

Porque tras el primer paso el Fantasma se clavó en el amague con el empeine en suspenso. Ahí, pese a lo rápido de la situación, me di cuenta de que estaba regalado: jugado a mi derecha y él sin haber tocado la pelota todavía. Pero Zambrano, para convencerme de su intención, había amagado ostensiblemente, inclinado el cuerpo en demasía y ya estaba muy encima de la pelota. No obstante se enderezó apenas y corrigió el perfil, dobló incluso la rodilla y volvió al toque primigenio de los dos primeros goles, con la cara interior.

Y ahí le dio.

El tiro salió hacia mi izquierda pero no lo suficientemente esquinado. Estiré la pierna alcancé a tocarla mientras todo mi cuerpo ya había ido para el otro lado.

La pelota se desvió un poco —iba despacio— y tras superarme se dirigió en diagonal hacia afuera y golpeó la pared.

—Gol —dijo él.

—Palo —dije yo.

Instintivamente, los dos miramos hacia el correntino que se había puesto de pie, como para ofrecer más garantías.

—Palo —dijo Bedoya serenamente—. Palo y afuera.

—¡No! —gritó el Fantasma.

El soberbio Gigante lo miró casi ofendido y como un umpire meticuloso que se baja del banquito dio un par de pasos hacia el arco para señalarle dónde había pegado la pelota.

No llegó. Fue todo muy rápido.

El piso estaba mojado por el desborde de la pecera y Bedoya algo pisó —después supe que era la vieja de agua, el limpiafondo de Renata, que boqueaba en el charco— resbaló y se fue de espaldas con un quejido.

El Fantasma estaba más cerca, vio la oportunidad y se jugó. Dio un salto y manoteó las dos pistolas perdidas en la patinada.

—¡Tramposos de mierda! —dijo ensoberbecido.

—Palo y afuera: dos de cinco —ratificó Bedoya desde el suelo.

Zambrano se acercó, le apuntó a la cabeza con una pistola y le dio con el revés de la otra en la sien. El correntino quedó tendido.

—Palo y adentro —lo corrigió el Fantasma.

Quise moverme pero me inmovilizó con un grito.

—¡Quieto vos!

Se me acercó caminando sobre el piso mojado enarbolando las dos pistolas.

—Hiciste trampa —dije yo—. Te toca ir en cana.

Se rió, y me devolvió el gesto de agarrarse el bulto en la entrepierna.

—Ésta —dijo—. Y ahora date vuelta.

Le obedecí.

—¿Me vas a matar?

—Quién sabe.

Sentí un golpe terrible entre el occipital y la oreja y me dejé caer. No estaba desmayado pero por las dudas me quedé quieto y con los ojos cerrados, boca abajo con la cara contra el parquet empapado.

Me pateó la cabeza y se apartó.

Lo sentí resollar, respiraba agitado.

De pronto se agachó y dijo:

—Me voy a dar un gusto —y me agarró la muñeca derecha—. A ver qué carajo tenés acá...

Me puso una pistola en la cabeza y con la mano libre empezó a forcejear con mi guante. Primero pensé en resistir pero después me di cuenta de que sería mejor dejarlo. Dio dos tirones y al final lo sacó.

En la penumbra, no le gustó lo que vio:

—¿Qué mierda es eso?

Reconozco que lo ayudé un poco: abrí la mano con lentitud y desplegué los dedos casi obscenamente.

—¿Qué carajo...?

Fue un contacto leve, apenas la punta de su dedo o de la pistola con el extremo de mi dedo mutilado.

Hubo un fogonazo, sentí el temblor, el grito, y vi cómo el Fantasma quedaba flameando, pegado al terminal, convertido en un conductor perfecto con los pies en el agua hasta que salió despedido hacia atrás.

Cayó fulminado.

Llamé a Lacana y Cicciufo me garantizó un último servicio de limpieza y aprolijamiento. No les resultaría difícil reubicar verosímilmente a un electrocutado ni llevar a Itatí al consabido nosocomio donde compartirían heridas leves y perplejidades mayores con Etchenike.

Al Gigante correntino el golpazo le había reabierto la herida pero, más que quejoso, cuando se despabiló estaba intrigado:

—¿Qué le pasó a Zambrano?

—El cable de la pecera... —hice el clásico gesto de Pepe Biondi para indicar el paso a mejor o al menos otra vida.

Pero yo también tenía mi intriga:

—¿Qué fue, Itatí?

—¿El último?

—Sí.

—Fue palo... —sonrió levemente—. Pero palo y adentro.

OUT

▬

Todo había terminado, o casi. Ninguna euforia, sin embargo. A la una y media de la mañana estaba en la cúpula tecleando el contacto final con Subjuntivo. Tenso, malhumorado, me enfrenté a la máquina sin certezas ni motivos de orgullo más allá de los cadáveres que habían quedado sembrados como el lastre de un globo demasiado pesado. Y allá fui.

Lejano, reservado hasta la descortesía, Subjuntivo apenas me habilitó los canales aptos para el informe. Las pantallas recibían mi larga relación complementaria —tecleé durante una hora— con la condescendencia de su sabiduría neutra y colorida. A medida que me explayaba en detalles y pormenores de cuatro días de equívocos y muertes más o menos anunciadas, me fui sintiendo progresivamente extraño, casi decepcionado. Sobre todo tras una noche en que, con Catcher o sin Catcher, la muerte había mandado e impuesto condiciones. Las novedades eran todas nefastas pero no pude evitar quedarme en ellas.

Cuando tuve que pasar revista a las últimas horas sentí sin que me lo dijeran que era la crónica de un fracaso. Algo o todo se había hecho mal. A Zolezzi y el Milagro Narvaja se sumaban Roperito, el desesperado Melgar Zapico, Pandolfi y por lo menos un par de sus hombres, esa pobre piba, la hija del tipo de seguridad del Salón Verdi, y al final, el Fantasma. Más las heridas de Etchenike, de Bedoya... Sin duda que la idea de Magia no era algo así, dejar todo sembrado de cadáveres quién sabe para demostrar qué. Nada bueno.

A esa primera serie de impresiones desordenadas, como quien vacía una bolsa sacudiéndola invertida sobre la mesa —el ruido, la confusión, la sorpresa— Subjuntivo respondió con calma, monosílabos comprensivos equivalentes a leves golpes de cabeza, hasta que se hizo oír:

—Si te calmaras y pusieses las cuestiones en su debido orden, acaso pudiéramos evitar la sensación de descontrol —me dejó dicho entre las cejas—. Que la complejidad no se te haga confusión. Que la pena no te desanime.

—Gracias —tecleé entre dientes.

Borré con un codo informático mis torrentosas efusiones iniciales y volví atrás, casi al principio, como quien pasa en limpio un borrador sucio en un cuaderno nuevo, que eso parecían las pantallas blancas para mi texto contrastado.

Ordenadamente, salteé pormenores incidentales y pasé revista de enigmas, desanudé lo más duro. Volví a explicar cómo con la documentación obtenida y los aportes en su momento elocuentes del incinerado Melgar Zapico podía describir el accionar de los narcos y traficantes de armas de Ibrahim (según el ingenioso Etchenike) con su circuito encubierto y sus entidades truchas en sus dos momentos: hasta que estalló el escándalo que derivó en la disolución de los Gigantes y, después, con los gimnasios y afines. Testimonios complementarios, de lo aportado por el tendencioso Negro Sayago a la llamada de Nápoli desde Paso de los Libres que me había confirmado que las facturas de los Gigantes en el hotel de Uruguaiana las pagaba Narvaja con cheques de la Fundación y del Instituto de la Buena Hierba, terminaban de cerrar el caso. Todo coincidía en la descripción del perverso engranaje de esa zona. Vía Lacana, esa información llegaría a donde debía llegar para convertirse en denuncia, proceso eficaz si cuadraba.

La máquina me palmeó sin énfasis.

—Bien. Ahora algo que no sepamos todos —comentó al pie, la desalmada.

—No pretendía sorprender sino ordenar —me quejé.

—Sigue.

Lo que seguía era meterse con la gente, las personas. Meterse conmigo.

—Ya voy —dije.

Tenía —había tenido durante esos densísimos días— dos frentes de problemas. Y cada uno exigía su pormenorizada descripción. El área de los Gigantes, con el equívoco Roperito Aguirre en el centro y el veterano Etchenike de artista no invitado que se coló sin pasar el casting, era uno de ellos. El otro territorio incluía mis relaciones personales, entreveraba mezclados afectos e intereses. El didáctico diagrama de Vehn suministrado como herramienta de descripción por el mismo Subjuntivo apenas servía de indicador grosero para explicar la complejidad de las relaciones y complicidades cruzadas. No era simple, ni de explicar ni de vivir.

Así, primero me atuve al oscuro nudo de los Gigantes entrelazados como en una lucha libre de todos contra todos. Y la cuestión empezaba y terminaba o estallaba tristemente con Roperito. Reconstruyendo, el momento clave había sido la ruptura del grupo después de Uruguaiana, cuando Paredón los abandonó. Aguirre, convertido en adicto a través de la amistad con Narvaja, se bajó del ring para integrarse a la organización en Mar del Plata. Con la cobertura de su trabajo de bañero, operaba en las playas de la zona.

El accidente del helicóptero se había producido por una mala maniobra cuando utilizaban el pretexto del patrullaje costero para entrar la droga por mar. La fatal demora en el rescate se debió a que Narvaja —con los flotadores antes huecos y después colmados de cocaína tras el contacto con la lancha que simulaba una emergencia para transferir la carga— había optado por no pedir recate sino esperar a que llegaran los hombres de la organización a "limpiar" el lugar. Entonces ya había sido tarde para las piernas de Aguirre.

Mortificado y comprometido por la lealtad a su amigo, el Milagro Narvaja a partir de ahí bancó a Roperito ante un Paredón disuelto en Pandolfi, y le consiguió un puesto en ese Mr. Bolivia Gym que era mero pretexto para seguir con la transa de la Fundación de la Buena Hierba. Es el período bien descripto por el Negro Sayago. Pero Roperito estaba resentido porque no entraba en el negocio grande, sólo se compraba su silencio con un sueldo. Cuando vio que también quedaba afuera del nuevo rubro, el tráfico de armas, decidió reflotar a los Gigantes —absolutamente ajenos a todo, colgados desde Uruguaiana— como un modo de extorsionar a Paredón-Pandolfi poniendo a todos los luchadores contra él. En principio, sólo aspiraba a meterse en el negocio grande. Después, todo se pudriría.

Sutil, perverso dentro de su natural ingenuidad, buscó un mecanismo indirecto. Fraguó él mismo —con Larrañaga y Bedoya, de más o menos inconscientes cómplices— una serie de pequeños atentados contra los otros miembros de la troupe e insinuó la responsabilidad de Paredón, del que dijo no saber nada, ni siquiera que era Pandolfi. Contratar a Etchenike estuvo dentro de ese contexto: era una manera segura de que el capo sintiera la presión, acusara pronto recibo. En su fantasía, rápidamente saltaría su doble identidad, negociaría, etc. De paso, al jugarse así, Aguirre comprometió la lealtad de su amigo Narvaja, al que puso al tanto parcial de sus planes y utilizó en las presiones sobre mí —de quien sospechaba desde un principio— en el episodio del tatuaje de Renata. Persuasivo, trasladó su paranoia a Etchenike y al viejo chofer del Di Tella y los instigó para que me vigilaran todo el día al saber que corríamos juntos con Zolezzi y que vendría a dormir a casa después del atentado en la pensión.

Absolutamente perseguido, también sospechó de Zolezzi, al que puso a prueba azuzándolo contra mí. Cuando no le resultó, y se dio cuenta tras el entrenamiento en el gimnasio de que Zolezzi iba a decirme algo, decidió matar dos pájaros de un tiro esa misma noche: después del informe de sus ortodoxos investigadores privados —leales a su cliente a rajatabla— levantó el

Escarabajo con el limitado e incondicional Larrañaga, único de la troupe que estaba con él sin objeciones, fueron a Ramos Mejía a buscar a El Troglodita que no sospechó nada, lo mataron de una cuchillada, me lo tiraron de madrugada en la Reserva para dejarme pegado y abandonaron el coche en la zona para que todo me inculpara. No se animaron a poner el arma, que después intentaría el mismo Roperito meter en mi casa cuando vino con el perplejo Bedoya —que se le daría vuelta tardíamente— y Larrañaga. Pero a partir de ahí, del asesinato irracional de El Troglodita, todo comenzó a desmoronarse.

El primer error de Roperito fue creer que yo hablaría, que diría que había encontrado a Zolezzi. El segundo —que hizo que por primera vez yo prestara atención y sospechara de él— fue decir, en su versión de los hechos, que había llamado dos veces a la parrilla buscándolo. La parrilla no tenía teléfono... Con los datos que aportó el laboratorio de Lacana —restos de piel y de pelo hallados bajo las uñas de El Troglodita— bastaba para condenarlos, a Larrañaga y a él.

Pero lo que finalmente lo cegó fue saber —por Etchenike seguramente o por el viejo botón del taxi— que la gente de Paredón había matado a su amigo Narvaja. Es que el falso Bowie había quedado entre dos fuegos, dos lealtades, y no pudo escapar. Su "yo no fui" agónico ante Catcher significaba mucho: "Aquella vez no quise abandonar a Roperito y esta vez yo tampoco maté a El Troglodita". Él no lo había acompañado en su locura paranoica. Cuando Aguirre vio hasta dónde habían llegado las cosas comenzó a revolverse como una víbora y morder todo lo que se le cruzaba. Así, fue él quien mandó a Larrañaga a quemar el gimnasio mientras nos reuníamos en el bar y, así, cuando llegó al Salón Verdi sólo pensaba en matar a Pandolfi porque ya no tenía nada que ganar ni que perder. De algún modo Paredón lo subestimó.

Puse un punto y respiré hondo.

A esa altura del relato las pantallas, en un principio de un blanco níveo de aviso de polvo jabonoso, aparecían casi saturadas de decreciente oscuridad. La delgada línea celeste que había ido subiendo, de pantalla en pantalla como el indicador de nivel de un líquido que era azul profundo en la base, se aproximaba aceleradamente al tope. Pero visto de cerca, el líquido no era tal. Era la simple acumulación de una escritura apretada de caracteres minúsculos que caían uno a uno. Mi relato era como una gotera, una especie de filtración derramada por el borde de la claridad y de las pantallas que fuera llenando el recipiente virtual con levísimos ruiditos de agua escrita y corriente.

Volví a teclear y el fluir se reanudó.

Era el momento de explicar lo inexplicable: la confluencia de una serie de casualidades que terminaron mezclando mundos aparentemente separados. Todo comenzó cuando apareció Catcher. En su primera irrupción en Agüero el tipo vio que el tercero en la foto de la inauguración del Arnold Body Building —junto a un Pandolfi que no era todavía también Paredón, y un tercer desconocido que sería el Secretario— era el Fantasma Zambrano. Entonces Catcher improvisó una cuestión contra Sobral, el único con el cual no tenía ninguna, para que Pandolfi no lo vinculara a él, a Catcher, con Roperito o conmigo de ninguna manera. Para ser eficiente, Catcher debía —como siempre— resultar incomprensible, un loco suelto de imprevista lógica, capaz de salir para cualquier lado.

Y hasta el final había sido así; nadie entendía a quién o qué quería Catcher, excepto que se dedicaba a atacar a Pandolfi y a la organización desde ninguna parte reconocible. Incluso en el Salón Verdi todos esperaban a Pirovano, me esperaban a mí, y seguirían, los sobrevivientes, siempre sin entender qué había pasado...

Precisamente, lo que había pasado tenía la irreversibilidad de un rayo, un incendio, una catástrofe inexplicable.

Así, terminé de teclear y llegué a las conclusiones en el área de los Gigantes, por decirlo así. Toda una organización de narcos y traficantes con clave Ibrahim manejada por Pandolfi y con contactos directos con el poder terminaba desarticulada, con su jefe aparente muerto y los elementos probatorios, más la evidencia del local de Agüero, en manos de la equívoca Justicia. Catcher había funcionado a pleno.

Era inevitable que el lenguaje resultara lindante con esa caricatura de formalidad esquemática propia de los informes policiales saturados de eufemismos amanerados.

Con la última gotita letrada la última pantalla se saturó de azul y casi me pareció oír un levísimo toque o eructo cibernético del que no estoy del todo seguro.

—Que la imprudencia te valga —me deseó retroactivamente un satisfecho Subjuntivo con su fórmula habitual de conformidad con lo actuado por el tipo—. Que no impidieras más muertes quizá no sea lo mismo que suponer que las hayas provocado. No te desanimes.

—Claro que no —mentí.

En seguida las pantallas absorbieron el relato azul pesado y pasado como si fueran esponjas y se pusieron a dialogar coloridamente, hicieron chocar azul y amarillo, rojo y blanco, verde y negro. Mezclaron todo en el medio y quedó una pasta lechosa tirando a gris desagradable, prólogo del cierre.

—Pase el que y lo que siga —me tironeó Subjuntivo desde el fondo de la pantalla central como para recordarme que Catcher no era todo sino la mitad—. Supongamos que haya más y que no debas soslayarlo, Pirovano: que venga el resto.

Pero el resto no era tan fácil.

Sin embargo allá fui, literalmente tecleando.

68. Cuentas oscuras

▬

Esta vez, casi desde un principio —recordé mi primer informe preliminar ante la máquina, el miércoles— se habían mezclado las cuestiones personales. El alevoso supuesto básico del entrevero era que mis actividades como representante de jugadores en general —y de Sebastián Armendáriz en particular— jodían a quien no debían. Tal vez porque Zambrano, como traficante de futbolistas y asesor con llegada al poder más cercano al Presidente incluso, se había sentido desplazado.

El ya antes desalmado Fantasma manejaba contactos en el exterior que no sólo incluían la venta de defensores y delanteros sino otro tipo de mercancías y negocios menos aparentes. La pretensión de quitarme o de recuperar de cualquier modo a Armendáriz y de mandarme como premio a dirigir la selección de Siria era sintomática al respecto. Hasta ahí, lo alevoso y previsible: un tipo que entraba como él a la quinta de Olivos y al Congreso, un ex goleador de la B incluso, acostumbrado a golpes, forcejeos y artimañas a la entrada del área de Excursionistas, digamos, daba el perfil de combativa impunidad que explicaba algunas cosas. Pero no todas las enormidades que habían llevado al desenlace. Cabía clarificar las cuestiones.

Lo notable era el entrecruzamiento de relaciones, los hilos de colores que más que mezclar enredaban a todos con todos.

En un principio, Roperito, Zambrano y el Secretario, por ejemplo, pertenecían a casilleros diferentes, un menú complicado de varios platos pero no combinables: en algún momento, progresivamente, habían comenzado a ser ingredientes de un mismo guiso. El episodio del incidente fraguado para acusar a Armendáriz por lesiones era ejemplar de ese primer cruce. Lo habían armado Zambrano y Pandolfi con un Roque apto para todo servicio de modo tal que el expediente cayera en el Juzgado del tipo que ellos tenían dentro del Poder Judicial: Sobral, el Secretario. Ahí estaban los tres tipos de la foto que Catcher había encontrado colgada en el Arnold Body Building. El resto de los vínculos parecían casualidades; tal vez excesivas para ser verosímiles.

A esa altura de mis complejas perplejidades tecleé como quien golpea la puerta a una somnolienta y reticente farmacia de turno para pedir el diagrama de Vehn. La máquina tosió en celeste y rosa hasta que me puso los cinco aritos olímpicos y se guardó uno para que le preguntara, pero no lo hice. Quedaron ahí:

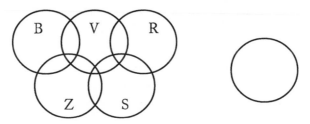

Partí del hueco, de la asignatura pendiente, de lo único que quedaba suelto aún, de Bárbara. Mientras escribía sin describir mis sentimientos, me daba cuenta de que no la extrañaba, no la amaba tampoco, pero que me faltaba: me había dejado un agujero donde había habido algo. O yo suponía que debía haber habido algo porque sentía el agujero. Pero el agujero de qué. Si bien el hueco no era un pulmón o un ojo, era algo más que la pieza ausente de un vanidoso rompecabezas personal. No es que hubiera perdido una corbata vistosa. Había perdido un diente. Eso:

era como haber perdido un diente. Nada grave, pero no podía sonreír.

Así, la extraña y dolorosa esfumada era cada vez más extraña en ausencia cuando lo que yo había vivido como una historia aparte con ella se revelaba parte compartida. Más precisamente, su relación con Vicky y el Secretario.

Bárbara era —según Sobral— compañera de gimnasio de Vicky: martes, jueves y sábados a mediodía se sacudían en paralelo, transpiraban rítmicamente; ahí se habían hecho amigas o casi, al menos compartían las consabidas complicidades, confidencias femeninas. El martes temprano, en un aparente arranque o descuido de confianza, Bárbara le había pedido a Vicky su celular —que no era suyo sino de la Secretaría— para poder utilizarlo en una emergencia sentimental: esa emergencia era yo. La relación de trampa la había obligado a eso para no correr riesgos con Armendáriz, que la celaba. Así, era raro pero coherente suponer que —en ese contexto y hasta el miércoles por lo menos— Bárbara no supiera que Vicky era mi ex mujer ni Vicky que ella era la mujer de Armendáriz. Incluso era más que factible que el tema Armendáriz fuera algo que Vicky no asociara para nada conmigo.

El que probablemente sí sabía quién era Bárbara era Sobral, y lo sabía por Zambrano, aunque desconocía la relación de su mujer y Bárbara, o no asociaba una con otra... Además, ¿qué conocía Vicky de las actividades de Sobral, de su complicidad con Zambrano y Pandolfi contra mí? Difícil saberlo exactamente, pero me gustaba pensar que Sobral no habría nunca querido que Vicky supiera que él participaba de acciones para perjudicarme. Ella se lo hubiera reprochado.

Pero todo este complejo de relaciones había saltado el jueves a la noche con el episodio del secuestro de Renata.

Algo parpadeó en algún lugar sensible dentro o fuera de mi cabeza:

—Que no reparases en evidencias de complicidad acaso haya sido entendible en el momento —me insinuó un Subjuntivo casi perdonavidas—. Que no lo veas ahora, absurdo.

No supe hacer otra cosa que toser.

—Todo desde el miércoles, Pirovano... —prosiguió como un director que pide a su orquesta que retome la partitura desde el anterior movimiento, ese tramo donde se perdieron irremediablemente.

Tuve que admitir entonces una reconstrucción de los hechos que resultó menos dolorosa que humillante. Tras los episodios del miércoles a la noche, con mi raid de Vélez al departamento de Obligado, y de Obligado a mi casa, más la irrupción de Bárbara y su partida airada tras las efusiones en el Escarabajo, habían pasado varias cosas. Pero por otro lado, temprano el mismo miércoles, la celosa Renata de paso por el *loft* se había enterado de que había una Bárbara que peligraba en mi vida —los obscenos amenazantes habían sido los mismos desaforados Gigantes que el día anterior me habían asustado con ella— y había llevado la noticia a su casa: yo tenía una mina, Bárbara, y por eso y sólo por eso la había echado, me la había sacado de encima, bah, que así son los padres...

Pero Renata —hasta dónde me dolía, me enorgullecía como a un imbécil eso— no se lo había dicho a su madre; se lo había contado al Secretario. Tanto es así que Vicky el mismo miércoles a la noche ya sabía de ella y me aseguró, mientras paseábamos a su estúpido perro, que no había sido por Renata que se había enterado. Es decir: Renata le contó al Secretario acerca de Bárbara, y él se lo dijo a Vicky. ¿Alguien sabía que esta Bárbara era la Bárbara de Armendáriz y la del gimnasio de Vicky?

Mi elíptico maestro y conductor recogió la pregunta:

—A esa altura, de los tres, sólo Sobral, Pirovano —me aseveró.

—Pero algo pasó el miércoles de trasnoche y el jueves a la mañana con ella —dije antes de teclear—. Después de estar conmigo, digo.

—Si te atuvieras a los hechos...

Me atuve: no sabía qué había pasado con ella. Mientras asesinaban a El Troglodita y yo trataba de excitarme con Bar-

bara Stanwick ella ¿había vuelto a su casa, la cueva abandonada del cuevero Armendáriz siempre concentrado? Sólo sabía que el mediodía del jueves, mientras yo me replegaba e irrumpía Catcher en escena como un torbellino, Bárbara le había devuelto en la clase de *gym* el celular a una Vicky que probablemente algo sospechaba para después ir a su casa, dejar una nota definitiva a Sebastián Armendáriz y partir...

En la pantalla aparecieron unos curiosos puntos suspensivos.

—¿Y eso?

—Precisamente: eso, sólo que te detengas en eso...

Era como mirar por la ventana hacia una pared medianera. No veía nada ahí.

Proseguí el informe con la pista del celular. Mi ex mujer lo llevó el jueves a la tarde de regreso a la Secretaría y ahí se abría un nuevo vacío hasta saber cómo había terminado en manos de los tipos durante el secuestro de Renata.

—Falso secuestro.

—¿Falso secuestro?

—Mejor que no lo niegues si quisieras llegar a algún lado.

—¿Con la complicidad de Renata?

—Ojalá hubiera otra explicación.

—Pudieron matarme.

—Tal vez. Pero acaso te haya salvado alguien.

Me pareció entender adónde iba:

—¿Vicky?

—Exacto.

Y ahí fue Subjuntivo el que me propuso la secuencia completa con todas las variables que yo tenía adelante pero no quería ver.

—Supongamos que Renata esté celosa de una Bárbara que no conozca pero sepa que la hayan amenazado y que eso provoque tu preocupación. Que entonces lo único que se le ocurra sea ponerse y ponerte en el mismo lugar para que elijas entre una y otra, y manifiestes quién te interese más...

—Es estúpido.

—No afirmemos que no lo sea —gambeteó mi distante conductor—. Pero aceptemos que pueda ser; que Renata descubra sus sentimientos no a su madre sino al tipo que compita con su padre, de paso, para ponerlos a prueba a los dos. Supongamos que a Sobral no le convenga que Vicky sepa de Bárbara a través de Renata y prefiera decírselo él, pero desviando la atención, pues el Secretario no quiera que salte la cuestión de Armendáriz —que Vicky desconozca hasta entonces— porque todo se le pueda pudrir...

—Tampoco Vicky quiere que Sobral sepa que se preocupa por mí.

—Probablemente.

A partir de ahí dedujimos, juntos con Subjuntivo, que uno u otro —la nena misma o el perverso, irresponsable Secretario— había propuesto la jugada de la falsa detención de Renata y que la planearon a espaldas de Vicky el jueves a la tarde, casi una broma, al menos para ella. Así, cuando la madre regresó al departamento a media tarde —tras dejar el celular devuelto por Bárbara culposamente en la Secretaría— no encontró a la hija y se preocupó.

—Acaso podamos suponer, de creerle a Renata —insinuó Subjuntivo como si me frotara la nalga antes del pinchazo de la irreversible vacuna contra la Inocencia— que se equivocase...

—Ella sí estaba en la casa —admití—. Y probablemente acordando con Sobral, ahí mismo, los pormenores del falso secuestro. Después, mientras la nena se escapaba y el Secretario buscaba un pretexto y partía para no volver, Vicky me buscó sin resultado...

—Después que ellos desaparecieran a sus espaldas y que no pudiera encontrarte... —resumió el elusivo maestro.

El relato se iba construyendo a dos voces, al estilo del canto gregoriano, sin pisarnos pero sumando en otro registro, bandoneón y guitarra, olas de amarillo y rojo en las pantallas.

—Yo andaba lidiando con los Gigantes, con Lacana. Estaba inhallable para Vicky. Fue entonces cuando ella salió a buscarme y a buscarla y llegó a casa antes que yo, escuchó los mensajes y todo lo demás...

—Que Vicky enloquezca y salga de supermadre a buscarla y a buscarte probablemente sorprenda y desoriente a Sobral, urdidor, especulador paciente. Que nada nos impida suponer su desencanto: de controlar tus movimientos, con guardia a la puerta de tu casa, a la necesidad de retraerse al verte con Vicky. No quisiera estar en sus zapatos, Secretario... La maniobra concebida para que tú, Pirovano, quedaras descalificado ante Renata y Vicky —porque supongamos sin riesgo de error que tal cosa buscase el boga en plan de lucha sentimental— coincidamos en que pareciera haber resultado definitivamente ineficaz.

Los tantos circunloquios y las sinuosas subordinadas de Subjuntivo no suelen irritarme pero esta vez me sacaron de las casillas:

—Es decir: la presencia de Vicky, que el Secretario verificó a la salida de mi departamento, le hizo cambiar los planes —simplifiqué.

—Eso.

—Y mi innegable sagacidad para apoderarme de la camioneta y del celular sin darles tiempo a que me neutralizaran los sorprendió.

—Sin duda. Pero debieras analizar la actitud de Vicky en el momento de la captura... —y la advertencia subjuntiva hormigueó en las entretelas de mi serenidad—. Según tu propio relato, pareciera ser ella la que provocase, con un grito menos histérico que programado, la huida del prisionero. Supongamos que haya reconocido al tipo y que por la actitud de Renata haya intuido algo armado a lo que el Secretario no fuera ajeno...

—Pero Vicky no es, no puede ser cómplice de Sobral...

Subjuntivo me la devolvió casi sin dejarla picar:

—Pero acaso sea cierto que lo ame.

—¿Y por qué, entonces, me tira el dato de que el conductor era o podía ser un tipo de la Secretaría?

368

—Porque a esa altura...

No lo dejé terminar, sabía la respuesta:

—Porque a esa altura, el viernes a la mañana, Vicky ya conocía, tras hablar con Sobral, al menos parte de lo que había pasado. Sobre todo, que yo tenía el celular de la Secretaría y darme ese dato era una manera de anticiparse a cualquier deducción mía, desviar la atención hacia un tipo puntual, pero al fin de cuentas un perejil...

Hice una pausa y deduje:

—Vicky me salva primero a mí de él —escribí sin pudor—. Y después intenta salvarlo a él, de mí —concluí sin ganas.

Terminé de teclear, me eché para atrás y esperé.

Las pantallas unificadas en una sola superficie oscura recibieron las últimas frases con movimientos peristálticos y antiperistálticos, como si aceleraran una digestión que no sería fácil. Hubo ruido interior de cañerías, borboteos. Después, la máquina toda dio señales de haber llegado a un grado de satisfecha saturación porque tras congelar sus pantallas pareció primero inhalar profundamente y exhaló enseguida una especie de último suspiro. Y todo terminó, pero no con un estallido sino con un demorado quejido.

Porque algo faltaba.

Un punto luminoso apenas en el telón negro, un cosquilleo apenas en mi entrecejo, apenas un murmullo en la insinuación de Subjuntivo:

—No te vayas aún.

No fue necesaria mayor precisión:

—No sé dónde está Bárbara —dije con el malhumor del que intuye un reproche inminente—. No sé qué pasa con ella, pero está claro que quiso ponerse fuera del asunto y se borró.

Hubo una pausa.

—¿Sí? No pareciera haber evidencia suficiente...

Miré hacia la ventana, no tanto para descansar de las pantallas sino para descansar de mí, escapar. Amanecía, había una cierta claridad, otra cosa además de este ámbito cerrado, cúpula encapsulada.

—Supongamos que fuera el juego del Gran Bonete.

—¿Yo, señor?

—Sí, señor.

—No, señor.

—Pues entonces, ¿quién pudiera creerse que la tiene?

—Se tiene sola. La mina se tiene a sí misma —enfaticé—. ¿No basta con eso?

—Supongamos que debiera bastar —me concedió Subjuntivo apenas, machista en retirada—. Pero no en este caso.

Y el amable implacable me reveló con crudeza lo que de mi crónica de la lucha con el Fantasma se deducía: un equívoco feroz.

—No quisiera que pienses que considere inútil ese vistoso duelo y esa aparatosa muerte —dijo con la habitual pirueta verbal previa a la objeción— pero tal vez no sea descabellado suponer que todo surgiese porque ambos, en algún momento, creyeran al otro responsable de la desaparición aparente de Bárbara, y ninguno de los dos mintiese.

Debí reconocer que tenía razón. En algún momento había creído que el mismo Fantasma y los otros la habían secuestrado para extorsionar a Armendáriz —e indirectamente a mí—; él, a su vez, le había prometido llevársela a Armendáriz porque suponía que estaba conmigo... Y era cierto: toda la movida final que le había costado la vida en los fatales penales no era sino el fruto de su obstinación por hacerme confesar dónde la tenía...

—Hay alguien que miente —deduje.

—Tú no.

—No creo —me empeñé en sincerarme—. Y el finado Zambrano, tampoco.

—¿Entonces?

Vacilé.

Subjuntivo hizo chasquear los dedos mágicos detrás de la cortina de oscuridad y desde el fondo volvieron a aparecer rodando los letrados círculos del diagrama de Vehn. Los consabidos cinco se acomodaron olímpicamente en negativo —blanco sobre negro, como en un pizarrón, dibujados con tiza— y hubo uno que quedó en suspenso, iletrado y a la espera.

—¿Y ése?

—A éste pongámosle "A".

—Ah... —y me desayunaba al amanecer—. "A" de Armendáriz.

—Exactamente.

Subjuntivo hizo rodar el nuevo disco y lo incorporó a la figura que quedó así:

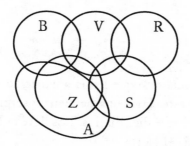

La miré unos instantes y de pronto todo estuvo claro.

No me dio para festejos ni para felicitaciones especulares:

—Ahora lo veo. Estuve boludo ¿no?

—Lento, tal vez —me concedió el oblicuo Subjuntivo—. Que lo veas más claro ahora no te impida aceptar que las cuentas sigan siendo oscuras y que no cierren...

—Mejor me apuro —dije desalentado y tarde, como solía.

Me puse de pie, sentí que Subjuntivo tenía algo más, lo último que decirme.

—No vuelvas sin ella —redundó.

69. El diariero

—

Cuando bajé, hacía rato que había amanecido y ya no sólo estaba celeste por el este. Hice una pequeña y sorpresiva inversión en el kiosco y compré diez diarios. Los llevé al Escarabajo y partí por el Bajo hacia el Norte.

En un par de semáforos les eché una mirada a los titulares. Sólo en *Crónica* habían llegado a cubrir algo más exhaustivamente y con detalles los desbarajustes de ayer. El incendio de Agüero implicaba "el descubrimiento de un arsenal en plena Recoleta". Así decía, al menos. No había nombres, pero sí imágenes del Secretario mientras era sacado del edificio a los tirones, entre socorrido y detenido, dos fotos de colores fuera de registro. Lo de La Boca estaba anunciado en tapa, "Tiroteo en un teatro: cuatro muertos", y remitían a adentro porque no tenían mucho, todo había pasado a la vuelta del diario pero demasiado tarde. Sólo disponían del testimonio del nunca menos sereno sereno del salón. Los muertos sumaban desordenadamente a la chica, un probable Paredón y un par más; los contiguos carbonizados de la ambulancia que algunos testigos habían visto estallar eran materia de sombrías especulaciones en nota aparte con foto humeante. Esos bultos oscuros, bonzos tontos, eran Roperito y el bolita Melgar.

En el Suplemento Deportivo de *Clarín* había una entrevista

a Sebastián Armendáriz: "Stopper de exportación". Sentado en el living de su departamento, el joven marcador central con las piernas llenas de futuro discurría sobre su futuro lleno de otras piernas extranjeras: Stuttgart, Juventus, incluso Atlético de Madrid. Había una pila de revistas y un pocillo de café sobre la mesa ratona donde Sebastián apoyaba las zapatillas con los cordones desatados. Era como si siempre estuviese por ponerse o acabase de sacarse los botines de fútbol y el resto fueran transiciones. Una puerta del cuarto contiguo estaba abierta y se veía el ángulo de una cama tendida. Sebastián hablaba en la foto apaisada con la barba crecida y un gato siamés echado a su lado. Ese gato se llamaba Beto y era de Bárbara. Cuando la conocí ella no hizo otra cosa que acariciar al gato y mirarme a los ojos. "La vida del jugador del fútbol es muy corta y muy rara" filosofaba el stopper. No me digas.

Me restregué los ojos con el guante húmedo todavía. Bajé la visera del parabrisas. Después de Retiro, Libertador al norte, el sol nuevo, naranja exprimida, pegaba en la chapa del río oculto pero cercano e iluminaba el sábado con un incisivo resplandor horizontal. Pensé en Vicky y Sobral rumbo a Colonia, el pesado barco chato apoyado apenas en la superficie arratonada, la tibieza de la mañana tras los ventanales, el ronroneo del motor y la sensación de zafar, de despertar o de dormir en otro lugar ajeno al territorio de la pesadilla. Los pensé callados y recíprocamente rencorosos. Renata no estaba con ellos, no me la imaginaba con ellos.

Me abrí hacia Figueroa Alcorta, encaré los bosques de Palermo, aceleré frente al Planetario y fui enhebrando las curvas suaves. El Escarabajo parecía deslizarme casi sin esfuerzo y me acordé del grotesco acorazado de Aguirre y del sueño de Etchenike.

Hice todo el recorrido entre coches raleados, el césped frío y los árboles solos. Apenas un par de peones del hipódromo cruzaron la avenida con caballos cubiertos por mantas excesivas; no era la hora aún de los aerobistas trotadores. Antes de llegar a la cancha de River doblé por Monroe, anduve hasta cruzar Libertador pero no llegué hasta Montañeses. Estacioné lejos y crucé hasta el kiosco de la esquina. Acababa de abrir y el dueño —la gorra, el cigarrillo en la comisura, el termo apoyado en la pila— estaba acomodando los diarios.

Escondí la enguantada en el bolsillo y le pedí *Página/12*.

—Acaba de llegar. Se retrasó.

Me presenté como Lucas, se presentó como Cholo; le dije que era nuevo en el edificio de la esquina, la torre de Montañeses.

—¿A qué hora hace el reparto?

—En un rato nomás.

—Perfecto. Casi nunca salgo tan temprano.

Acordamos *Página/12* de lunes a viernes. Le di un piso alto, de dos dígitos:

—Es necesario que le avise al portero...

—¿A Pereyra? No, tengo una docena de clientes ahí.

Saludé y me fui con todos los datos. Tenía que apurarme.

Volví al Escarabajo, cargué todos los diarios, di la vuelta a la manzana y me mandé caminando al edificio.

Le toqué el timbre al portero. Apareció y lo reconocí: un sólido correntino de camisa Ombú y vaqueros dentro de las botas de goma.

—Hola, señor Pereyra —y enarbolé los diarios—. Me manda Cholo, que está engripado. Soy Lucas.

El tipo me miró. Yo había estado por lo menos tres o cuatro veces en el edificio. Demoró un instante. Finalmente se hizo a un lado y me indicó el ascensor de servicio.

Subí hasta el piso quince y bajé al once por la escalera.

La puerta trasera del departamento de Armendáriz era una yale común.

Tras un momento de tanteo la abrí sin problemas ni ruido. La entrada daba a la cocina. Dejé la pila de diarios en el suelo y me vino a recibir Beto, sin maullar. El platito con comida junto a la heladera estaba vacío; el del agua, lleno. El gato tenía ganas de salir al lavadero. Le abrí la puerta y lo acompañé, fue a las piedritas, hizo pis, husmeó un poco y volvió. En el lavadero había dos bolsas de consorcio negras llenas de basura. Hice un agujerito y espié. No era basura; era ropa de mujer.

Volví a la cocina. El aire estaba tibio y limpio, sin humo ni olores. Nadie había cocinado anoche en las hornallas bruñidas y el microondas impecable; en la pileta sólo había dos pocillos de café sucios. La puerta de la derecha estaba cerrada; espié y daba a un pasillo. La principal, que daba al living, estaba abierta.

Elegí el living y Beto me acompañó silencioso. Las persianas del largo balcón habían quedado altas y el sol atravesaba la cortina entreabierta, dejaba parches de luz en la pared opuesta, sobre el mismo sillón del reportaje. Pero Sebastián no estaba sentado con las zapatillas desatadas; no había nadie; sólo las revistas seguían en el mismo lugar y la puerta que daba al dormitorio ahora estaba cerrada. Recorrí todo el living y me asomé al otro extremo, al palier privado y el ascensor principal. Nada tampoco por ahí; sólo los cuadros con sus estúpidas montañas.

La puerta del baño estaba entreabierta. Me asomé: vacío. Toqué las toallas, secas. Ni siquiera había gotas de agua en el lavamanos. Corrí la cortina de la ducha pero no encontré a Janet Leigh ni a ninguna imitadora. El inodoro tenía la tapa baja.

En el momento en que fui a levantarla comenzó a sonar la alarma.

Me estremecí.

Siguió sonando. Tardé todavía unos segundos en darme cuenta de que era un despertador eléctrico. Salí del baño. Miré mi reloj: seis menos cuarto.

Había dos puertas cerradas flanqueando el baño. Me acerqué a la que sabía del dormitorio y arrimé la oreja. Sonaba allí adentro. Entreabrí. La claridad de la ventana me permitió ver la cama vacía y deshecha. El despertador estaba sobre la mesa de luz junto a un par de latas de cerveza, había revistas tiradas sobre la cama y ropa sobre una silla. También sobre el televisor, a los pies de la cama. Toda ropa de hombre. Revisé los cajones y no encontré nada interesante.

Fui hasta la otra habitación y la abrí sin tantos miramientos. El cuarto de huéspedes, vacío y frío: una cama con otra debajo, una biblioteca, una silla.

El pasillo seguía, retornaba hacia la cocina, la famosa doble circulación. Doblé en ángulo recto y encontré dos puertas más. Una estaba abierta: un bañito mínimo.

En ese momento la alarma dejó de sonar a mis espaldas y pude oír el maullido del gato. Un sonido bajo, raro, gutural. Estaba parado frente a la última puerta cerrada.

—La habitación de servicio —pensé.

Hice girar el picaporte lentamente y por la ranura entró Beto a la carrera.

Era un cuarto muy pequeño y sin ventanas, y estaba absolutamente oscuro.

Algo se movió en el rincón más lejano. Oí maullar a Beto.

Saqué el 38 y tanteé el interruptor de luz sin meter todo el cuerpo.

No había luz.

Abrí la puerta del todo con el pie y entonces la vi.

Era Bárbara.

Estaba acostada boca abajo y medio vuelta a la pared, desnuda, con los pies y las manos atadas al elástico de una cama sin colchón. Tenía una venda en los ojos y la boca tapada por tela adhesiva.

70. Bárbara, los amores no se matan

■

Al sentir el ruido de la puerta Bárbara giró la cabeza y preguntó con la cara muda hacia la reciente claridad.

Me acerqué, me senté a su lado en el borde del elástico y sin tocarla más que apenas en la cara, apartándole el pelo, dije muy suavemente.

—Tranquila.

Gimió, hizo ruidos con la nariz.

—Aguantá un poquito.

Di dos tirones sucesivos y le saqué las cintas de la boca.

Farfulló algo con los labios hinchados, la piel de las mejillas irritada.

—Tranquila —repetí.

—Fanti... —dijo ahora claramente.

Me quedé callado. Iba a desatarle la venda pero esperé un instante más.

—Sos vos, Fanti... —afirmó.

—No. Soy el diariero.

Se retrajo. Entonces apoyé el guante en su mejilla y la acaricié con el reverso sin decir nada más.

Después de un instante Bárbara apretó los labios y volvió la cabeza a la pared.

Le desaté la venda y no se volvió.

—Esperá un momento que te suelto —dije.

Fui hasta el baño y traje la tijera que había visto ahí, al lado de la cinta, precisamente.

Al volver la encontré en la misma posición.

Corté los cordones plásticos que le sujetaban las muñecas; después le liberé los pies. Seguía sin darse vuelta.

—Te voy a traer ropa y un poco de agua —dije.

Volví a salir. Le traje un vaso de agua y una bata de baño.

Estaba sentada, apoyada en la pared, con las piernas encogidas y la cabeza hundida en las rodillas. No me miró.

—Gracias —dijo.

Le puse la bata sobre los hombros y encendí la luz de un velador junto a la cabecera. El colchón y la ropa de cama estaban a un costado, apoyados contra la pared junto a un canasto con ropa y una tabla de planchar.

—¿Quién fue?

—Sebastián.

Recién entonces levantó la mirada. Se apartó apenas el mechón de pelo de la cara y pude ver un moretón sobre el ojo derecho. Tenía restos de sangre en la nariz.

—¿Dónde está? —dijo ella.

—Concentrado, supongo, en el hotel.

—No, Sebastián no... —hizo el gesto de espantar algo y, al mismo tiempo, inmediatamente se desdijo—. Dejá.

—¿El Fantasma? —la apuré.

—Perdón. No tenés por qué saber eso.

—No tengo por qué saberlo —le confirmé—. Pero lo esperabas a él.

No me contestó; acaso asintió con la barbilla. No me dio ganas de insistir.

—Perdoname —dijo—. No podrías entenderlo, Pedro.

—No creas.

Me paré y saqué un cigarrillo.

—¿Por qué te hizo esto?

—Ayer se enteró, de nosotros.

—Por el Fantasma.

Bárbara me miró e hizo lo último que me podía imaginar que haría en ese estado, en esas circunstancias: se echó a reír.

—Por mí, Pirovano... —y se rió francamente—. Se lo dije yo. El jueves a la tarde cuando volví del gimnasio me apretó y se lo dije. Creí que me iba a matar.

—¿Y te encerró acá?

Asintió. De pronto reaccionó:

—¿Qué hora es?

—Son las seis de la mañana del sábado.

Suspiró, acaso calculaba las horas, los días que llevaba encerrada. Abrazó estrechamente a Beto, pero el gato forcejeó un poco y salió de golpe de la habitación.

—El jueves ya no me dejó salir pero fue ayer que me sacó la ropa y me ató cuando vino gente.

—El Fantasma y Vicky —precisé.

Ni se alteró por la información. Bastante estaba ya.

—Me encerró y me dijo que si gritaba me mataría. Cuando se fueron, antes de ir al hotel, me volvió a atar y me amordazó.

—¿Qué pensaba hacer?

—Matarme, supongo. Está loco, Pedro. Siempre me cagó a palos.

Me miró, callada, como si me mirara digerir. Después hizo una morisqueta de permiso.

—Algo de ropa debe haber quedado —trivialicé, era demasiado lo que había dicho—. Vestite que nos vamos. Ya.

Se puso de pie, y me miró de una manera muy extraña.

—Gracias, Pedro. Pero no me voy a ir con vos. Todo eso se acabó.

—¿Era todo mentira? —dije como un imbécil.

—No, todo no —sonrió pese a la nariz con huellas de sangre, el ojo amoratado—. Nunca tuve que fingir.

—Está bien —casi la interrumpí para que no siguiera dándome detalles—. Apurate igual.

En ese momento se oyó una señal de tres toques, tres timbres leves.

—¿Qué fue eso?

—El microondas. Hay alguien en la cocina.

Le indiqué a Bárbara que se quedara quieta y apagué la luz. Pasaron algunos segundos. Ni un sonido más. De pronto, otra vez el microondas.

Salí con el revólver al pasillo. Tenía dos caminos hacia la cocina: la consabida doble circulación. Tomé a Bárbara de la mano y me la llevé a la rastra hacia el living, rehaciendo el camino anterior, itinerario conocido. No había nadie ahí. Seguí hacia la cocina. Me asomé, nadie. Ella entró conmigo y cerramos la puerta; ahora la del pasillo estaba abierta. Di dos pasos, la cerré de un golpe y le eché llave. A salvo en la cocina.

En ese momento Bárbara gritó.

Me volví.

Señalaba el microondas.

—Es Beto —dijo.

El hijo de puta había cocinado al gato.

—Sacalo —me pidió ella.

Agité la cabeza. Sentí que no podía arriesgarla más.

—Está muerto —le dije—. Rajemos ya.

La cacé de la muñeca y abrí la puerta de un tirón.

No pude ir muy lejos. No pude salir, concretamente.

El portero del edificio se había convertido a la sazón en específico portero del departamento. Ocupaba el espacio justo para impedir filtraciones de cualquier tipo y tenía un pedazo de caño en la mano.

—¿Adónde querés ir, pelotudo? —me dijo el señor Pereyra sin levantar la voz.

Levanté el elocuente revólver sin decir palabra. Eso no lo amedrentó:

—Tirá, a ver... —dijo amenazante—. Tirá, cagón de mierda.

No iba a tirar, claro. Acaso no por esas razones. Pero todo se complicaba.

—Bien, Pereyra —dijo Armendáriz a mis espaldas como para confirmarlo.

Estaba parado en la puerta del lavadero; una cuchilla se hamacaba en su mano derecha. La habían hecho bien los hijos de puta.

El marcador central dio un paso al frente; observé que tenía las zapatillas desatadas.

—¡Nos va a matar! —gritó Bárbara.

Abrió la puerta y corrió hacia el living, buscó el otro ascensor.

—Pará, puta...

Sebastián picó tras ella pero me le tiré encima y chocamos. Golpeé contra el borde de la mesada y perdí el revólver. Las peleas cuerpo a cuerpo en cocina de departamento no eran mi especialidad.

Sentí la cuchilla en el muslo pero le pude inmovilizar el brazo derecho y quedé arriba de él.

—¡Pereyra! —clamó.

El portero entró en acción, qué más quería. Sin embargo, no pudo afirmarse bien para el cañazo: la pila de diarios lo obligó a dar un paso demasiado largo y el golpe resultó muy abierto y contenido por el temor de darle a Sebastián. Me dio en la cabeza pero no lo suficientemente duro, porque no solté al líbero.

Y el alcahuete no tuvo otra oportunidad.

—Te mato —dijo Bárbara.

Había recuperado mi revólver y con las dos manos le apuntaba al portero a la cabeza.

A ella le creyó. No sé si fue eso o que en el forcejeo Bárbara había quedado con una hermosa teta al aire. La cuestión es que el tipo miró a Sebastián, la miró otra vez a ella, hizo un gesto imperceptible y soltó el caño.

En ese momento sentí que Sebastián aflojaba debajo de mí. Le saqué el cuchillo y me incorporé apenas, lo suficiente como para que el derechazo tuviera trayectoria suficiente. Quedó tirado ahí, con la boca partida. Mi especialidad.

Me paré mientras sentía que el muslo me quemaba, la sangre corría debajo del pantalón.

Bárbara me dio el revólver sin una palabra pero con una sonrisa rarísima. La teta seguía ahí. Se la guardé.

—La ropa está en el lavadero —dije.

Fue, espió y volvió con una sola de las bolsas. Agarró al pasar un par de anteojos negros que estaban sobre la heladera y lo que supongo era la llave del auto.

—Préstame unos pesos, Pedro.

Le di lo que tenía.

Me dio un beso en la mejilla; sonreía pese a todo.

—Nunca me dijiste qué tenés ahí, el Fantasma me encargó que... —y me agarró la mano enguantada.

"Preguntale, cuando lo veas" estuve a punto de decirle. Pero no daba para eso. Bastante con lo que había. Y lo que habría de haber.

Bárbara se puso los anteojos y se disponía a salir cuando pareció recordar algo.

Dejó todo en el suelo y recogió el caño.

—No —dije.

—Sí —dijo ella.

Lo levantó con las dos manos y le dio tres golpes terribles a la indefensa rodilla derecha del mejor marcador central de la Argentina.

Dio media vuelta y se fue con un portazo.

Los labios de Sebastián se abrieron, me miró aturdido. Estaba blanco, dijo algo, acaso "se fue", y se llevó la mano a la rodilla.

Pereyra me miró a mí. Yo no podía apartar los ojos de la puerta.

71. EN EL CITADO NOSOCOMIO

▬

No sé exactamente qué es un nosocomio para el diccionario, qué tiene de hospital o de lugar de curas de curar, pero me
he ido acostumbrando a llamarlo así o, mejor aún, por su nombre completo en los informes internos de emergencias: el *citado
nosocomio*.

Así, cuando llegué —vía Lacana pero por mis propios medios— al consabido taller de físicas reparaciones con la pierna levemente acuchillada, recién entonces advertí que lo pisaba por primera vez. Siempre me había dedicado —con Catcher en acción—
a enviar pacientes rotos o machucados al *citado*. Esta vez iba yo.

A las siete de la mañana una enfermera impecable me bajó
profesionalmente los pantalones, me tendió en una camilla, me
desinfectó una herida longitudinal en el muslo más larga que profunda y, tras hacerme tragar algo en forma de píldora, me hizo coser
por una costurera avezada que no dejó una sola alforza. Me venda-
ron y me soltaron enseguida y a pedido, más dolorido que antes con
dos calmantes inyectados en el culo y un holgado pantalón nuevo.
Pero no quise irme sin hacer una visita de algo más que cortesía.

En una sala inmediata me encontré, en camas prolijas y
bien asistidas, con conocidos pacientes que no lo eran tanto. Sobre todo Etchenike:

—Pibe, la enfermería no es una ciencia exacta.

—¿No?

—No: me sacaron el plomo pero estoy más pesado que antes. No puedo moverme de esta puta cama.

—¿Y el vecino?

El veterano se volvió para verificar la condición del contiguo Bedoya. El Gigante correntino yacía tendido de costado, vuelto a la pared según su costumbre.

—Lo trajeron medio dormido hace un par de horas, lo curaron y cuando se despertó no me contó demasiado. Sólo me preguntó si estábamos en cana...

—¿Y usted qué le dijo?

—Que no sabía, pero que de cualquier manera, la culpa la tenía usted, pibe.

Me reí. Señalé la pierna renga:

—Seguro. Algo habré hecho.

Le puse el diario sobre la cama pero tras un somero vistazo y cumplir con las formalidades de preguntarme por mi estado, quiso que le contara los últimos avatares.

—Ahora sí, todo terminó —dije convencido.

—No tan bien.

—¿Sabe jugar a los bolos? —y lo sorprendí sin esperar respuesta—. Fue algo así.

Con un gesto derribé todo, nada quedó en pie.

—¿Para tanto?

Entonces le di el parte de los últimos fuera de juego, con Zambrano incluido, sin todos los detalles pero con los suficientes y con un Armendáriz definitivamente desconcentrado, con menos detalles aún. Pero —aunque interesado— no era eso lo que lo preocupaba:

—¿Me equivoqué con Aguirre, pibe?

Era el momento y la hora:

—Supongo que sí: él mató a El Troglodita —le dije por todo argumento—. Pero hay algo que...

El pesado Bedoya se agitó en su cama, hizo ruido de elásticos. Etchenike me interrogó con los ojos.

—A él también trató de amasijarlo... —le confirmé—. Roperito, junto con Algañaraz, armaron todos los atentados contra los Gigantes.

Agitó la cabeza, desalentado.

—No se culpe, veterano: reconozco que yo no le dije todo lo que sabía. Lo dejé que siguiera en lo suyo porque me servía para provocar el desenlace entre ellos. Finalmente Aguirre liquidó a Paredón.

—Viejo y forro entonces... —concluyó.

—Por algo se empieza.

—O en algo se termina.

No pude evitar la sonrisa y él también se la permitió.

—Pero hay dos cosas que le debo, maestro —concedí—. Primero, que lo de Ibrahim no era joda. Todo cierra. Y después, lo otro que me dijo anoche, a la luz del sol de noche.

—Ahí dije muchas cosas y, además, me apretaban.

—Precisamente: usted se equivoca con Roperito por no sé qué mierda sentimental; pero yo me ensarto con Vicky y con Bárbara de engrupido nomás...

—¡Qué palabra vieja ésa, pibe!

—Pero me queda bien.

—Ni plancharla necesita: le cae justa.

Sentí que me caía sobre los hombros como una capa.

—Bárbara siempre fue la mina del Fantasma —dije como si confesara—. Desde antes.

—Flor de cagadora.

—Sebastián le pegaba. Siempre la golpeó.

El veterano levantó las cejas.

—Parejas... —expliqué.

—No entiendo.

—No es tan difícil de entender. Sólo que es feo. Cuando Armendáriz lo dejó a Zambrano para venirse conmigo, el Fantasma pensó una doble estrategia. Sujetarlo a él con el proceso por lesiones y chantajearme a mí con la relación con Bárbara y el secreto de la mano. Ella se me arrimó...

—Para darse el gusto.

—Eso también, como yo —admití sin dificultad aparente—. Pero sobre todo me buscó para espiar dentro de mi guante y fabricar pruebas de infidelidad o de trampa al menos. Por eso, el martes, la misma Bárbara llamó al Fantasma desde mi oficina para que apareciera por La Academia y nos viera... No fue casual. Porque lo que le interesaba era que yo supiera que él sabía, no otra cosa. Tenía que bastar con eso.

—¿Y cómo saltó todo?

—Ella le tenía miedo a Armendáriz; por eso le pidió el celular a Vicky. Sin embargo Sebastián, que ya sospechaba, descubrió que Bárbara lo cagaba porque el portero le botoneó que el mismo miércoles ella no volvió a su casa o no volvió sola: después de estar conmigo estuvo con el Fantasma. Necesitaba contarle la información que había conseguido, hasta dónde estaba concretado el pase a Stuttgart y lo demás, porque tenían planes juntos o al menos el Fantasma se lo había prometido. Después, es todo muy claro: Armendáriz la apretó el jueves, cuando volvió después de devolver el celular en el gym y Bárbara, apurada por confesar, me mandó en cana a mí.

—Ah... ¿Y él le creyó?

—No sé. Probablemente no. Pero casi le diría que no importa.

Etchenike levantó las cejas por segunda vez.

—Sebastián sospechaba desde antes que lo había cagado con Zambrano; ahora era conmigo. Decidió enfrentarnos y de algún modo lo consiguió. Por eso, mientras decidía qué hacer con Bárbara, la escondió y le dijo al Fantasma que ella había desaparecido y le insinuó que se había ido conmigo... —hice un breve intervalo para que todo eso decantara—. Incluso le encargó que se la recuperara si quería ser de nuevo su representante. El Fantasma, que no sabía nada de ella, le creyó. Y no tenía por qué no creerle. Él ya estaba celoso de mí, tal vez consideraba que ella había llegado demasiado lejos conmigo, se había extralimitado, digamos...

—Pero cuando Zambrano volvió de lo de Armendáriz con Vicky —objetó Etchenike que había estado allí— se llevó a la nena para negociarla por el Secretario...

—Pero lo que tenía en la cabeza no era eso sino apretarme a mí para que confesara si Bárbara estaba conmigo. Sólo que no lo podía decir... Se deschavó al final en casa y cuando yo le dije que no sabía nada de ella se dio cuenta de que algo andaba mal.

—Y se preocupó.

—Sí.

—Más que usted.

—Sí —admití—. Más que yo. Todo se dio vuelta.

—Todo.

—Exactamente.

—Nadie resultó lo que parecía —concluyó el veterano tras una pausa—. Ni usted, pibe, con toda esa historieta subterránea...

—No me diga —murmuré.

Etchenike parecía dispuesto a seguir diciendo pero ya estaba bien; tenía que cortarla ahí.

—Me voy —dije.

Amagué ponerme de pie y Etchenike me detuvo:

—La última: ese loco, el enfermero... —y se me apoyó en el muslo.

—Guarda la costura... —dije apartándole la mano—. Tengo que irme ya, maestro. Ha sido un placer, en serio.

Arrastré la pierna hasta la puerta y lo dejé hablando solo.

Fui a casa con la mañana crecida y encontré dos llamadas de Renata:

—*Pá, ¿estás bien? Porque ya no hay nadie acá en casa, se fueron a Colonia... ¿Qué hago, pá? Te vuelvo a llamar* —ésa era la primera, de las siete y media de la mañana.

—*Pá, ¿estás bien? Quedate tranqui que estoy con Sergio...* —ésa era la segunda, de ocho y cuarto.

Llamé yo.

Me atendió ella. La tranquilicé, le dije que todo había terminado, que ya no había nada que temer, que nadie volvería a sacar un revólver en sus alrededores:

—¿Te lastimó?

Tardé un par de segundos en darme cuenta que me preguntaba por Zambrano.

—No, lo resolvimos como amigos. Al final nos pusimos a jugar al fútbol y te rompimos la pecera. Te la debo.

—¿En serio?

—Más o menos. ¿Por qué no te fuiste a Colonia con ellos? Creí que...

—Tenemos que ir al psicólogo, pa... ¿o te olvidaste?

—Claro que no, nena.

Colgué.

Diez minutos después me sorprendí silbando y haciando malabares para que no se me mojara la herida de la pierna bajo la ducha.

—Ya dormiré cuando esté muerto —dije como dicen que dijo Fassbinder.

72. Nunca más

■

Llegué tarde, pasadas las diez.

Ya nadie me esperaba; tal vez, más temprano tampoco. Estacioné el Escarabajo en la ranura que quedaba libre entre dos limusinas diplomáticas de chapa indiscernible y, atravesando el parque de la quinta, sin apuro caminé hacia la casa. Me tomé tiempo para observar. El pasto parecía cortado por el peluquero del Presidente; los canteros de flores, preparados por el cocinero del Presidente, el jardinero del Presidente era su decorador de interiores y el decorador de interiores probablemente le diseñara la ropa.

Pasé junto a la pileta de agua destilada contra el fondo azul, planchada para la ocasión, y bordeé la cancha en la que había atajado un penal cuatro días atrás. Las redes ya estaban puestas para la ceremonia correspondiente y en cada ángulo del córner había una banderita argentina. No era mi fiesta. Nunca más.

Desde el fondo, delante de la hilera de pinos pegados al paredón y a través del cobertizo del quincho, llegaba diluido el humo de las parrillas. En la galería, los técnicos de la televisión manipulaban maquinaria y cablerío. Me asomé a la sala donde se habian concentrado los invitados. Había mucha gente y un cartel contra el cortinado rojo del fondo: Jornadas de *Intercambio*

Biodeportivo Hispanárabe. Me acordé una vez más de Etchenike: I.B.H.

Saturados por las luces de la tele estaban casi todos los criollos de siempre más un puñado de árabes de túnica y barbita instalados alrededor de la gran mesa y pendientes de él. En el centro de la escena, el Presidente hablaba de las perspectivas halagüeñas, de inversiones, del intercambio cultural, comercial e incluso deportivo. Ahí me pareció percibir un levísimo gesto de reconocimiento hacia mí, como si hubiese advertido mi llegada, pero sin duda el Presidente había desarrollado la técnica de hablarle al conjunto como si se dirigiera a cada uno.

Ante una pregunta programada dijo que el viaje que emprendería a Siria la semana próxima era sólo el comienzo de una serie de contactos a todo nivel y que en esa mesa estaban representados hombres de la cultura, el comercio, la industria, el turismo y el deporte que lo acompañarían en delegación.

Y dio varios ejemplos hasta que se detuvo en uno que le interesó:

—Está acá un profesional que es a la vez un empresario de Mar del Plata. Hombre decidido, dispuesto a iniciar en Damasco nada menos que una cadena argentina de hoteles de cinco estrellas: Internacional Baires Hotel.

Y el brazo extendido y el gesto sonriente señalaron la cara de póker del doctor Rodríguez Pandolfi, sereno y modesto entre dos coloridos sirios.

¿Sabría ese hijo de puta cómo había quedado tirado su hermano, desangrado anoche bajo otras luces tan botonas y siniestras como éstas? Más que registrar una ceremonia convencional, las imágenes se convertían en evidencias de futuros prontuarios.

Cuando empezó a hablar un funcionario árabe de traje oscuro con toldo multicolor y bigotes, salí a buscar aire.

Deambulé por el parque un rato hasta que vi que la reunión terminaba y los visitantes se dispersaban hacia los autos o se concentraban en el fondo, guiados por el humo infalible. En un momento dado alguien, un alcahuete que solía ser suplente en el equipo de Presidente y titular en los asados se me acercó para decirme que el dueño de casa quería hablarme. Fui.

Estaba en un grupo en el que reconocí a los coloridos Abdul y Ahmed, que me dedicaron un par de contenidas morisquetas. El Presidente se apartó apenas y me habló como si continuara una fluida conversación iniciada quién sabe cuándo:

—Les contaba aquí a esta gente lo bien que lo pasamos jugando al fútbol, ganado o perdiendo —dijo sonriente—. Lástima que no ha venido el amigo Zambrano. Debe haberle pasado algo, porque es de los que no fallan.

—Seguro. Pero va a empezar a fallar.

Me miró extrañado pero con una gran sonrisa.

—¿Por qué dice eso?

—Es el alto costo de no haber hecho una buena pretemporada —proseguí, explicativo—. Se paga muy caro.

—¿Cuánto?

Supuse que era la pregunta que más fácil le salía; casi un acto reflejo.

—En mi caso —y me señalé la renguera— voy a tener que estar parado un par de meses.

—¿Y Zambrano?

—Tiene para más.

Una sombra le cruzó la cara. Pero fue sólo un momento:

—Tenemos que arreglar el asunto del director técnico para esta gente —dijo el incombustible—. Me han dicho que le hicieron una propuesta muy atractiva para que vaya y los asesore.

Asentí pero no dije nada.

—¿Y?

—No va a poder ser. Me molesta la arena en los zapatos.

El Presidente meneó la cabeza, sonrió canchero:

—Pero si en Siria no hay...

—¿Zapatos? —lo interrumpí.

Iba a contestarme pero de pronto se cortó. Lo pensó mejor y me cambió la cara, el tono, el filo de la voz:

—¿Cómo era que se llamaba, arquero?

—Pedro —dije mirándolo a los ojos—. Me llamo Pedro.

Di media vuelta y empecé a caminar.

Caminé y caminé sin volverme. Atravesé todo el parque y cuando iba a subirme al Escarabajo alguien me llamó a los gritos.

—Pirovano, ¡Pirovano! ¿ya se va?

Era el diputado Rugilo que recién llegaba. Le dije que sí, que me iba.

—¿Va a estar el lunes en la oficina?

Le dije que sí, que iba a estar.

—Lo prometido es deuda y le debo un regalo —dijo el enfático representante del pueblo—. El proyecto anduvo, Pirovano: ayer se aprobó en la cámara baja la institución de El Día del Arquero prácticamente sin oposición.

—Qué bien.

—¿Le gustaría una reliquia?

—¿Qué cosa?

Se acercó, confidencial:

—¿Sabe lo que le voy a llevar?

Puse cara de nada.

—La tricota de El León de Wembley.

Me toqué la frente: sólo pensar en una tricota, aunque fuera la que usara el mítico Miguel Angel Rugilo ante Inglaterra en 1951, me daba calor.

—No es necesario que se la ponga; no aguantaría, además —y ahí se emocionó—. Está llena de agujeros pero invicta.

—Muchas gracias.

Mientras me explicaba cómo la había rescatado de la custodia de una tía segunda no quise corregirlo: el aguante de Rugilo no había evitado la derrota; sólo la había demorado. Invicto, las pelotas. Nos despedimos hasta nuestro próximo y emotivo encuentro y subí al Escarabajo. Quería irme de una vez.

Conduje hasta la puerta, esperé que me dieran salida, respiré hondo y antes de bajar a la calle miré el reloj. Si me apuraba podía llegar a tiempo. El licenciado Zapata era muy hinchapelotas con los horarios y todo lo interpretaba.

verano del 95 / invierno del 2002

ÍNDICE

Esta edición de 2.000 ejemplares
se terminó de imprimir en
Artes Gráficas Candil S.H.,
Nicaragua 4462, Buenos Aires,
en el mes de noviembre de 2002.